暗い宿

有栖川有栖

角川文庫 13109

目　次

扉／大路浩実

暗い宿

1

いつものように正午前に起き出した私は、目覚めのコーヒーを淹《い》れながら朝刊をテーブルに運んだ。一面を飾っているのは大阪府の深刻な財政赤字問題で、納税者の一人として浮かない気分で活字に目を走らせる。由々《ゆゆ》しきことではあるが、起き抜けに大災害や通り魔殺人の記事を読まされるよりはまだましだ。産業構造を改めて景気を回復させないことにはどうにもならない、と考えながらテレビ欄に目を転じてチェックし、次に社会面を開いた。朝刊を後ろから読んでいくのは、新刊書籍の広告が大きく載っている第二、三面が私にとって最も楽しみだからである。おいしいものは最後までとっておく質《たち》なのだ。

社会面にもあまり悲惨な記事はない。大型レコード店のDJブースに人気ロックバンドがゲストでやってきたところ、黒山の人だかりになって一時付近が混乱した、なんていう太平楽なのがトップニュースだ。死亡記事にも知った名前はないな、と欠伸《あくび》をしかけたところで、ある見出しが目に飛び込んできた。紙面をざっと見ただけだと見過ごしてしまうような小さな記事。

まさか、と思いつつ読みかけた私は、奈良県吉野《よしの》郡大塔《おおとう》村という地名に身を乗り出し、以呂波《いろは》旅館という名前を確認した瞬間に背筋がぞくりと顫《ふる》えた。あんな辺鄙《へんぴ》なところに、同じ名前の民宿が二つあるとは思えない。さらに記事を読み進んでみると、〈建て替えのために取り壊し作業をしていた〉とあった。もう万に一つの間違いもない。

「ほんまかよ……」

にわかに信じられなかった。と同時に、やっぱりな、と納得する。やっぱり、自分は大変な体験をしたのだ。

独りで驚いたり納得したりしている場合ではない。これは警察に通報するのが市民の義務というものだろう。とはいえ、食事をすませるぐらいは許されてしかるべきだ。私は昨日の残りのカレーで軽い昼食をすませる。それから、番号案内で調べて奈良県警に電話をかけ、担当の捜査員に自分の知るところを説明した。刑事は大いに興味を示し、電話は三十分に及んだ。その上、相手は一両日中に話を聞きに伺いたい、と言う。私は了承して、住所を教えた。

「……という字を書く有栖川有栖《ありすがわありす》さん、ですね。お齢《とし》が三十四歳。ご多忙の中、重要なお電話をありがとうございました。それにしても、推理作家の方がそんな目に遭われたというのも面白いもんですね。いや、面白いとは不謹慎ですか」

蒲生《がもう》と名乗った刑事は明らかに面白がっていた。そりゃ、私自身にしたって、これは飛び切りの話のタネだな、という思いが頭をよぎらないでもない。

「伺う前に必ずご連絡いたしますので」

そう言って切れた。

私は、めったに吸わない煙草を一服つけて気を鎮めてから、講義中かもしれないと思いながら、火村英生《ひむらひでお》の研究室に電話をしてみる。助教授はすぐに受話器を取った。

「俺や。今朝の新聞、手許にあるか?」

「アリスか? 朝刊ならあるぜ。藪《やぶ》から棒に何だよ」

スプーンとカップが触れ合うような音がする。コーヒーに砂糖を落としたところだったのだろう。

「社会面の下の方を見てくれ。死亡記事の右隣だ」

ガサガサと新聞を開く音がした。

「俺は、事件に巻き込まれたみたいなんや。というか、事件を目撃した——いや、見たわけではないんやけれど」

「何が言いたいんだ?」

彼は冷めた口調で言う。

「落ち着け。あ、これは自分に言うたんやぞ。つまり、えーと、最初から言うよ」

取材に出かけた経緯から、私は順に話しだした。

2

一週間前の十月六日のことだ。

私は小旅行に出かけた。行き先は奈良県の西吉野村。『鉄道廃線跡ガイド』を片手に、阪本《さかもと》線の跡をたどるのが目的だった。昨今、失われた鉄道廃線跡の踏査がちょっとしたブームになっていて、関係図書がたくさん出版されている。私は昔から廃墟愛好癖があるので、そういった本を何冊か購読していたのだが、ルポを読んだり写真を見て楽しむだけでは飽き足らなくなり、自分もフィールドワークをしてみたいとかねてより願っていた。それをとうとう実行に移すことにしたのである。

小説家というのは誠にありがたい職業で、遊びや気晴らしでどこかに出かけようと、それを仕事にひっかけることができる。今回の廃線跡踏査にしても、久しぶりに遠出して山歩きができればそれだけで満足なのだが、何か小説の材料が仕入れられるかもしれない。そこで「これは執筆がつらく机の前から逃避するわけではない。れっきとした取材旅行である」と自らに言い聞かせることにした。実際、来月末締切の短編の依頼が一本あったのに、書くことがまるで浮かんでいないという事情もあった。鉄道廃線跡に死体が転がっている、というイメージは悪くないので、取材をしてみたら何かいいアイディアが得られるかもしれない。

ガイドブックによると、装備しなくてはならないものはたくさんあった。歩きやすい服装や靴で出かけるのは当然のこと、軍手、磁石、地形図、虫よけスプレー、擦り傷用の医療品に懐中電灯など。最後の品は、トンネルを探査する場合に必要になるらしい。初めてなのであまりハードなことをするつもりはなかったが、本の忠告に従って、およそのものを揃《そろ》えた。

大阪から日帰り圏内にある廃線跡というと、線路の付け替えで棄てられた福知《ふくち》山《やま》線の生《なま》瀬《ぜ》―武田《たけだ》尾《お》間が有名で、渓谷に沿ったこのルートはハイキングコースになって親しまれている。しかし、どうせなら家族向けの廃線跡よりうんと鄙《ひな》びたところがいい、と考えて選んだのが阪本線跡だった。始点は奈良盆地南西の五條《ごじょう》。路盤はそこから日本最大の村である十《と》津《つ》川《かわ》村に向かって吉野山地にもぐり込み、城戸《じょうど》というところで果てている。廃線跡といっても、実は阪本線には列車が走ったことはない。もともとは五條から和歌山の新宮《しんぐう》に抜ける予定だった五新線のうちの一部なのだが、採算が合わないからと建設が打ち切られた、いわゆる未成線なのだ。阪本というのは、五條―新宮の途中にある集落の名前だ。敷設が計画されたのが明治の終わりで、それが断念されたのがモータリゼーションが進んだ昭和四十年だというから、挫折《ざせつ》の歴史は長い。大変な税金の無駄遣いとなってしまったわけだが、こういう鉄道は全国のあちらこちらに散らばっていて、せっかく完成したトンネルや鉄橋がいくつも打ち棄てられているらしい。その点、阪本線の場合は路盤ができた区間はバス専用道路に転用されたそうなので、まだましだ。

そのバスに乗ることも目的だったので、車を使って出るわけにいかず、電車での旅となった。数日前から生活リズムを朝型にシフトし、天気予報に気をつけながら過ごして当日を迎えた。早朝に起床すると空は快晴。やや鼻風邪ぎみではあったがまずまずのコンディションで、勇躍して最寄《もよ》りの天王寺《てんのうじ》駅に向かった。

JR大和《やまと》路線、桜井《さくらい》線、和歌山線を乗り継いで五条駅に着くまでに一時間半を要する。そこからJRバスに乗り換え、吉野川を渡っていよいよ失われた鉄道をたどるルートに入った。いや、あらかじめ失われた鉄道と呼ぶべきか。うん、これはいいな。「あらかじめ失われた鉄路の死体」とか。

色づく気配を漂わせかけた山々を車窓から眺めながら、私はいい気分だった。並走する国道168号線は丹生川《にゅうかわ》に沿ってくねくねと蛇行するが、こちらは立派なトンネルや鉄橋のおかげでショートカットができている。路盤の跡だと知っているせいもあり、いかにも鉄道らしいカーブにさしかかると、まるで電車に揺られているような錯覚を起こしそうだった。想像の汽車旅。一般道との交差点には、警報や遮断機の残骸が遺っていたので、窓から首を突き出して写真に収めた。遠くに行かなくても、旅はいい。命の洗濯ができる。

道路はやがて国道と合流し、正午前に終点の城戸に着いた。何もない、ささやかな集落だが、近くで温泉が涌出《ゆうしゅつ》しているし、自然休養村といった施設も整っている。しかし、ここでのんびりするつもりも、引き返すつもりもなかった。それではバスに乗りにきただけになってしまう。それなりの装備をしてきているのだから、城戸の先がどうなっているかを探査しなくては。

昼食をとれる店がない場合に備えてコンビニで買い込んだサンドイッチをバス停のベンチで平らげると、私は行く手に立ちはだかる天辻峠《てんつじ》へのアタックを開始した。路盤は終点の向こうにもまっすぐ延び、ぽっかりと黒い口を開いたトンネルに消えているのだが、鉄条網が張ってあるので入っていくわけにはいかない。とりあえず、国道をてくてく歩くことにした。

それにしても山深いところだ。これでまだ秘境の入口なのだから。谷崎潤一郎《たにざきじゅんいちろう》は、床の間などを設けて住空間に独特の美意識を反映させた日本人の知恵を『陰翳礼讃《いんえいらいさん》』で称揚していたが、それはこのような国土の立体感に根ざしたものなのかもしれない。平原の遊牧民には無縁の感覚だろう。そんなことをあれこれ考えながら、体だけが進んでいくのも一人旅の醍醐味《だいごみ》だ。自分との対話やささやかな発見が延々と続く。

本によると、西吉野村と隣りの大塔村を隔てる天辻峠をぶち抜いて、長大なトンネルが掘られていたのだそうな。それも急勾配《こうばい》を緩和するためにぐるりと輪を描くループ・トンネル。鉄道で新宮に抜けることは無理だったとしても、せめてそいつをくぐってみたかったものだ。未完のトンネルを踏査することは不可能だが、阪本側に開いた入口を見ることはできるらしい。私は、通りかかった奈良交通の路線バスを一部区間利用したりして、天辻峠を越えた。

地形図を頼りに林道に分け入ってみると、山の中腹にトンネルを発見した。この先も決して使われることのない半円の穴。緑のただ中に穿《うが》たれた黒点。見方によって、哀れでも無気味でも滑稽《こっけい》でもある。その奥では空気も時間も沈殿して、この世ならぬ小宇宙ができているのかもしれない。

私は好奇心を刺激されて、行けるところまで近づいてみたくなった。道なき道を進む真似ごとぐらいはしなくては、せっかくの装備が泣く。「よし」と号令をかけ、膝《ひざ》まで生い繁った草を掻《か》き分けながら彼方のトンネルを目指した。

獣道めいた径《こみち》を三十分ばかり登っただろうか。トンネルは見えているのだが、なかなか距離がつまらない。そうしているうちに、道が崩れて先に進めない箇所に行き当たってしまった。ここまできたのだから、と左右を探ってみたが、ロープとザイルでもないとどうにもならない。腕時計を見ると五時である。怪我をしないうちに、このへんで切り上げるのが時間的にもよさそうだった。

土の上に腰を下ろし、ペットボトルの烏龍茶《ウーロンちゃ》で喉《のど》を潤しているうちに、だんだんと頭が重くなってきた。どうやらつい夢中になって、風邪《かぜ》をひきかけている身には無理なことをしていたらしい。擦り傷対策の薬は持参しているが、頭痛薬や風邪薬までは用意がなかった。嫌なことになったなぁ、と悔やむ。こんなふうな軽い症状から始まって、どのように自分の頭痛が進行していくかはよく承知している。うちに帰りつくまで、あまりひどくならなければいいのだが。

きた道を戻るが、下りだというのに足取りは重い。国道にたどり着いた頃には、もう六時が近かった。秋の日は釣瓶《つるべ》落とし。すでに日は翳《かげ》り、黄昏《たそがれ》が広がりつつある。さっきまで旅情を満喫していたというのに、ああ、こんなところで何をしているんだろう、と浮かない気分になってきた。大阪がはるか遠くに感じられる。実際、すぐに五条行きのバスがやってきたとしても帰り着くのは夜中になるだろう。もっとも、その前にバス停を捜さなくてはならない。

人家が疎《まば》らな方へ引き返すよりも、大塔村に入るのが賢明だな、と地図を読んで判断した。こめかみの血管が微かに脈打っているのを意識しながら南へ歩く。傍らを追い越して行くいくつものテールランプの色が、毒々しいほど赤く見えた。

帰るよりも、どこかに泊まりたい。

そんな思いがどんどん強くなっていった。明日の予定もない気楽な自由業者だから、山奥で急に一泊することになったって、何の支障もない。むしろ、こんな不測の事態でもなければ泊まらないところではないか。ハプニングを楽しもう。

新天辻トンネルをくぐると大塔村なのだが、これがうんざりするほど長い。車が通ると恐ろしい轟音《ごうおん》が反響して、頭痛を促進させてくれる。ようよう抜け出した時は地獄から生還したようで、心底ほっとした。

国道を四キロ近く歩いただろう。額に手を当ててみると、さっきまでは感じなかった温もりが伝わってくる。微熱が出てきたのだ。これは、いよいよいけない。日もとっぷりと暮れた。贅沢《ぜいたく》など言わない。どんな粗末なところでもいいから宿を早く見つけなくては。

そう焦りながら歩いても人家の明かりすら疎らだった。

やがて、もしや民宿では、と思わせる木造の家が斜め前方に見えてきた。国道から少し引っ込んだところにぽつんと建っているのだが、二階にそれらしい看板が上がっている。目を凝《こ》らすと、以呂波旅館と読めた。ありがたい。貧乏旅行をしていた学生時代でもよほどのことがないと泊まらなかったであろうほど貧しげな宿だが、今は畳を敷いた部屋さえ与えてくれれば感謝感激だ。たとえ、毛羽立っていたりじっとり湿ったりした畳であっても。

〈菊池《きくち》工務店〉という看板が立った資材置場の手前に横道があった。そこを左に折れて、二十メートルほど歩く。旅館の看板を見つけてからその玄関に着くまでの一分ほどが、なかなかにつらかった。

遠くから見てもみすぼらしかったが、前に立ってみるとさらにその感が深まる。窓ガラスが割れていたり、軒先に蜘蛛《くも》の巣が張っていたりするわけではないのだが、客を招くような手入れは永らくなされていないようだ。玄関から明かりは洩れているものの、人の気配がない。もしかしたら、潰《つぶ》れてしまっているのだろうか、と猛烈に不安になった。とにかく、中に誰かいるのは確かだからお願いしてみることにしよう。

引き戸に手を掛けてみると、幸い鍵は掛かっていなかった。カラリと開いて奥に呼びかける。

「ごめんください」

すぐには応答がなかった。聞こえていないのかしら、と思っていたら、廊下の向こうでひょいと顔が覗《のぞ》いた。五十代半ばぐらいの女性だ。

「どちらさん？」

闖入《ちんにゅう》してきた不審者として誰何《すいか》されているみたいだった。

「こちらは旅館ですよね。泊めていただきたいんですが」

相手の全身が廊下に出てきた。トレーナーにジャージという、いたってラフな恰好《かっこう》をしている。彼女は両手を後ろに組んで、もうとうに潰れてしもうてるんです。看板がついたままなんで、勘違いさせたんでしょ。すみませんなぁ」

「はぁ。旅館やったんですけど、溜め息をつきながらこちらに歩いてきた。

やはり営業していなかったのか。そうではないか、と思っていたが大いに落胆する。しかし、「ああ、そうですか」と簡単に引き下がるわけにはいかなかった。あと十分ほど歩けば温泉つきの政府登録観光旅館があります、と言われてもその気力が湧かない。

「実は、体調が悪くて横になりたいんです。どんな部屋でもかまいませんから、ひと晩泊めていただけませんか？」

「それはお気の毒に。けど、そう言われましても無理ですのぉ。もう一年も前に廃業して、それ以来、誰も住んでおらんかったような家です。私は、たまたま掃除にここにきとっただけです。ろくな布団もありません」

「ろくでもない布団ならあるんですね。それで充分です。遭難している人間を助けると思って、泊めていただけませんか？」

彼女はひどく困惑しているようだった。ここの持ち主の許可を得なければ泊めてやれない、ということなのかもしれない。

「泊まるいうても、ここはガスも止めてしもうてて、お風呂には入れません。食事も出せません」

風呂に入れる状態ではない。食事が用意できないのは不都合だが、とりあえず食欲はなかった。ひと晩ぐらい断食《だんじき》してもいいから、横になりたい。私は手を合わせんばかりに懇願した。相手は渋りに渋ったが、少しずつ態度を軟化させていった。

「困ったねぇ。病人を追い返すほど私も不人情やないし。……私のうちに泊まってもらえたらええんやけど、客用の布団もないからねぇ」

「ここで結構です。食事もいりません。すぐに寝ますから、朝までいさせてください」

彼女は断りもなく、いきなり私の額に手を当てた。

「あら、熱がありますね。判《わか》りました。お泊めしますから、お薬を服《の》んで早くお休みになったらええ」

溺《おぼ》れているところに浮き輪を投げてもらった気分だ。

「ここのご主人はそれで——」

「主人は私です。このぼろ旅館は私のものですから、心配せんでもええんですよ」

「あ、女将《おかみ》さんでしたか。それは失礼を」

「あら、女将さんいうのは、仲居さんや板前さんを何人も使うてる人のことでしょうが。——まぁ、お上がりなさい。ただし、雨露をしのげるだけの家ですから、文句は言いっこなしですよ」

「文句どころか、本当に感謝します」と言ってトレッキングシューズを脱ぐ。

救いの手を差し伸べてくれたから言うのではないけれど、よく見ると女将さんは美人だった。玄関が暗いので、なかなか気がつかなかったのだ。化粧はほとんどしていなかったが、整った上品な顔立ちをしている。特にぱっちりとした目許《めもと》が涼やかで、十代二十代の頃はさぞや見目麗《みめうるわ》しかったであろう。

「狭い宿でね。お客さんに泊まってもらえる部屋は、一階に一つと二階に三つだけです。一階の部屋はろくなもんやないから、二階の奥の部屋に上がってもらいましょうかな。あそこの押入には布団が残ってたし」

ぶつぶつ言いながら玄関脇の階段を上がっていく女将さんの後に続く。二階にはまったく明かりが灯っていないようで、階段の上は墨で塗りつぶされたように真っ暗だった。こんな暗い家に上がるのは久しぶりだ。夜というのはこれほど暗いものだったのか。

上がりきったところで、女将さんは壁のスイッチを入れた。柔らかなクリーム色の光が寸詰まりのように短い廊下を照らし出した。階段の左脇にひと間とトイレ、廊下を挟んで二間ある。明かりのせいでそう見えるのか、どの襖《ふすま》もかなり黄ばんでいた。

女将さんは右手奥の部屋の襖を開き、電灯を点《つ》けて「どうぞ」と言う。どんなひどい部屋だろうか、と覚悟を決めて入ってみると、殺風景なだけで案外まともな六畳間だった。畳はしっかり日に焼けて変色しているが、埃《ほこり》が積もったりはしていない。

「今日、さっと掃除をしていたからよかった。ただ、布団がなぁ。いつ干したやら判らん布団やから」

「平気です。畳の上で寝られるだけでありがたいんです」

「そうですか。もしこんな布団は気持ちが悪うて我慢できん、と思うんやったら、こましな座布団を階下《した》から持ってきますから、それに寝てください」

荷物を置き、畳にじかに座って待っていると、女将さんは両手に座布団を三枚抱えて戻ってきた。くたびれてはいたが、かつては上物だったようだ。これさえあれば、どんなひどい布団が出てきてもがまんできるだろう。

「私はちょっと自分の家に帰りますけれど、すぐに戻ってきますんで、ゆっくりなさってください。こんな部屋では寛《くつろ》いでください、とは言いにくいですけど」

そう言い残して行ってしまった。自分の家というのがどこにあるのか知らないが、宿の敷地内に車がなかったから、すぐ近所なのだろう。

壁にもたれて、がらんとした部屋を見回した。引っ越しの直前のように何もない。カーテンすらない窓が一つあるだけだ。あとは押入と壁。蛍光灯が古くなっているのかどうにも陰気で、部屋の八つの隅には闇が溜まっていた。烏龍茶を飲んでひと息つくと、ねぐらを確保できた安心感からか、頭痛がいくらか治まったようだった。

二十分ほどして、女将さんがあれこれ提げて帰ってきた。何のもてなしもいらないと言ったのに、ペットボトルのお茶を湯呑みに注ぎ、「冷飯で悪いけれど」とタッパーに入ったおにぎりを勧めてくれた。梅干しと塩昆布が副《そ》えてある。時代劇なら「かたじけない」と礼を言うところだ。

食物を目の前にすると多少は食欲も湧いてきたので、遠慮なくぱくついた。女将さんは傍らにちょこんと座って、話しかけてくる。私が素性を明かし、鉄道の廃線跡を見物に大阪からきたのだと言うと、物好きな人だな、という顔をされた。

「女将さんは、一年前までここを切り盛りなさっていたんですか？」

雑談をする元気が出てきたので、訊《き》いてみる。

「切り盛りするほど繁盛はしてませんでしたがな。たまーにお客さんがきたら、びっくりしてたぐらいで。それでも『鄙びた感じがええ、隠れ家みたいや』と言うて、繰り返しきてくれる人もおりました。ふだんテレビ局で忙しくしてる人らしかったから、こんな宿がかえってよかったんでしょう。もともとは、私の姉がやっとったんを手伝うてたんです。それが二年前に死んでしもうたんで、しばらく一人でやってたんですけど、ろくに儲《もう》けもないし、よそへ働きに行った方がよっぽどええ、と考えて一年前に廃業することにしました。貯えがなくなってきていましたから、ここを売ったお金が入るのもありがたいんです」

「そしたら、ここはどうなるんですか？」

「売りました。もうすぐ人手に渡ります。明日には業者がきて家中のものを処分してしまいます。それで最後のお掃除をしとったんですよ。立つ鳥跡を濁さず、です。まぁ、掃除なんかしても無意味なんですけどな。取り壊してしまうんやから」

傷んだ家ではあったが、潰してしまうのは少し惜しい。老朽化しているというほどではないから、金をかけて手入れをすれば見違えるようになるかもしれないのに。

「こんな家を誰が買うんや、と思うたでしょ。それがいてるんですね。買うてくれたのは商社を中途退職した人です。何でも、若い人や家族連れ向きのペンションに建て替えるんやそうで」

「ペンション、ですか？」

こんなところにそんな洒落《しやれ》たものを、と無礼なことを思った。

「判らんもんですわね。その人の話によると、本格的な天体望遠鏡を備えつけて、星の観測ができるいうのを売り物にしたいんやそうです。大塔村というところは空気がきれいですから、天体観測の条件に恵まれてるのは確かなんです。星が名物やなんていうのは、何もないことの裏返しですけれどね」

後で知ったことだが、大塔村は〈星のふる里〉として売り出している村だった。以呂波旅館から少し南に行けば、〈コスミックパーク　星のくに〉という施設があり、天体観測用のドームがついたロッジばかりか天文台まで揃っているのだという。

「ははぁ、そういう手がありましたか。やりますねぇ、その元商社マン」

「成功する保証はありませんよ。奥さんも子供さんもいてるのに、大事な貯金と退職金を注ぎ込んでようそんなことするわ、と思います。――ああ、具合が悪いのにおしゃべりに付き合わせて申し訳ありませんでしたな。お布団を敷いて、このへんで消えます」

押入から煎餅《せんべい》布団が出てきた。黴臭《かびくさ》い匂いがするでもないし、一応は清潔そうだ。

「泊めていただいたおかげで、頭痛の方はだいぶましになりました」

「それはよかった。念のため、こんなんでよかったら服んでください。たまたまうちにあったので」

女将さんは風邪薬をくれた。封を切っていない新しい箱だ。ありがたく頂戴しておく。

「うち、というのはどちらにあるんですか？」

「歩いて五分ほどのところです。ここどころやない粗末な家ですけれど、それがあったからこっちを売ることができました」

プライバシーの領域なので踏み込まなかったが、どうやら女将さんは一人暮しをしているようだ。貯えがなくなってきていた、と言っていたので、もしかするとご主人に先立たれたのかもしれない。

「テレビもないので寝るしかありませんね。ふだんは夜に小説を書いてなさるそうやけど、たまには早寝もええでしょう。私はもうしばらく階下におりますので、何か用事があったら呼んでください。――これ、安物の羊羹《ようかん》です。ペットボトルの冷たいお茶とは合わんかもしれませんが、ご勘弁を」

私が恐縮すると、口許を隠して笑う。

「この以呂波旅館で最後のお客さんですから、ほんのお愛想です。――では」

独りになった。

食後に服用のことという説明文を読みながら、風邪薬の箱を開封したものかどうかちょっと迷う。好意は受け容れた方がいいか、と思って服むことにし、お茶で錠剤を喉に流し込んだ。

まだ八時半。いつもならどう転んでも眠れない時間だが、朝が早かったので睡魔が訪れる予感がする。明日は、今日よりもっと早い時間に目が覚めるだろう。気分が爽快《そうかい》であれば、この近辺の散歩を楽しみたい。そうなればいいのだが。

とても静かだ。時折、風が吹いて乾いた葉ずれの音がする。女将さんは階下で何をしているのやら、床がぎしぎし軋《きし》む音が聞こえていた。

静かで、暗い。窓の外を覗いてみると、宿の裏まで雑木林が迫っていた。夜になって雲が出てきたのか、月はなく、星もあまり見えない。都会では旗色の悪い夜が、ここでは悠然と世界を支配していた。

女将さんが皿にのせていった羊羹が、ぽつんとある。菓子というより、一個の静物に見えてしまう。寝る前にさっさと食べてしまおうと思いながら、私は皿を目の高さまで持ち上げる。羊羹を熟視したことなどなかったが、間近に観察すると、その黒っぽい塊はさながら凍った闇のようだった。

二つに割り、片方に串を刺して――甘い闇を飲み込む。胃の中でそれは黒い光を放つのでは、と思えた。

まぶたが重くなってきたので、床に就くことにする。明かりを消すと、洞窟《どうくつ》に入ったように真っ暗だ。寝巻がないので、暗闇の中で靴下を脱ぎ、服のまま布団に横たわった。掛け布団を軽くかぶって見上げると、天井すらどこにあるのか判らない。

取材旅行先で「僕、暗い部屋だと眠れないんです」と言っていた編集者のことを思い出す。彼がここに泊まったら、寝つけない長い夜を過ごさなくてはならないであろう。こわがりの女の子なら、がたがた顫えるかもしれない。

私は平気だ。子供の頃は、こわい話を読んだり聞いたりした日は夜がくるのさえ恐ろしかったのだけれど、いつしか幽霊だのお化けだのに飽きてしまったのだ。旅先のホテルがこわい、という人もいる。私はホテルのベッドの中で、よくホラー小説のアイディアを練って楽しむ。そして、浴室のバスタブから何かが這《は》い出してくる音を聴こうとしたり、二十階の窓から覗く生首を思い描いたりしては、ああ、本当にこわいホラー小説を書くのは難しいものだな、と嘆息するのだった。

それにしても――この宿は暗い。

こんなに黒々とした闇を、今日はどこかでも見たような気がする。それは……あの廃線跡のトンネルだ。道が崩れていなかったら、あそこまで歩いただろう。そして、懐中電灯を片手に中に入って行ったに違いない。いったい、どれぐらい奥まで進むことができたのだろう？　行けども行けども突き当たることがなく、こわくなって引き返そうと振り向いたら入口がなくなっている、なんてことになったら悲鳴をあげるだろう。

いつの間にか、また、ホラー小説を考えている。

あるいは、引き返そうとして歩いても歩いても、遠くに見えている入口が少しも近くならない、というパターンはどうだ？　場面としては悪くないが、それだけでは小説にならない。それに、そんな悪夢めいた現象が起きるのなら、トンネルにどんな因果があるのかに斬新なアイディアがいるだろう。生き埋めになった工夫の呪いではお笑い草だし。――ほら、私はこんなふうに理屈っぽいから、たちまちこわがるどころでなくなってしまう。

眠りに落ちるまでのゲームみたいなものだ。こうやって気をまぎらせていた方が、頭が痛いのも忘れられる。トンネル奇談をもう少し考えてみよう。題して『悪夢のトンネル』。はたしてその一番奥には何があるのだろうか？　スティーヴン・キングならどうするか？　まぁ、化け物だな。結局はインディアンだのジプシーだのの呪いを持ち出してくる。『トミー・ノッカーズ』のようにエイリアンを起用してもいいが、馬鹿馬鹿しくならないようにするためには相当の筆力を要するだろう。自分には無理だ。ミステリ作家がこういう小説を書くとしたら、奥で見つかるのは死体か。白骨でもいい。骨がごろごろ転がっているとか。たくさんあるのだ。何十人分も。しかも、頭蓋骨《ずがいこつ》は頭蓋骨、大腿骨《だいたいこつ》は大腿骨ときれいに整頓されていたら、無気味でミステリアスではないか。もっと謎めいた状況にしたいのなら、たとえば……。

目が慣れてきた。

天井がぼんやりと見える。窓の周辺が仄《ほの》かに明るかったし、襖と壁の隙間《すきま》から廊下の明かりが細く洩れているのも判るようになった。

それでも、なお暗い。

おかしな宿で夜を過ごすことになったものだ。小説を考えるのにも飽きてきた頃、幸いにも眠気が押し寄せてきた。疲労と、風邪薬の催眠作用のせいだろう。闇の揺りかごに抱かれて、どうやら眠りに就くことができそうだ。

女将さんはまだ階下にいるのだろうか？　さっきからコトリとも物音がしない。気がつかないうちに、自分の家に帰ってしまったのかもしれない。だとしたら、こんな暗く淋しい宿に一人きりになってしまったわけだ。

その一人も。

今、眠る。

…………。

…………。

…………。

微《かす》かな音が聞こえた。

枕《まくら》の裏側から、いや、一階からだ。

目を閉じたままで、私は耳を澄ます。前頭葉あたりにまだ鈍痛があって、意識は朦朧《もうろう》としていた。

どこかで聞いたことがある音だ。さくさくと、スコップで土を掘るような音。

おかしいではないか。この部屋の下がどうなっているのか知らないが、土を掘っているのなら庭だろう。しかし、どうも家の外ではなく、すぐ斜め下あたりから聞こえてくるようなのだが。

子供がすすり泣く声でもなければ、鬼婆が包丁を研ぐ音でもなかったので、そんなものはかまわずに寝よう、と思いながらも、どうしても神経をその音に集中させてしまう。やはり、穴でも掘っている音のようだ。恐ろしくはないが、気になる。

どうしたものか。布団を出て、様子を見に下りていくほどの好奇心は湧かないし、そんなことをしたら眠気が逃げてしまいそうだ。放っておくか。いや、でも……。

音は、断続的に続いている。人間の息遣いだとか、別の種類のものは混じらない。寝呆《ねぼ》けていたせいか鷹揚《おうよう》にかまえていた私も、だんだんと不安になってきた。女将さんが何か片づけものをしているのなら、それはいい。お客の安眠を妨げないように、大きな音をたてない配慮をしてくれているようだし。だが、もしも階下にいるのが彼女ではなかったなら？　たとえば、泥棒。そいつは、この宿が無人だと信じて侵入したのだろう。だから、階上《うえ》に人がいることに気づいたらば、私に危害を加えようとするかもしれない。これは幽霊がこわいという子供じみたものではなく、いたって現実的な恐怖だ。

しかし、冷静に考えてみるとそれは杞憂《きゆう》か。もしも階下にいるのが泥棒で、二階にお客が泊まっているのに気づいたとしたら、慌てて逃げるはずだ。また、それ以前に取り壊しを待っている空っぽの家に忍び込む粗忽《そこつ》な人間がいるわけがない。勘違いして入ってきたとしても、すぐに肩を落として退却するだろう。ならば、階下にいるのは女将さんだ。そうに決まっている。気を楽にして、とっとと寝よう。

いや……。

私はゆっくりと上体を起こした。嫌な感じがして、このまま眠るふんぎりがつかないのだ。と、体を動かした弾みに床が鳴るのが聞こえたためか、階下の物音がやんだ。やはり、不審者が上がり込んでいるのか？

静かになった。

そのままじっとしていても、何も聞こえない。耳鳴りがしそうなほどの静寂だけになった。

幻聴だったのかもしれない。自分を偽って不安から逃れようとしたわけではなく、そう思えてきた。夢の続きを見ていたのか、あるいは、頭がぼんやりしていたせいで戸外の何かの音を聞き違えたのだろう。しばらく待っても静けさは破られない。

階下へ下りて何事もないことを確認してみてはどうだ、と私の半分が提案して、それには及ぶまい、ともう半分が拒否した。怖気《おじけ》づいたというより、面倒だったのだ。ふと目が覚めてトイレに立った後、寝つけなくなって困ることがしばしばあったから。

くしゃみが出た。風邪が治まりかけているのに、これはいけない。しっかり布団をかぶって早く寝よう。

ところで何時だろう、と枕許を探って腕時計を見ようとしたが、暗くて針が読めない。夜の真っ只中にいることは間違いなさそうだ。私は膝で歩いて、窓の外を覗いてみた。東を向いているはずだが、山の稜線《りょうせん》すら見えない。眠った時間が早かったから、まだ十二時前後かもしれないな、と思ってあたりを見渡した。

おや、と思う。

人がいる。男の後ろ姿だ。

深夜にこんなところを歩いている人がいるのか。国道の方に向かって歩いていくようだが、何をしているのだろう？　ひどく足早だ。野球帽をかぶって、手には旅行鞄《かばん》らしきものを提げているのが、頼りない星明かりで判った。

妙だ。

あの男はどこからやってきたのだろう？　この宿は雑木林を背にしているので、他に人家はない。とすると彼は、たった今、この宿から立ち去るところなのか？

そうとはかぎらない。日が暮れてやってきたから判らなかっただけで、この奥に他の家があるのかもしれないし、雑木林を抜ける道がついているのかもしれない。そう思って納得しようとするものの、どうも釈然としなかった。

国道に出た男が左に曲がって消えるのを見送りながら、あらぬことを想像する。あの男は、さっきまで階下にいたのかもしれない。そこで何かをしていた。泥棒のたぐいなのだろう。二階の床が軋んだり、くしゃみが聞こえたりしたので誰かいることに気づき、盗んだものを入れるつもりで持ってきていた鞄を提げてすたこら逃げ出した。

布団に戻り、枕に頭をのせた。疑問が残る。あの男が泥棒で、人の気配に逃げ出したのだとしたら、いくら抜き足差し足だったとて玄関の戸を開閉する音がしただろう。なのに、何も聞こえなかった。まるで、戸か壁をすり抜けて出ていったかのようだ。

「幽霊やあるまいし」

声に出して否定した。

そう、幽霊ではあるまいし——。

しかし、何だったのか？

あの音は、あの男は？

眠くなってきた。

明日の朝は気分爽快で。

散歩でもできたら。

ここを取り壊してペンションに。

中途退職した商社マン。

天体望遠鏡。

この以呂波旅館で最後のお客さん。

羊羹。

鄙びた感じ、隠れ家みたい。

野球帽と旅行鞄。

廃線跡。

棄てられたトンネル。

黒い口。

眠い。

…………。

…………。

…………。

3

〈全区間落石注意〉というふざけた警告を掲げた国道168号線に入る。

助手席の火村英生は、ポケットから昨日の朝刊の切り抜きを出して、あらためて読んでいた。その横顔に、私は苦笑しながら言う。

「蒲生っていう刑事に感謝されたわ。『お話を聞きに参上しようと思っていたら、そちらから大塔村までお運びいただけるとは』って。呆《あき》れられてるのかもしれん」

「そうだろうな。ものすごい変人だと警戒されてるぜ」

だらしなく締めた細いネクタイが、風でなびいて彼の首に巻きついている。

「推理作家ということは伝えてあるから、ネタ探しで血眼《ちまなこ》になっていると思われている可能性もある。向こうの時間と手間を省いてあげてるんやから、警戒されることはないやろう。おまけに、犯罪学者までついてくるというサービスぶりや」

「俺はおまけじゃねぇよ」揚げ足を取られた。「非常に多忙な中、時間を割いて京都から遠征してきているんだから、それなりの敬意を払ってもらいたいな」

「これも仕事やろ？　研究と言うべきか。犯罪社会学者としてのれっきとしたフィールドワークなんやから」

犯罪の現場に赴いて、警察の捜査に参画するのは火村のいつもの研究手法だった。いわば〈臨床犯罪学者〉。これまでにいくつもの難事件を解決に導いた実績があるので、警察当局もそんな彼のフィールドワークに協力的だ。もっとも、奈良県警の隅々にまでその威光が及んではいないだろうが。

「しかし、犯罪があったとしても、かなり古い事件やろうから、火村先生がちょこっと顔を出して解決できるものでもないかな」

新聞には〈床下から古い白骨死体が出てきた〉としか書いていなかったが、昨日の夕方、蒲生刑事との二回目の電話で聞いたところによると、十数年は前の骨らしい。頭蓋骨に遺った傷は、鈍器で殴打されたものとみて間違いはない、とも。遺体の身元はまだ特定されていないが、かつて以呂波旅館にいた国広淳夫《くにひろあつお》という男ではないか、という声が囁《ささや》かれているそうだ。

「それにしても、床下から白骨死体が掘り出されるやなんて、あの女将さんもびっくりしたやろうな。えーと、才藤茂美《さいとうしげみ》さんやったっけ」名前は新聞で知った。「ひと晩、あそこで寝ただけの俺でも気色が悪いんやから」

「国広淳夫というのは、女将さんの姉の旦那だったんだろ。お前が泊まった時に、雑談でその人に関する話は出なかったのか？」

「女将さんが話したのは、二年前まで姉が経営していたのを手伝っていた、というだけや。義理の兄が十六年前に失踪したやなんてことは聞いてない。義兄がいなくなったんで、女将さんが姉の手伝いをしてたんやな」

「でも、お前の話によると、民宿とはいえ随分ささやかな宿らしいじゃないか。国広夫妻は、それだけで生計を立てられていたのか？」

「旦那が他に生業を持っていたのかもしれないな。ただ、十六年前やったら、あの宿もまだきれいだったはずや。みすぼらしくなったのは、やる気のない女将さん一人になってからかも」

「十六年前に失踪した時、旅館にいたのは国広夫人だけだったわけだろ。旦那を殺して床下に埋めていたと考えるのが、一番無理がないな」

「あ、もう解決させてしまいやがった」私は皮肉っぽく「しかし、そうやとしたら、俺が聞いた穴を掘るような音っていうのは何やったんやろう。犯人の幽霊？」

「寝呆けていたのかもしれない、と自信がぐらついてきたのならここでUターンしろよ」

「いや、それはない。生々しく記憶に遺ってるんや。あの夜の暗さとともに」

話しているうちに城戸を過ぎた。一週間前にはバスを乗り継いだり黙々と歩いた道を、今日は快調に飛ばす。頭痛に苦しみながら延々と歩いた新天辻トンネルも、車ならたちまち通り抜けてしまう。以呂波旅館が近づいてきた。正確に言うと、以呂波旅館の跡が。

そこを過ぎて大塔村の集落まで入り、役場近くの駐在所まで出頭して欲しい、と蒲生刑事に言われていたけれど、やはりその前に現場を見ておきたい。私は覚えのある角を左に折れた。

宿は消えていた。

それがあったところには、廃材が小さな山になって積んであるばかりだ。立入禁止を示す警察の黄色いテープが張ってあった。周辺に捜査員らの姿はない。私たちは車を降りて、テープの際まで歩いていった。火村は、ぐるりを見渡す。

「国道から少し引っ込んでいるんだな。その方が静かでいいんだろうけれど」

「というほどの交通量でもないけどな。確かに、この引っ込んでいるところが隠れ家っぽくていい、という客がおったかもしれん」

「ペンションを始めようとここを買った元商社マンも気の毒だな。新地《さらち》にしようと工事をしていたら白骨死体が出てきただなんて」

「縁起が悪いったらないわな」

私たちはテープに沿って、ぐるりと現場を一周する。骨が出てきたのは、取り壊し作業の二日目だったそうだ。基礎工事をしていたわけでもないのに、そんなものを掘り当てたことには理由があった。立ち合っていた依頼主——湯浅《ゆあさ》という元商社マン——が、花咲か爺いのポチのように「ここを掘ってみてください」と指差したのだ。

湯浅がそんなことを頼んだのは、超能力があったためではない。彼は以呂波旅館を買い取るにあたって、建物がどれだけ老朽化しているか調べるため、縁の下にまでもぐってみたらしい。その時に、敷地の中央あたりに穴を掘って何かを埋めたような痕跡を見ていたのだ。取り壊し作業の最中にそれを思い出して、まさか変なものが埋まっていないだろうなと思い、念のために掘って調べたかったそうなのだが、結果は大当たりだった。

「どうせ建て直すと決めているのに、わざわざ縁の下までもぐって調べたというのも変わっているな」

そのへんの事情も蒲生から聞いた。

「白蟻《しろあり》が食っていないか心配だったそうや。それで今後の参考に、と」

「ふぅん。家を建てるっていうのは大変だな」

彼は学生時代からの下宿に今も住み続けている。店子《たなこ》が自分一人になったのをいいことに、大家の婆ちゃんの許可を得て、いくつもの部屋を本で占拠したまま。

「俺も家なんか建てたことはないけど、一生の買物やから慎重が上にも慎重に、となるんやろう。しかし、何かを埋めた跡なんていうのを見たら、やっぱり気になるものかな。

——おい」

火村はテープを跨《また》いで、中に入ろうとしていた。大学の助教授の地位にある者がそんなことをしてもいいのか？

「ここで昨日、殺人事件があったわけでもないんだから、大事な証拠を損なうこともない。子供が遊んでいて怪我をしないように立入禁止にしてあるんだろうから、自己責任で入ればいいのさ」

「勝手な理屈をつける奴やなぁ。特権意識を持ってないか？」

そう言う私も、いつの間にかテープの内側に立っていた。

廃材の谷間に青いビニールのシートが敷いてある。火村は片膝を突いて、ためらわずにそれをめくった。直径二メートル、深さ二メートルほどの穴が現われる。ここから白骨死体が出てきたのだ。穴が思っていたよりも大きいのは、警察が証拠品を求めて掘り返したからだろう。

じっと見つめていて何が判るわけでもないので、火村はすぐに立ち上がってシートを掛け直す。近くに転がっている柱を蹴ってひっくり返したりするが、目的があってそうしているわけでもないだろう。

「あんたたち、入ったらいかんでしょう。警察が立入禁止にしとるのに」

背中で誰かが叫んだ。振り向くと、気難しそうな男が立っていた。頭頂部だけが禿《は》げて河童《かっぱ》のようなヘアスタイルをしている。年齢は六十歳ぐらいか。両の腰に手をやって、怒っています、というポーズをとっている。

「ああ、すみません。好奇心に負けたもので」

火村はけろりと言って、またテープを跨ぐ。こちらが素直に反応したためか、男は腰から手を離して柔らかな物腰になった。

「ここで事件があったんです。古い人骨が出てきましてな」

「ええ、知っています。私たちはその件でこれから警察に出向くところです」

「才藤さんの身内の方？」

男は興味津々《きょうみしんしん》のようだ。暇なのか？

「いいえ。そうではありません。以呂波旅館最後のお客だったので、話を聞きたい、と乞《こ》われているんです」

説明が面倒だったからだろう。火村は、自分もここに泊まっただことがあるかのように言った。

「最後のお客というと、いつ泊まったんですか？」

「一週間前です」私が答える。「まさか、白骨死体の上でひと晩を過ごしたとは思いませんでした。しかも、殺された人の骨やなんて」

穴を掘るような音を耳にしたことは黙っていた。

「ああ、このへんの者もみんなびっくりしていますよ。どうやら骨の主は、十六年も前におらんようになった人らしい。そんな人が今頃になって出てくるやなんてね」

昔から近くに住んでいる人のようだ。この人から情報が引き出せるのではないか。火村はすかさず質問を繰り出した。

「ご近所にお住まいですか？」

「この南の辻堂《つじどう》で工務店をやっとります。資材置場があるんで、一日に一度はここにくるんです」

菊池工務店という看板が立っていたっけ。

「骨の主は国広淳夫さんという方だそうですね。旅館のご主人だったんでしょう？」

「そうです。ご主人というても、旅館の仕事はほとんど奥さんに任せていたグータラ亭主でしたな。昼間から浴びるほど酒を飲んだり、ぷいと大阪方面に遊びに行って何日も帰らんかったり。そんな具合やから、突然おらんようになった時も、またか、という感じでした。一週間たっても戻らんというところで、初めて奥さんが警察に届けを出したぐらいです」

「すると、夫婦仲もよくなかったんですか？」

「そんなに険悪でもなかったがなぁ。喧嘩はあったみたいやけど、普通の夫婦やろう。

——玉枝《たまえ》さんが亭主を殺して埋めた、と考えてるんですか？」

「奥さんは玉枝さんとおっしゃったんですね。いいえ、そう軽々《けいけい》に決めつけるつもりはありません。でも、いなくなった旦那が床下から白骨で見つかったとなると、その上でずっと暮らしていた奥さんが疑われるのも致し方ありませんね」

「仕方ありません。しかし、玉枝さんは二年前に他界しとりますからなぁ。今さら、真実はどうやったかと穿《うが》っても虚《むな》しい」

「まだお若かったのでは？」

「五十そこそこやったな。膵臓癌《すいぞうがん》にやられてしもうた。優しいて、気立てええ人やったのに、気の毒なことです。妹ほどやないけど、まずまず別嬪《べっぴん》やった」

　私が割り込む。

「妹さんというと、才藤茂美さんですね。あの方がなかなかの美人なのは知っています。一週間前にお世話になりましたから」

「姥桜《うばざくら》になってしもたけど、若い頃は小町娘と呼ばれたこともあります」

「姉妹の仲はよかったんですか？」

「そらなぁ。お互いに、ただ一人の肉親ということやったから。――しかし、あの姉妹はどっちも男運がなかった。茂美さんの亭主も蒸発や」

　聞き捨てならないことを言う。

「女将さんのご主人も、どこかへ行ってしまったんですか？」

「五、六年前にどこかへ行ったっきりです。うちの工務店で働いていた男なんですけど――」

4

駐在所で待っていた県警捜査一課の蒲生刑事は、「遠くからお越しいただき、感謝します」と私たちを執務室の奥の居間に通してくれた。六畳の和室で、もちろん駐在所員の居住空間だ。巡査は出払っていたが、その奥さんにお茶を出してもらって恐縮した。

蒲生は、外見から年齢を推し測りにくい風貌をしていた。皺《しわ》が深いが表情や声が若々しいので、童顔の五十代にも老け顔の三十代にも見えてしまうのだ。しばらく話しているうちに、「本職は高校を卒業して警察官になって以来二十五年」というフレーズが出てきたので、四十代前半であることが判明した。

私が一週間前に体験したことを話すと、彼は若干の質問を挟みながらノートにメモを取り、何度か「妙なことですなぁ」と相槌《あいづち》を打った。こちらの話を聞き終えた彼は、事件の概要についてかなり丁寧にしゃべりだした。はるばる大阪から足を運んできてくれて助かった、という気持ちがあるからだろう。ついてきた犯罪学者にサービスしてやろうという厚意もあるようだ。それ以前に、話し好きなのかもしれないが。

「歯の治療記録が合致しただけではなく、白骨死体が着ていたのも国広淳夫の着衣でした。記録に遺っている失踪当時の服装とぴったりでしたから。さらにDNA鑑定での確認も行なっているところです。はっきり他殺だという鑑定が出たんですが、問題なのはいつ殺されたのか、ということです。失踪したとみんなが思っていた時点で殺されていたんだとしたら、十六年前の事件ですから時効が成立します。しかし、犯行が十四年前だとしたら事情は大きく変わります」

周知のとおり、殺人の時効は十五年だ。

「白骨死体から、いつ死亡したのか鑑定することは可能なんですか？」

私の問いに蒲生は曖昧《あいまい》に笑う。

「鑑識の話によると難しい、ということですが……」

火村が解説する。

「それは難しいでしょうね。死後ただちに地中に埋められた死体が白骨化するのには、およそ五年を要します。その頃になると骨は脆弱《ぜいじゃく》になっていって破損していく。顕微鏡検査をして骨の組織的構造の壊れ具合を調べたり、紫外線を照射して骨が発する自家蛍光の強さを見たとしても、それが死後十四年目のものか十六年目のものかを測定するのは困難です。ましてや、いったいその白骨死体がいつから地中にあったかさえ不明となれば。断定できるのは、十年を超えているかいないか、が精一杯だと思います」

蒲生は「ほぉ」と感心した。

「これはこれはお詳しい。さすが犯罪の専門家だ。火村先生は法医学の知識もおありなんですね」

「浅く齧《かじ》っただけです。――骨と一緒に、犯行の時期を推定できるものは出てこなかったんでしょうか？」

「よく探したんですが、何もなしです。凶器はおろか、被害者が所持していた品も出てこない。上着のポケットに空っぽの財布と吸いかけの煙草が入っていたぐらいですか」

「犯人の遺留品もないわけですね？」

「一切ありません」

「実はさっき現場を見てきたんです。もう発掘作業が終了していましたね。やけに早く打ち切ったものだ、と思ったのですが」

「本来なら、明日ぐらいまでかかる作業やったんでしょう。本件の場合は、遺骨が非常にコンパクトにまとまっていましたので、昨日一日で作業が完了したんです」

「白骨死体そのものから死後経過期間を鑑定するのは無理だとしても、それが埋めてあった穴がいつ掘られたものか推察することはできなかったんですか？」

私が気になったことを尋ねてみる。

「それはよけい無理です。鑑定する基準があったとしても、工事の作業員たちがざっくざっくと掘り返した後ですからね」

「湯浅さんという工事の依頼主のリクエストで掘り返したんでしたね」火村が言う。「その方は、床下に何かを埋めた跡があったのを知っていたとか？」

「はい。縁の下の白蟻を調べる時に気になったんだそうで、なかなか鋭い観察力です。ただ、ちょっと変わっている。ご近所で『あの宿には悪い噂《うわさ》はありませんか？　床下に何か埋めた跡があるんです』と聞いて回ったそうですからね。しかし、湯浅氏が縁の下にもぐらなかったとしても、ペンションを建てる基礎工事の段階で骨は掘り出されたでしょうから、いずれは太陽の下に出てくる運命だったんです」

「国広さんのご遺族の方は？」

「奈良市内に齢の離れた弟さんがおって、遺骨を引き取ることになりました。殺されたと聞いてショックだったみたいです。国広淳夫という人は自分勝手というか気まぐれで、若い頃には放浪癖があったので、弟さんもまさか殺されて埋められていようとは想像していなかったそうです。いなくなって七年後に失踪宣告が出て、法律の上では国広淳夫は死亡したことになっていました」

「時効で捜査が行なわれない、となると失望なさるでしょうね」

「ちゃんと捜査をしてくれ、とは言われました。しかし、何と言いますか……犯人が生きておらんかもしれんのでねぇ。そのあたりは半ば諦めてるんではないでしょうか」

蒲生は奥歯にものが挟まった言い方をした。何を仄めかしているのかは判る。彼を殺して宿の床下に埋めた者がいたとしたら、妻だった玉枝しかいないではないか、ということだろう。

「時効かもしれない。犯人は死んでいるかもしれない。となると、後はホトケさんが成仏《じょうぶつ》できるように懇《ねんご》ろに弔《とむら》ってあげるしかありませんわ」

「国広玉枝さんが犯人だった、と見ているわけですね？」

火村は単刀直入に訊く。

「警察の公式見解ではありませんよ。私見です。村の噂でもあります」

「しかし、玉枝さんが淳夫さんを殺害したという確固たる証拠はないわけでしょう?」

「ええ、それはそうです。でも火村先生、状況証拠は揃っていますよ。国広淳夫は十六年前に失踪したとされた時点で殺され、床下に埋められた公算が大きい。その時、あの宿に住んでいた人間は妻の玉枝だけです。殺したのも埋めたのも妻でしょう」

遠回しにしゃべっても仕方がない、というように刑事は言い切った。しかし、私には異論がある。

「常識的に考えればそうでしょうね。しかし、白骨死体がいつ以呂波旅館の床下に埋められたかは不明なわけですよね。もしかすると、それまでは別のところにあったものを犯人が掘り返して、一週間前の夜中にあそこに移したのかもしれない。遺骨がコンパクトにまとまって埋まっていたのは、犯人が袋にでも詰めて運んできたからですよ」

気持ちのよくない話だが、私が聞いたのはその作業の音だったのかもしれない。

「どうしてそんなことをするんです?」

「さあ、それは判りません」

「これまで十六年間、国広淳夫は生きているとも死んでいるとも知れなかった。犯人は非常に上手に死体を隠していたわけです。それなのに、今になって遺骨を移動させる理由はありません」

これには仮説で答えるしかない。

「もしかすると、何らかの事情が生じて、これまで死体を埋めていた場所では都合が悪くなったのかもしれません。たとえば、遺蹟の発掘調査が行なわれることになったとか」

「そんな場所は近辺にありません」

「たとえば、ですよ」

「それで大胆にも空き家同然になっている以呂波旅館に忍び込んで、死体を深夜に移したというわけですか。いやぁ、やはり変でしょう。あそこの方こそ、ペンションに建て替えられることになっていて、死体が掘り出されることが目に見えていた」

「犯人はそのことを知らない人物かもしれません」

「狭い村ですから、みんな知っていたはずですよ。それは措《お》くとしても、あそこが建て替えられると知らずに危険を冒して死体を移したら、その一週間後に掘り出されてしまった、なんてことがありますかね。その犯人は間抜けすぎます」

「ええ、犯人にとっては信じられないぐらい不運な偶然が起きたのかも」

「うーん」と刑事は唸《うな》る。「有栖川さんが穴を掘っている犯人を目撃した、とおっしゃるのなら納得するかもしれませんけれど、音をお聞きになっただけですからねぇ」

「怪しい人影なら見ていますよ」

「野球帽と鞄の男ですか。スコップを持っていたわけではないでしょう?」

「鞄の長さは一メートル近くあったかもしれません。スコップだって入ります」

「ただの通行人かもしれません」

「翌朝見てみたら、宿の裏には人家も道もありませんでした。通行人だとは思えません。それに、朝食を運んできてくれた女将さんに話すと、『あら、おかしいですね』と彼女も不審そうでしたよ。いや、とても気味悪がっていた」

「それは、男のいでたちが気味悪かったんですよ」

どういうことか判らなくて、私は首を傾《かし》げた。

「実は、才藤茂美さんのご主人も失踪して行方が判らなくなっていましてね」

その情報はここへくる途中に仕入れていたが、初めてのふりをして聞いた。消えた女将さんの旦那の名は才藤道昭《みちあき》。以呂波旅館にからんだもう一人の失踪者ということで、蒲生が昨日調べたところによると、姿が見えなくなったのは五年前の六月二日。「下関《しものせき》の親戚のところへ行ってくる。三日ほどで帰る」と行って出たっきり戻らなかったそうだ。旅行鞄を提げて家を出た時、彼は野球帽をかぶっていたという。

「野球帽に旅行鞄……。私が見た人影と同じですね」

「そんな恰好の男が夜中に宿のあたりを歩いていたと聞いたら、女将さんが気味悪がるのも無理はない。まるで、こっそりと亭主が戻ってきたみたいですものね。ところで、さっき伺うのを忘れていましたが、有栖川さんが見た男はどこのチームの帽子をかぶっていたんですか？　ちなみに、才藤道昭がいつもかぶっていたのは大洋ホエールズの帽子です」

「今で言う横浜ベイスターズですね。どこの帽子かまでは見えませんでした。——奈良の山奥でベイスターズのファンというのは珍しくありませんか?」

「彼の両親が下関出身だったからでしょう。ベイスターズの親会社である水産加工業は下関に縁があります」

「どうでもいい質問をして失礼しました。しかし、私も少し無気味に思えてきました。あの人影が道昭さんだった可能性はあるんですね」

「まさか。それこそ偶然でしょう。仮に、それが才藤道昭だったとしたら、彼はそんな場所に真夜中に立ち寄って、何をしていたと言うんです。国広淳夫の遺骨を移しに舞い戻ってきたとでも?」

私は言葉に詰まった。思いつきでしゃべるものではない。

「いやぁ、それは考えられませんね。道昭さんという人は、国広淳夫さんを殺す理由がありませんから」

素直に認めたら、蒲生は苦笑した。

「犬猿の仲だったそうですけれどね」

「え。二人は面識があったんですか?」

「二人ともこの村出身で、小学生時代からの知り合いでした。昔から反りが合わなくて、喧嘩《けんか》ばかりしていたと聞いています。そんな二人が、玉枝と茂美の姉妹とそれぞれ結婚したわけです。と言っても、道昭さんが茂美さんと結婚した時、もう淳夫さんはいなくなっていましたから、親戚同士として付き合うことはありませんでした」

「二人が結婚したのはいつですか?」

私は蒲生に聞いて手帳に控える。関係者らに起きたことを時系列で並べると、こうなった。

十八年前・玉枝が国広淳夫と結婚
十六年前・淳夫が失踪（この時点で殺害されていた?）
十五年前・茂美が才藤道昭と結婚
九年前・淳夫に失踪宣告（死亡したと推定される）
五年前・道昭が失踪
二年前・玉枝が病没
一年前・茂美が民宿を廃業

このままいくと、〈そして誰もいなくなった〉になりそうだ。火村は私のメモを覗き込み、人差し指で唇をなぞっていた。

「道昭さんが淳夫さんと犬猿の仲だからといって、殺すとは思えませんがね」

蒲生はその点については慎重だった。私はまたもや思いつきを口走る。

「こうは考えられませんか。道昭さんは、茂美さんと結婚したかった。しかし、大嫌いな淳夫さんの義弟になるのはごめんだったので、まず彼を殺害した」

「そんなことで人を殺すなんて馬鹿げていますよ。淳夫さんが殺された時に誰と誰にアリバイがあったかはもはや調べようがないので、可能性はゼロでないにしても」

想像にすぎないし、殺人の動機としては弱すぎるか。火村が私のメモから顔を上げる。

「才藤道昭さんは、どういう方だったんですか？」

「こちらは国広淳夫と違って、生真面目《きまじめ》な男だったようです。仕事もきちんとやったし、家庭の不和もなかった、と茂美さんから聞いています」

「彼が旅行鞄を提げて村を出ていくのを、誰か見た人がいるんですか？」

この質問は、蒲生にとって意外だったようだ。

「いや。聞いたところによると、茂美さんが玄関で見送った後、誰も姿を見ていないそうです」

「村から出るには、車かバスを利用しなくてはならないはずですが」

「バス停に向かって歩いていった、と茂美さんは言っていますが、バスに乗ったことも確認できなかったようです。明白な事件性があったわけではありませんから、綿密な捜査が行なわれなかったんです」

火村は何ごとかを了解したように、軽く頷《うなず》いた。

5

才藤茂美の家は、以呂波旅館があった場所から三百メートルほど南にぽつんとあった。本人から聞いていたとおりの粗末な家で、二階がわずかに右に傾いている。屋根瓦からは雑草が伸びてそよいでいた。

「なるほど」

車を降りて家の前に立った火村は、ここでも独りで納得していた。

「なるほどって、何が？」

「こういう家だと予想していたのさ」

「こういう家とは？」

「おや、誰かいるぜ」

彼は玄関脇の流しの人影を指差す。私は「ごめんください」と直接呼びかけてみた。窓が開いて、女将さんが顔を出す。正確には元女将さんだが。

「あら、この前のお客さん」

当然ながら驚かれる。

「覚えていてくれましたか？　その節はありがとうございました」

「こちらこそ、何のおかまいもできませんで。——どうなさいました？」

あの夜のことを警察に話しにきたのだ、と言うと、女将さんは呆れ顔だった。

「わざわざ大阪からきなさったんですか。うちに泊まったおかげでえらい迷惑でしたなぁ」

「お気になさらずに。そういうわけで近くまできたので、刑事さんに女将さんのお住まいを聞いて、ちょっとご挨拶《あいさつ》に寄らせてもらったんです。——今、お忙しいですか?」

「いいえ、全然。むさ苦しいところですが、よろしかったらお上がりください。おや、連れの方がいらっしゃるんですね」

「友人の火村といいます」とだけ紹介して上げてもらった。期待していたとおりの展開である。お礼がしたかったのも本心だから、大阪から菓子折りを持参している。女将さんは恐縮しながら、拝むようにそれを受け取った。

「あっちの宿もみすぼらしかったけれど、それ以上でしょう」

六畳間を見回して、思わず「そうですね」と言いかけた。築後何十年たっているのだろう。膳《ぜん》も和簞笥《わだんす》もテレビもかなりの年代ものだ。質素な暮らしぶりが窺《うかが》える。

「安物しかありませんが、お茶を淹れますんで」

女将さんが台所に立つと、火村は背にしていた襖をそっと開いた。奥の板の間の部屋は納戸《なんど》になっているらしく、雑多なものが押し込んである。

「おい、行儀が悪すぎるやろ。それとも——」

「ああ、確かめているんだよ」

彼は襖をそっと閉めると、次は膳の下に頭を突っ込んだ。その行動の意味が理解できずに、私はきょとんとする。

「これはいよいよ怪しい」

そう言いながら頭が出てきた。「何が？」と訊いたところへ、女将さんが早くも戻ってきた。火村はそ知らぬ顔で「これはどうも」などと言っている。

「火村さんも小説を書いておいでなんですか？」

女将さんは愛想よく尋ねる。

「いいえ、私は京都の英都大学で社会学を教えています」ひと呼吸おいて「犯罪社会学です」

「まぁ、犯罪の研究を」

女将さんは、ふと目を伏せた。

「友人が泊まった宿の床下から白骨死体が出てきた、というのを聞いて、興味を惹《ひ》かれてやってきたんです。しかも、彼の話によると、夜中に何者かが骨を埋めにきたらしい。そんな奇妙な行動をとる犯罪者がいるだろうか、というのが疑問でした」

「はぁ。私も有栖川さんから翌朝その話を伺って、不思議に思っておったんです。その時は骨のことはまだ知りませんでしたから、おんぼろ旅館に泥棒が入るのもおかしいなぁ、と」

「野球帽をかぶり、旅行鞄を提げた人影を彼が目撃したことも聞きましたね。そのいでたちから、失踪なさったご主人を連想しませんでしたか？——ああ、いきなり失礼しました。そういうことは警察で聞いたんです」

女将さんは、ひと口お茶を啜《すす》る。

「薄気味が悪いな、と思いました。けれど、あの人が連絡もなしに真夜中に帰ってきて、旅館の周りだけうろついて帰る、というのもありそうにないでしょう。多分、似た恰好の別人やろうと思います」

「はい、別人です」

火村が断言するので、彼女は怪訝《けげん》そうだった。

「ここにくる前に、菊池さんにお会いしてきました。野球帽と旅行鞄の男は、菊池さんでしたよ」

女将さんが私の顔を見るので、本当です、というふうに頷いてみせる。

「そんな時間にそんな恰好で何をしていたかと言いますとね、彼は以呂波旅館の床下にもぐって穴を掘り返そうとしていたんです。彼は昼間、湯浅さんから床下の穴について聞いていました。『あの宿には何か悪い噂がありませんか?』と訊いたぐらいですから、湯浅さんは不吉な想像だけをしたんでしょうね。しかし、菊池さんは違った。あの人はご近所の事情に通じていたせいか、根が楽観的なのか、以呂波旅館の床下には結構なものが埋めてあるのではないか、と思ったんです」

「結構なもの、とは……?」

女将さんは、恐る恐る尋ねる。

「お金ですよ。彼は、女将さんの手許には大金があると思っていたそうです」

「あらまぁ、変わった人ですこと。大金を持ってたら家の手入れぐらいしてますでしょうに」

「菊池さんは、家の手入れも惜しんで貯め込んでいる、と考えたんですね。お金があるはずだ、とふんだ根拠は、不幸なことに女将さんの近しい方が何人かお亡くなりになっているからです。生命保険が転がり込んだだろう、という読みですね」

「保険なんて、ろくに加入していませんでした。それに、姉の医療費にかなりかかりましたから、貯金なんかございません。そそっかしいにもほどがあります」少し声を低くして「誤解したのはええとして、それを内緒で掘り出しにきたやなんて犯罪やないんですか？」

「住居不法侵入の要件は満たしますね。でも、未遂ですから罰せられません。不埒《ふらち》なことに及ぼうとやってきた彼ですが、廃業したはずの宿に思いがけずお客が泊まっているらしいことに気づいて、慌てて引き返したんです。それが、有栖川の目撃した人影です」

宿の戸が開閉する音がしなかったのも道理である。菊池は、私のくしゃみに驚いて逃げたのだ。

「野球帽に旅行鞄というスタイルにも理由がありました。遠目に目撃されたりしても、あれは近所の菊池だと特定されないよう、帽子をかぶって特徴のある頭を隠したかったそうですよ。大きな鞄にはスコップが入っていました。もちろん、札束を掘り出したらそれに詰め込むつもりだったんでしょう」

「聞けば聞くほど呆れますね。菊池さんがそんなことをするやなんて……。主人が世話になったご恩を感じていたのに、幻滅しました」

「掘り出すならあの夜だ、と思って決行したんですよ。すぐにも取り壊しが始まりそうでしたからね」

「でも」女将さんは微笑する。「謎が解けてすっきりしました」

「解けていませんよ。菊池さんが打ち明けてくれたことが本当だとしたら、有栖川が聞いた物音に別の説明をつけなければなりません。階下でこっそり穴を掘るような音。それは、誰が何をしていたのか？」

女将さんは「はぁ」と細い声を出した。火村に対して、あなたは何のご用があってうちにきたのですか、と問いたがっているふうでもない。

「何者かが穴を掘っていたらしい。そして、そこから国広淳夫さんの遺骨が出てきた。普通に考えれば、その何者かが骨を埋めたように思えますね。しかし、そうとは限りません。可能性は色々とあります」

ここから先、火村が何を言おうとしているのか、私も知らなかった。彼は開いた右手を立ててから、親指を折る。

「一。そいつは遺骨を埋めるために穴を掘った」人差し指を折り「二。そいつは遺骨がそこにあることを確認するために穴を掘った」中指を折り「三。そいつは遺骨と一緒に埋まってる何かを取り出すために穴を掘った」薬指を折り「四。そいつは遺骨と一緒に何かを埋めるために穴を掘った」

右手に立っているのは小指だけになった。

「この四つの可能性を検証してみます。まず一について。これは不可だ。何故《なぜ》ならば、あの宿がまもなく取り壊されることが知れ渡っていたからです。そんなところに遺骨を埋めたとしたら、どうか見つけてくださいというようなものですよ」

「わけあって見つけてもらいたかった、ということはないか？」

私が口を挟む。

「それはないね。遺骨を見つけて欲しかったのなら、苦労して床下に埋めなくても方法はいくらでもある。駐在所の前に置いといてもいいだろ」

それもそうだ。

「次に二について。遺骨があることを確認するために忍び込んだと考えるのも不自然です。そいつが善意の人間なら、遺骨の存在を警察に通報するはずだし、悪意の人間ならば見つからないように掘り出してよそに移したはずでしょう。確認して放置した、というのでは行動に意味がない。従ってこれも不可です。

三はどうか？　穴を掘った者は実は淳夫さんを殺した犯人で、遺骨のそばに自分のイニシャルが入ったハンカチが埋まっているのを知っていたからそれを取り出そうとした……なんてことはあり得ませんね。そんな危険な証拠物件が埋まっているのを知っていたのなら、とっくに掘り出していたはずだ。知っていながら、今まで放置していたはずがないから、これも不可。

では、四は？　こいつも不可です。警察によると、穴からは遺骨しか出てきていません」

火村の話についていけているのかどうか、女将さんは虚《うつ》ろな顔をしていた。

「四つの可能性を全部否定したな。すると、どういうことになるんや?」

火村の小指がゆっくりと折れ曲がった。

「五がある。そいつは穴を掘って、埋まっていた何かと遺骨とを入れ換えたのさ」

そんな可能性はまるで浮かばなかった。盲点だった。女将さんが無言なので、私が質問する。

「埋まっていた何か、というのは?」

「そこにあってはまずいものさ。取り壊し工事の際に見つかってはならないもの」

「おかしなことを言うなぁ。他殺の痕跡が遺った白骨よりもまずいものなんかないやろう」

「あの白骨死体は、そんなにまずいものでもない。他殺と鑑定されたとしても、時効だからな。時効が成立していると断定できるほど精度の高い鑑定は実際には不可能なんだが、そいつは科学捜査を過大評価していたんだろう。——どう思われますか?」

感想を求められても、女将さんは首を振るばかりだった。

「待て。時効が成立しているとはいえ、他殺死体やぞ。それと交換する必要があるほどやばいものって、あるか?」

「あるとしたら、時効が成立していない他殺死体だな」

本当に冗談だと受け取ったのだ。が、すぐに重大なことを思い出す。国広淳夫の他にも殺された人間がいるとしたら、それは――

「……才藤道昭さんのことか？」

女将さんの面前で、火村は平然と頷く。

「そうさ。道昭さんの遺骨が宿の床下にあったとしたら、掘り出されちゃまずいだろう。だから、そいつ――犯人――は取り壊される前に慌ててそれをよそに移した」

変だ。火村の推理はおかしい。

「道昭さんが五年前に殺されて埋められていたんやとしたら、それを今になって移すのはええ。ここが取り壊しになるんやからな。けれど、なんで別の遺骨と入れ換えたりするんや？　そっちは十六年間、うまく隠してあったんやろう。そこへ道昭さんの遺骨も一緒に埋めたらよかったんと違うのか？」

「理屈はそのとおり。でも、犯人はそうしなかった。非合理的な理由があったんだろうな」

「どんな？」

「二つの遺骨を一緒にすることにためらいがあったのかもしれない。国広淳夫さんと才藤道昭さんは、犬猿の仲だったそうじゃないか。犯人はそのことを慮《おもんぱか》って、遺骨を離しておいてやろうとした」

「冗談はやめろや」

「そんな温情があるんやったら、人を殺したりはせんやろう」

「する。するんだよ、人間は。それはまた別なんだ」

火村の答えには確信がこもっていた。そのことについては棚上げしよう。

「犯人は、二人も殺していたわけか？」

「正直なところ、それは判らない。二人の遺骨を管理していたことだけは確かだな」

「……誰なんや？」

尋ねながら、私は女将さんを横目で見た。彼女は石になったように固まってしまっている。火村は穏やかに問いかけた。

「事件の中心にいるのは、どう考えてもあなたです。ご存じのことがあったら話していただけませんか？」

えっというように、彼女は顔を上げた。

「私が事件の中心にいるやなんて、どうしてそうなるんですか？」

「国広淳夫さんと才藤道昭さんの双方とつながりがあったのは、あなただけです。お姉さんはお亡くなりになっていますからね」

「私は知りませんよ。何の関係もありません」

怯《おび》えるでも激高するでもなく、当惑しているようだった。

「関係ないとは思えません。ここは山深い土地です。犯人があなたでないのならば、遺骨の隠し場所としてあの宿の床下にこだわるはずもないでしょう。穴を掘って遺骨をこっそり埋める作業を最も安心して行なえるから、犯人はあそこにこだわったものと思われます。つまり、あなたです」

「どうして私が、姉や自分の夫を次々に殺さんといかんかったんです?」

「あなたからご説明いただけませんか?」

女将さんは溜め息をついた。

「濡《ぬ》れ衣《ぎぬ》です。私は誰も殺していませんし、遺骨を入れ換えたりもしてません。だいたい、夫が死んでるという証拠もないやないですか」

ごもっともな反問だったが、火村はたじろがない。

「濡れ衣を着せるつもりはありませんけれど、道昭さんの遺骨が見つからないうちは私の妄想と詰《なじ》られても仕方がありませんね。では、ご主人の遺骨が出てきたら私の言っていることを認めてくださいますか?」

「そんなもの、認められませんよ。万一、付近の雑木林から掘り出されたとしても、どこの誰のしわざか特定できるはずもないことです」

「私には見当がついているんです。道昭さんの遺骨があるとしたら、それが埋まっているのはこの部屋の床下です」

「この部屋って……」私は畳を指差した「つまり、ここ?」

「ああ、俺たちが座っている真下だよ。——あなたが淳夫さんの遺骨を十六年間隠し通してきた。よほど安全な場所に埋めたんでしょうね。この家の床下だったら納得がいく。ずっとずっと、そのままだったらよかったのですが、不都合なことが起きた。もう一柱《ひとはしら》の遺骨を五年前に埋めた宿を、経済的な理由から手放さなくてはならなくなったことです。しかも、買い手は建物を取り壊して建て直すという。五年前の遺骨は絶対に掘り出さなくてはならないが、それをここに運んできて淳夫さんの遺骨と一緒にすることには抵抗があった。そこで、あなたは二柱の遺骨を入れ換えることにしたんですよ。これが私の考える事件の真相です」

「そんな一方的に言われましてもねぇ」

女将さんは飄々《ひょうひょう》と応《こた》える。火村の指摘は的を射抜いているのだろうか、と私は不安になってきた。

「車にも乗らず、行動半径が狭そうなあなたにとって、選択できた遺骨の隠し場所は自分が居住している家の床下が最善だったはずです。つまり、ここ。この部屋。隣りの納戸はたくさんのものが収納してありますし、板の間なので床下を掘るには不便だったでしょう。畳の間のこの部屋しかない。もしも否定なさるのなら、畳をめくってみてもかまいませんか?」

彼が膳の下にもぐったのは、畳をめくった形跡がないかを見たのだな、と理解した。しかし、彼女が犯人であってもなくても、そんな不躾《ぶしつけ》な頼みをきいてくれないだろう。私はそう思ったのだが——

「かまいませんよ。どうぞ、床の下をお調べください。それでお気がすむのなら」

「では、失礼して」

火村は立ち上がり、湯呑みを脇によけてから膳を和箪笥に立てかけた。女将さんと私も立って、なりゆきを見守る。

畳の合わせ目がゆるくなっているようだった。火村はその隙間に両手の指を差し入れ、ぐいと引き上げる。微かに綿ぼこりが舞った。めくった畳を膳と並べて立てかけると、手狭な部屋がさらに窮屈になる。

床板に注目した。ごく最近、それを剝《は》いだ形跡が明白に遺っている。ほとんどの釘が抜かれているのだ。屈《かが》んだ火村は、いともたやすく一枚二枚と板を取りはずしていく。たちまち縁の下が顕《あら》わになった。

「掘り返した跡がありますね」

火村はフィールドワークの現場でいつも使っている黒い絹の手袋を嵌《は》め、犬のように掘り返しだした。体を入れるスペースがないので、手を貸してやることもできない。だが、彼の発掘作業はそう長くは続かなかった。

犯罪学者は土まみれの骨をつまみ上げる。

「人骨です。上腕骨だ。海綿質の柱状構造が非常に疎らになってきていますから、四十代後半から五十代の人のものでしょう。頭蓋骨か骨盤が出てくれれば、法医学は素人の私にでも性別を鑑定できますよ」

「やっぱり……」

女将さんは悪びれるでもなく呟《つぶや》く。

「やっぱり、ありましたね。消えてなくなってもおらんかったし、他の人の目にも見えるんですね。もしや、消えてなくなってるんではと思っておったんですけれど……」

とぼけているのか、と見ると、目の焦点が合っていなかった。火村の話が核心に迫っているのを知って、心はどこかに逃げ出しているのかもしれない。

「女将さん。あなたしか、これを埋めることはできなかったはずですね。——誰の遺骨なんですか？」

深い溜め息とともに、彼女は微かに苛立《いらだ》ちをにじませた声で火村に答えた。

「さっき、おっしゃったじゃないですか」

6

才藤茂美が蒲生刑事の許《もと》に出頭するのに同行しただけで私たちの役目がすむはずもなく、彼女に自首を勧めた経緯について詳細な事情聴取を受けた。警察に甚大《じんだい》な貢献をしたことを感謝されたのはいいが、おかげで解放されたのは夜になってからだ。

私一人ならば、〈星のくに〉にある今度は明るい宿に投宿したいところであったが、何時になっても今日は家に帰るのだ、と火村が強く要望したので、大阪に向けて出発した。京都行きの最終電車に遅れては大変なので、私は疲れた体に鞭打《むちう》って車を飛ばす。

「星がいっぱいだ」

開いた窓から夜空を見上げ、助教授は無邪気なことを言う。

「骨がいっぱい？」

「星だよ」

わざと聞き違えたふりをしただけだ。

「それにしても、畳をめくらせてください、と頼んだのは博打《ばくち》やったな。才藤道昭が殺されたという証拠は皆無だったんやから」

「博打なもんか。あの畳はごく最近に剥がされていたのは確かだった。女将さんも冷静さを失っていたんだろうな。敷き直す時にうっかり畳の向きを反対にしていた。色の褪《あ》せ具合でそれが判ったから強気で出たのさ。あのごたごたした納戸も、床下に遺骨があることを暗示していた。あの人は、取り込んだものを手許から離したがらないタイプだ。人目につい てはならない危険なものは一番近くに置いておく、と思ったね」

「おお、後づけの理屈」

「自分の洞察力のなさを認めたらどうなんだ」

窓をさらに大きく開いて、彼はキャメルをふかす。

「ところで、女将さんが自供しだしたことはどこまで真実なのか、俺には疑問なんやけれど……」

「あれね」火村はこともなげに「判らないな。自分に都合のいい話を捏造《ねつぞう》しているだけかもしれない。取調室の攻防と科学捜査が勝負の分かれ目になるだろう。真実を引きずり出すことは難しい」

彼女によると、二人の男を殺《あや》めたのは姉の玉枝だという。淳夫は、昼間から酔って暴力を働いたので正当防衛的に花瓶で殴打して殺した。道昭には暴行されそうになった。それで突き飛ばしたら柱で頭を打って死んだ。いずれの場合も、姉がパニックに陥って相談してきたので、自分が遺体を処理してやったのだ、と。

「死んだ姉に罪をなすりつけてるだけやないのか？」

「おそらくはそうだよ。だって、玉枝が国広淳夫を自宅で殺害したのなら、わざわざ遺体を茂美の家に運んで床下に埋めたりしないだろう。淳夫は、茂美の家で殺されたんだ。酔った義兄に暴行されそうになったことが動機かもしれないな。そして、道昭を殺した動機は夫の暴力が背景にあったのかもしれない。あるいは、今度は道昭が玉枝によからぬことをしたのが原因かもしれない。真実はきっとその周辺にある。とっさに嘘を並べるとしたら、現実に経験したことをアレンジするものだからな」

初対面の時の女将さんの様子を思い出す。トレーナーとジャージという恰好は、床下を掘るために選んだものだったのか。是が非でも泊めてくれ、と懇願されて、さぞや弱ったことだろう。あの時の私は、梃子《てこ》でも動かないという態度だったのかもしれない。どうしてもあの夜のうちに遺骨の入れ換え作業をすませなくてはならなかったところへ飛び込んできた余計者。それでも結局泊めてくれたのは、こんな病人なら風邪薬を服ませればすぐに熟睡するだろう、という希望的観測があったのかもしれない。

「女将さんの完全犯罪は、どこでつまずいたんやろう？」

「自明じゃないか」火村は煙を外に吐く。「情けをかけて有栖川有栖を宿に泊めてやったことだよ。お前を追い返していれば、夜中に不審な物音を聞く者はいなかった。そうだったなら、〈民宿の床下から古い白骨死体発見〉ですんでいたんだ。犯人は妻の玉枝だったのだろうが時効だ、ということで幕が引かれたんじゃないか。情けが仇になった」

そんなやりとりをしているうちに、車は山を下って里に出る。ようやく五條だ。国道24号線に入って、風《かぜ》の森《もり》峠を抜けることにする。まっすぐに北上すれば京都だ。

「このまま北白川《きたしらかわ》まで送ってやるよ。そうしないと、大阪で最終電車をつかまえるのは無理や。俺が巻き込まれた事件にお前を巻き込んで、こんな遠くまで引っぱってきたんやしな」

「あ、それはありがたい」火村の目が輝く。「持つべきものは忙しくない自由業の友人だな。駐在所でとってもらった天丼だけでは足りないから、どこかでラーメンを食いたいと思ってたんだ。情けを仇にはしないぜ。それは奢《おご》ろう」

高校生ではあるまいし、三十四歳の男がラーメン一杯のことで「奢ろう」なんて言葉を使わないでもらいたいものだ。

とは言うものの、ラーメンのひと言が食欲を刺激した。長かった一日を締め括る一杯をどこで食べようか。私は記憶の中の〈国道沿いのうまい店〉リストを検索し始めていた。

ホテル・ラフレシア

1

回転扉をくぐったとたん、私の頭の中で懐かしいイーグルスの大ヒット曲が静かに流れ始めた。ロック史に残るあの名曲のアコースティックなイントロが。

「〈ホテル・カリフォルニア〉って、こんなところかな」

傍らで片桐光雄《かたぎりみつお》が頷いた。

「ああ、そうかもしれません」

一つ年下の編集者はサングラスをはずしてシャツの胸ポケットにしまうと、溜め息とともにシャンデリアが輝く高い天井を見上げ、回廊になった中二階をぐるりと見渡す。ゆったりとしたロビーは観葉植物の緑とハイビスカスの花の赤で彩られ、大きなガラス窓の向こうには抜けるように青い空と海が広がっていた。差し込む早春の陽光は紗《しゃ》のように柔らかく、ラウンジの客たちはカラフルなトロピカル・ドリンクなどのグラスを片手に、みんな幸せそうに談笑している。フロントの方に目を転じると、カウンターの内でも外でもマリンブルーのベストを着た従業員が微笑みながら私たちを迎えてくれていた。目に映るもののすべてが、美しい調和に包まれている。

片桐の隣りでは、火村英生がすました顔で『ホテル・カリフォルニア』のサビのメロディを口笛で吹いていた。

Welcome to the Hotel California
Such a lovely place

片桐に誘われた時はずいぶんともったいぶったくせに、到着するなり結構うれしがっているではないか。それはさて措き——

「いや、やっぱり違うな。〈ホテル・カリフォルニア〉は砂漠のハイウェイの果てにあった。石垣島《いしがきじま》のリゾートホテルで連想するのは、ずれてるんやないか」

自分も即座にあの歌を思い浮かべたくせに、ひねくれ者の私は前言を翻《ひるがえ》した。片桐は「知っていますよ」と言う。

「〈暮れた砂漠のハイウェイ　涼風が髪をそよがせ　コリタスの香りが甘く漂う〉でしょ。僕のカラオケの十八番ですからね。歌詞、全部頭に入っています」

「英語の歌を十八番にするというのは問題があるよ。気取りやがって、と嫌がる人がいてるでしょう。タブーやという説もある」

「堅苦しく行儀作法を気にするんですね、有栖川さん。大丈夫ですよ。誰も人の歌なんて聴いていないんだから。気持ちよく歌ったもん勝ちでしょう」

「名前だよ」

火村が口を挟んだ。会話が噛み合っておらず、何を言いたいのか判らない。

「入るなり『ホテル・カリフォルニア』って歌が浮かんだのは、ここがリゾートホテルであるという前に、どことなく名前の語感が似ているからだろう」

彼は私の足許に視線を落とす。ちょうどホテルのシンボルマークとロゴを踏んでいたのだ。オレンジ色をした五弁の花のマークの下に、流麗な金色の筆記体で *Hotel Rafflesia* とある。横文字の綴りを見てみると、ラフレシアとカリフォルニアではあまり似てもいないのだが。

「先にチェックインしよう。あのフロント係、きっとカウンターの下で足踏みしてるぜ」

片桐が「そうですね」と前に進み出て、浜松《はままつ》エージェンシーの浜松さん、という名前をまじえながら、予約客であることをてきぱきと告げた。浜松エージェンシーか。静岡県の会社と間違われやすいだろうな、などと思う。石垣空港に降り立った瞬間からリゾート気分にひたっていて、とりとめもないことしか考えられなくなりつつある。

「皆さん、各自で宿泊カードを」

幹事に言われて、私たちはペンを取った。年齢を記入する際、一瞬、34という数字が浮かばなかった。自分が何歳か度忘れする齢になったらしい。カードの隅にもホテルのマークが小さく入っている。片桐はカウンターに片肘《かたひじ》を突いて、フロント係の女性に話しかけた。

「ラフレシアって、たしか世界で一番大きな花ですよね?」

「さようでございます」という返事。作りもの臭さのない見事なスマイルだ。従業員教育が行き届いていることが窺える。

「スマトラ、ボルネオ、ジャワにだけ自生する植物で、ブドウ科の木の根に寄生します。その花の直径はおよそ一メートルにもなるそうです。ラフレシアという名前は、イギリスの植民地行政官だったラッフルズに由来します」

たちどころに答えが返ってくる。あらかじめ全従業員にラフレシアの百科事典的知識がインプットされているのかもしれない。

「まさか、このホテルの中で栽培しているとか?」

「いいえ。残念ながらプールサイドやお庭にイミテーションがあるだけで、実物はございません。ラフレシアのように世界で一番のおもてなしがしたい、ということで当ホテルの名前とシンボルに採用されました」

たかが名前なのだから拘泥《こうでい》する必要はないのだが、私は釈然としなかった。トロピカルな雰囲気を醸《かも》すことができればホテル・シーラカンスでも何でもいい。とはいえ、ラフレシアという花は大きさが異様だし、葉がぽってりと多肉なのもグロテスクだ。おまけに悪臭を放つというではないか。寛ぎを提供する施設の名称としては、あまりセンスがよくないのではあるまいか。そうだな、俺がオーナーなら却下したいところだが、黙ってカードの必要事項を埋めていく。そうだな、俺がホテルのオーナーになったとしたら名前は……とまた呑気なことを考えながら。

「ここ、まだ新しそうですね。オープンしたのはいつですか？」

片桐は、またきょろきょろと回廊あたりを眺め回す。

「五年前でございます」

「ああ、そりゃまだきれいですよねぇ。浜松さんが『石垣島で最高級のホテルです』と言っていたのは本当だった」

胸に南風野という名札をつけた係員は、終始笑顔で片桐の相手をしていた。彼も名札に目が留まったらしく、「どうお読みするんですか？」と尋ねる。

「はえの、です。南風《はえ》というのは、南から吹く風という意味もありますが、沖縄では南の方角を指します」

「あなたとお話ししていると勉強になる」

皮肉でなく私がそう言うと、きりっとした眉毛、涼しげな二重《ふたえ》の目の彼女は「おそれいります」と一礼した。まだ二十代半ばぐらいだろうに、話し方や物腰が洗練されていて、たいそうベテランのホテルウーマンのように感じられた。制服の着こなしにも隙《すき》がない。ここは、施設と周囲の環境だけが売り物のホテルではないのだ。

プロレスラーの中指ほどもありそうな重厚なキーを受け取りながら、片桐が今夜のイベントについて確かめる。この答えにも淀みはなかった。南風野嬢はラウンジの隣りを左手で示して、

「はい。あちらに見えている〈ネプティーヌ〉というレストランの脇をまっすぐ進みますと、突き当たりにホールがあります。そこで午後八時の開演でございます」

「それまでにめいめい食事をすませて参加するんですね。イベントは二時間ぐらいですか?」

片桐はキーを右手で玩《もてあそ》びながら、さらに訊く。

「いいえ。おそらく一時間ほどで、事件は終わると思います。その後はお客様が探偵になって、ホテルのあちこちを調べて回るお時間です。お部屋に戻ってみると、手掛かりが仕掛けてあるかもしれません」

「おっと、あまり詳しく聞いてしまったらつまらない。そのへんにしておいてください。――浜松さんのお部屋の番号だけ伺っておきたいんですが」

そう言ったところで、「片桐さん!」と大きな声がした。ラウンジの方から短い顎鬚《あごひげ》の男が小走りでやってくる。がっちりとして上背もある大柄の男だ。業界風の雰囲気ではあったが、きちんとスーツを着込んでいた。

「ああ、部屋番号は結構です」と断ってから、片桐は男に手を振る。「どうも。石垣空港で羽田組と関空組が合流して、たった今着きました。チェックインしていたところです」

「思ってたより早かったですね。気がつかなくて失礼しました。そこでホテル側をまじえてスタッフと打ち合せをしていたもんだから」

片桐が「こちらが浜松さんです」と男を紹介してくれる。それから、われわれを彼に。

「火村先生と有栖川先生ですね。この度は遠くからお運びいただきまして、ありがとうございます」

名刺が交換される。〈浜松エージェンシー・代表取締役　浜松路也《みちや》〉とあった。オフィスの住所は北青山《きたあおやま》。各種セールスプロモート・イベント企画が主な業務内容らしい。そこに刷り込まれた顔写真はいかにもやり手の青年実業家然とした精悍《せいかん》な顔つきをしているのに、目の前の本人は愛敬のある笑みを満面にたたえていた。休暇を楽しんでいるのならそれも当然なのだが、彼は仕事でここにきている。仕事を忘れるほどここの居心地がいいのだろうか。

「火村先生は英都大学の社会学部で犯罪社会学を教えていらっしゃるんですか。はは ぁ、犯罪の専門家とお近づきになったのは初めてです。専門家といえば、有栖川先生の方もまさにそうですね」

推理作家である私の名刺には肩書きがない。所属団体やら業務内容も書いていないので、こちらの連絡先を知っている相手に渡す際には、こんな紙切れを差し上げて何の意味があるのだろうか、と疑問に思うことがある。

立ち話も何だから、と浜松は近くのソファを勧めた。これまた全身を優しく包み込むような気持ちのいいソファだ。

「今日はよろしくお願いいたします。イベントが終わった後で軽くご感想などを伺えれば充分ですので、どうか気楽に参加してください。骨休めをするには絶好のホテルですから」

「ああ、浜松さん」片桐が割り込む。「あらかじめお断わりしておきますけど、今夜のイベントに参加するのは僕と有栖川さんだけですからね。連れてきたい人がいるなら、もうひと部屋余分に取ってあるよ、と言ってくれたので僕が火村先生をお誘いしただけです。僕といつもお世話になっているし、大学も春休みだからちょうどいいや、と思って。僕と有栖川さんが観て感想を述べたらいいんでしょ？」

彼は一生懸命に説明した。強く誘った火村の機嫌をそこねてはなるまい、と気遣っているのかもしれない。浜松はまるで気にしていないようだ。

「ええ、そうしていただければ。火村先生は明後日までごゆっくりとお好きなようにお過ごしください。もちろん、もしもご興味が湧くようでしたら、イベントに参加していただいても結構です。お酒がお好きでしたら、ここの〈星砂《ほしずな》〉というバーはお薦《すす》めですよ。いい酒を出すし、お客は人魚姫みたいに可愛い女の子ばかりです」

言われた火村よりも、片桐の目が輝いた。今夜は任務があるが、きっと明日の夜は袖を引いて誘われるだろう。そうか、こんないいところに男三人できてしまったんだな、と今さらながら侘《わ》びしくなってくる。

「打ち合せの続きがありますので失礼いたします。また後ほどご一緒させてください。では、どうかごゆっくり」

浜松は一礼して去る。イベントに参加するのかどうか、私は火村に意向を尋ねた。

「顎足《あごあし》つきでのご招待だから、参加した方が愛想があるんだろうけど」両目を擦って「今夜は早めに眠らせてもらおうか。一時間ですむようなものじゃないんだろ。寝不足なんだ」

片桐が「それはもちろん」と言う。

「浜松さんもおっしゃっていたとおり、ご自由になさってください。ここで先生に英気を養っていただけたらいいな、と思ってお誘いしたわけですから、何もご無理はなさらなくていいんです」

揉《も》み手《で》をせんばかりの丁重さだった。早く偉い先生になって、こんなふうに遇されてみたいものだ。

私がここにやってきたのは、ふだんから世話になっている珀友社《はくゆう》の片桐に頼まれて、浜松エージェンシーが企画した〈トロピカル・ミステリー・ナイト　ラフレシア殺人事件〉というイベントに参加するためである。シティホテルでよく行なわれている犯人当てゲームの企画だ。さほど珍しいものではないが、浜松エージェンシーとしては初の試みだとか。そこで、現役の推理作家にモニターとして加わってもらい、出来栄えがいかばかりのものか感想を賜わりたい、というのだ。かの会社は、珀友社とつながりが深いらしい。

「それなら有栖川有栖が絶対にいい。的確な意見が聞けるはずだ」

片桐がそう進言した理由は見え透いている。私が承諾したなら、担当編集者の自分もアテンド役として石垣島でのリゾートが楽しめておまけに出張手当てがもらえる、と踏んだのだろう。誘われた私は仕事の切れ目でもあったし、かねてよりそういうイベントがどのようなものか体験してみたいという興味もあったので、二つ返事で了解した。予想していなかったのは、編集者が「もう一人分部屋を取ってもらえるので、ぜひ火村先生も誘いたい」と熱望したことだ。普通の人間なら飛びつきそうな申し入れだが、彼が腰を上げるかどうか。

「あいつはそんなゲームには関心がないと思うよ。南国のリゾートホテルというのも、どうやろうなぁ。海が似合う奴やない」

「火村先生に海はミスマッチですか。じゃあ、似合うのは山かな」

「山というより、崖《がけ》か谷やね」

そのように私は懐疑的だったが、片桐は「僕から連絡をとってみます」と言い、春休み中の助教授を何とか口説《くど》き落としたのだった。意外な結果に首をひねりながら、私は双方に電話で尋ねてみた。

と、どうやら火村の方は、論文の構想がまとまらなくて、どこかに場所を変えて気分転換をはかりたいと考えていたのだ、という。「できるなら遠いところへ行ってみたかった。だから、行き先は石垣島ではなく流氷が岸を離れだした網走《あばしり》でもよかったんだけれどな」というのは本心なのだろう。学術論文と小説の違いはあるにせよ、煮詰まって原稿が書けなくなった時は、そんな気分になったりするものだ。

それは判るとして、疑問なのは何故に片桐が火村を誘いたがったか、である。それについて問うと、編集者は照れて笑いながら白状した。

「以前も有栖川さんにお話ししたことがあるでしょう。弊社で火村先生に犯罪関係の本を書いていただきたい、という希望。僕はまだあれを棄てていません。ですから、沖縄のリゾートで先生に命の洗濯をしてもらって、ああ天国だ、とリラックスしてらっしゃるところを狙《ねら》って原稿依頼をしてみようかなぁ、と戦略を立てたわけです。僕の経験からすると、案外、こういう手は有効なんですよ。口約束がもらえたら儲けもの。そこまでは無理だったとしても、こちらの意向に多少なりとも耳を傾けてもらったら、それだけでも収穫です」

なるほど、そういうことだったのか。

気鋭の犯罪社会学者である火村助教授に本を書かせたい、というのは片桐のかねてよりの野望だった。世に犯罪関連の書籍は数多《あまた》出回っているが、それらとはまったく趣を異にした本ができる、と彼は確信していて、「大学時代からの付き合いの有栖川さんから打診してもらえませんか？」と頼まれたことがある。しかし、火村がひどく多忙であることを承知していたし、時間の余裕ができても犯罪読物的な著作に手を染めるとは思えなかったので、「無駄ですよ」と私はにべもなく断わり続けていた。そこで、片桐は自らアプローチの道を探ろうと行動を開始したわけだ。

「何しろ火村先生はただの犯罪社会学者じゃない。〈臨床犯罪学者〉ですもんね」

その異名は私が発案したものだ。彼はフィールドワークと称して現場に乗り込み、犯罪の実像にじかに迫ることを研究手法としていた。どの捜査員よりも早く真相に到達することもしばしばで、しかもそのことを公表しないため、主に京阪神の警察からは大いに信頼を得てもいる。そんな火村なら一般読者に大受けする本を書くこともできるだろう、というのが片桐の目論見《もくろみ》なのだ。編集者として間違ってはいない。

しかし、火村がそんな著作に手を染める可能性は限りなくゼロに近い。彼が犯罪に真正面から切り込む背景には、研究者であるから、仕事であるから、興味があるから、という事情を超越したものがある——らしい。

2

ドアが開くと、カーテンを開け放った窓の向こうに水平線が見えていた。全室が絶景のオーシャン・ヴューという触れ込みに嘘はないようだ。

「荷物はこちらでよろしいですか？　お電話のご使用方法は——」

ボーイは旅行鞄を置くと、テレビの点け方だの複数の非常口だのをてきぱきと案内してくれた。ゆるい巻き毛の美青年で、若い女性客なら、なんて親切なのかしら、とどきどきするかもしれない。

「ご質問がなければ失礼いたします。何かございましたらフロント9番までお電話くださ い。では、どうぞごゆっくり〈ラフレシア〉の休日をお楽しみくださいませ」

部屋番号が刻まれたキーを受け取った。純金でできているのか、と思うほどの重量がある。大袈裟《おおげさ》なキーだが、これも豪華さの演出なのだろう。ボーイが退室すると、私はいそいそと窓辺に寄った。ラタンのテーブルの上には、バナナやらマンゴーを盛った籠《かご》がのっている。ウェルカム・フルーツか。こんなものが用意されたホテルに泊まるだなんて、めったにないことだ。めったにないというより……これまで人差し指で数えられるほどしか経験がない。

私はバルコニーから出て眺望を確かめ、シャワー室がついた浴室の広さに満足し、はおってきた薄手のジャケットをウォークインクロゼットに吊《つる》してから、どっかと椅子《いす》に掛けた。すべてが素晴らしい。まるで王様と間違われてるようだ。

「いやぁ、君が担当でよかったよ」

隣の509号室の片桐に感謝を捧げる。火村の部屋は反対側の507号室。彼もこの椅子に掛けて、まずは煙草を一服ふかしていることだろう。

バナナに手を伸ばしたところで電話が鳴った。これからどうしましょう、という片桐からの相談だ。

「火村先生は昼寝がしたい、とおっしゃっているんですよ。有栖川さんのご希望はどうです？　イベントが始まるまではフリータイムですけれど」

石垣島まできて昼寝。よっぽど疲れているのか。つくづくレジャーに縁がない男だ。

「あの先生はほっといて出掛けましょう。初めてきた島やからざっと様子を見たい。まずは近くの川平《かびら》湾まで行ってみましょうか。その後は竜宮城鍾乳洞《りゅうぐうじょうしょうにゅうどう》に寄って帰る。それでホテルに戻ったら六時ぐらいやないかな」

「お、よく調べてきてるじゃないですか。次作では鍾乳洞に死体を転がすつもりですか？」

そんな腹案はないが、私は訪ねた土地に鍾乳洞があると知ったら立ち寄らずにはいられない性分なのだ。

「判りました。用意がいいなら、すぐに出ましょうか」

私たちはタクシーで川平湾に向かった。地方は物価が安いと言われるが、外国ではないのだからたいていの品物の料金は都会と変わらない。それどころか観光地ゆえに吹っ掛けられている場合も多いのだが、この島のタクシーの初乗り運賃は四百六十円であった。大阪の六百六十円と比べるとかなり安いので、うれしくなる。

観光ポスターでお馴染《なじ》みの川平湾でグラスボートに乗った後、竜宮城鍾乳洞へ。珊瑚礁《さんごしょう》が隆起してできたというだけあって、よそでは見られない奇景が堪能できた。観光地として開発されて日が浅いため知名度は高くないが、鍾乳洞研究家としては高得点をつけたい。洞内では片桐が持参したカメラをかまえ、「次の本の著者近影に使いましょう」とぱちぱち撮《と》ってくれた。背景が面白いのでフィルム一本を撮り切っていたが、どうせ使える写真は一枚あるかどうかだろう。何でも器用にこなす彼らしくカメラの腕前はいいのだが、いかんせん被写体がいまだに写真を撮られることに慣れていない。編集者は「二回に一回は目をつぶりますねぇ。わざと？」と呆れていた。「ほっといてくれ」

そんなことを言っていたら、後ろから声をかけられた。

「よろしかったら、一緒にお撮りしましょうか？」

カメラを肩に掛けた長身の男が右手を差し出していた。四十半ばぐらいだろうか。鬢《びん》に少し白いものが混じりかけている。パステル色の衿《えり》つきセーターを着た夫人らしい同年配の女性を伴っていた。

「いえ、結構です」片桐が丁重に断わる。「ありがとうございます。一人で写っているのが入り用なものですから」

「それは、おせっかいを言いました」男は手を引っ込めた。「もしかして、そちらの方は作家さんですか？」

はい、と答えながら、私はワトソン博士になったような気がした。どうして作家だと判ったのだろう？

「先ほどから、お二人の少し後を歩いていたんです。作家と出版社の方らしいお話をしていらしたので」

それなら不思議なことはないと納得がいったが、他人の耳があると知らずに恥ずかしい会話をしていたのではなかったか、と心配になる。

「著者近影というのを、お撮りになっていたんでしょう。だから、お一人で写さないといけないんですね」

女性の方も察しがよかった。「お名前は?」と訊かれたので、片桐が紹介してくれる。二人は「聞いたことがあります」と言ってくれたが、どうもそれはお愛想くさかった。気を遣ってくれなくてもいいのに。小説家の名前なんて、よほどよほど有名でないかぎり世間の人は知らないものだ。

「どちらから、いらしたんですか?」

お返しのように私が尋ねる。やはり二人は夫婦で、東京からきたとのことだった。石垣島は二度目だという。

「いいですよねぇ、沖縄は。海も人も、食べものも、音楽も」

これまでに何度か取材できて、片桐はかなりの沖縄贔屓《びいき》になっているようだ。

「ええ、いいところですね」と夫人は頷いて「でも、私たちは特に石垣島が好きなんです。——〈ラフレシア〉というホテルをご存じですか?」

知っているも何もわれわれもそこに泊まっているのだ。そう話すと、夫がうれしそうに声をあげた。

「ああ、そうだったんですか。いいホテルでしょう。私たちは、あのホテルに泊まることが目的でやってきたんです」

〈ラフレシア〉に泊まっている同士ということで親しみを覚えてくれたのか、彼はあらためて自己紹介をしてくれた。寺坂崇夫《てらさかたかお》、四十二歳。杉並区でリサイクルショップのチェーン店を経営。夫人の名は満美子《まみこ》。

「五年前、〈ラフレシア〉ができてまだ間もない頃に妻と泊まったんです。そうしたら、まぁ、パラダイスじゃありませんか。あんな快適なところは地上に他にない、とまで思いました」

「特別なサービスがあるというんではないけれど、居心地がすごくいいでしょう。流れている時間がとても優しくて」

「いつかまたこよう、と思いながら日常に追われてかなわなかったんですが、あのゆったりとした時間をどうしてもまた味わいたくて、強引に仕事に切りをつけてやってきました。昨日から泊まっています」

「二度目ともなると、最初の時みたいな感激はないかな、とも思っていたのに、期待以上ですね。一歩あそこに足を踏み入れた瞬間に生き返った心地がしました。どうしてなんでしょうか」

「さぁ、どうしてだろうね」

夫婦で盛り上がっている。私たちは「そうですか」と合わせるしかなかった。

「お着きになったばかりだから、まだピンときてらっしゃらないようですね。だんだんと判ってきますわ。そして、きっとまたきたくなる」

夫人はわがことを自慢するかのように胸を張った。お客にここまで称賛されれば、ホテルとしても本望だろう。

「もしかして、今夜のイベントに参加なさるんですか？」

片桐が訊く。夫妻は、質問の意味が判らないようだった。〈トロピカル・ミステリー・ナイト〉の説明をすると、ようやく崇夫が「あれですか」と反応する。

「館内でそんなポスターを見かけましたね。賞品を懸けて犯人当てをするんですか。――いいえ、私たちは参加しません。そういうゲームで熱くなるのもいいですが、とにかくここではリラックスして過ごしたいので」

それも熟年夫婦の見識だろう。石垣島までやってきて犯人当てゲームをやるなんて真っ平ごめんだ、という人の方が普通なのだ。

鍾乳洞を出て、携帯電話でタクシーを呼ぶ。寺坂夫妻はこれから唐人墓《とうじんばか》なるスポットを見物しに行くので、私たちは別々の車に乗って別れた。時刻は六時。予定していたとおりだ。車は石垣市の市街地を抜けてから北上し、夫妻を虜《とりこ》にした〈ラフレシア〉に向かった。七階建ての白亜の城が夕陽に美しく輝いているのが見えてくると、観光地のタクシーにしては無口だな、と思っていた運転手がぽつりと言う。

「あそこ、いいホテルでしょ」

「ええ」片桐が応える。「素敵なホテルですね。着いたばかりで、まだよく見てはいないんだけれど」

「リピーターっていうんですか。一度泊まった人が、何度もおいでになる。極楽らしいです。若い人も、年配の人も、男も女も口を揃えて褒《ほ》める。心からうれしそうに。お客さんたちも、またきたくなりますよ」

寺坂夫妻のような人は珍しくないということか。自分が泊まっている宿が褒められるのは気分のいいものだ。ただ悲しいかな、私はこういうホテルに投宿したことがほとんどないので、そのよさを味わい尽くしても他と比較することはできないかもしれない。

タクシーが車寄せに着くと、ドアマンが満面の笑みをたたえて迎えてくれた。俺はこのホテルのオーナーだったかな、と錯覚しそうになる。

いったん部屋に戻って火村に電話を入れた。助教授は午後のほとんどを、まどろみながら過ごしたという。こいつのホリデーが一番贅沢なのかもしれない。

六時半にロビーに集合し、〈八重山《やえやま》〉という和食レストランで沖縄料理を賞味することにする。入口の大理石の台には、仔犬ほどの大きさのシーサーが飾ってあった。料理が運ばれてくると、片桐が「これが有名なゴーヤー。苦瓜《にがうり》ですね。そっちの豚の角煮、甘さがナイスでしょう。この魚はグルクンといって沖縄の県魚です」などと懇切に解説してくれる。シャツの袖《そで》をまくった火村は、たっぷり眠って腹がへったのか、黙々と目の前の皿を片づけていった。

「まるで部活の帰りの高校生やな」と私はからかう。「食べたらまたすぐ寝るんやないやろうな」

「食べたら活動開始だ。仕事の道具は持ってきている」

道具というのは、ノートパソコンやらフィールドノートのことだろう。

「まさか、プールサイドでトロピカル・ドリンクを傍らに置いてパソコンを打つんやないやろうな。気障《きざ》ったらしいから、それだけはやめろと忠告する」

「気障かどうか知らないけれど、リゾートホテルにきてそんな不粋《ぶすい》なことはしないよ」

「プールサイドでパソコン。いいじゃないですか。ゲストなんだから、どこで何をしようと自由ですよ。僕は変だと思いません」

片桐は徹頭徹尾、火村のご機嫌をとるつもりらしい。それしきのことで原稿が取れるとは思えないが、お手並み拝見だ。

「仕事もええけど、〈ラフレシア殺人事件〉の謎に挑戦するという過ごし方もあるぞ、火村先生」

ナプキンで口許を拭ってから、彼はキャメルをくわえた。

「それはご遠慮すると言ってあるだろう。犯人当ては有栖川先生に任せる。お前こそ、本職なんだから気合いを入れていけよ」

「大きなお世話だ。プレッシャーが掛かるようなことを言うな」

「とか言っているうちに、そろそろ時間ですね」

片桐につられて腕時計を見ると、開演十五分前である。火村が吸い終えるのを待ってレストランを出た。「ご健闘を」と笑ってエレベーターに向かう助教授と別れ、私たちは廊下の先のホールへ急いだ。

〈トロピカル・ミステリー・ナイト〉という看板が掲げられた入口に係員と一緒に立っていた浜松路也が破顔する。遅いな、と心配していたのかもしれない。片桐は頭を掻く。

「やぁ、すみません。すっかり寛いでいたもので」

「大丈夫、まだ五分前です。お見えになっていないお客様も数組いらっしゃいます。後ろの真ん中にお席を取ってありますから、そこでご覧ください。これは捜査資料です」

角2号サイズの茶封筒をもらった。片桐はその中身をちらりと覗いてから、

「お客さんは何人ぐらいですか?」

「百二十四人です。都心のホテルでやる時は四百人程度の規模にしたいんですが、今回はこんなものでしょう。春休みに入っているので、大学生が目立ちますね。カップルとか女の子同士とか。見事に真相を見破ったお客様には、名探偵の認定証と副賞の北海道旅行が贈られます。ここと同じ系列のホテルへのご招待です。申し訳ありませんが、片桐さんと有栖川先生については対象外とさせていただきます」

「当然ですね」編集者はにやりとする。「だって、有栖川さんにかかったら犯人なんてすぐ判ってしまいますし」

またプレッシャーを掛けられた。

若いカップルと中年の夫婦らしい客がやってきた。彼らが係員から茶封筒を受け取って脇を擦り抜けると、浜松はパンと手を打つ。

「はい、これで全員揃いました。始まりますので、中へどうぞ。ごゆっくりお楽しみください」

入ってみると、思いのほか大きなホールだった。収容人数は三百人ぐらいか。シートも

緞帳《どんちょう》も清々《すがすが》しいマリンブルーで統一されている。係員の誘導によって、参加者は前に詰めて座っていた。その最後部の席まで案内してくれた浜松は、私たちから少し離れた席に着く。参加者たちはガサガサと茶封筒を開き、中身を取り出して見ていた。私も見てみる。捜査ファイルと称する冊子やら出演者の写真やら、雑多なアイテムが五つ六つ入っていて、うれしくなる。〈ラフレシア殺人事件〉と銘打たれているが、事件の舞台は高原のとある別荘のようだ。

「やっぱり若い人が多いな」片桐が客席を見渡しながら「みんな楽しそうですよ。いいなぁ。犯人当てって、人をわくわくさせるんですね」

「こんないいホテルでおいしいものを食べた後なんやから、不幸せなわけがないでしょう」

「それはそうだけど。——ところで、ここにいるのはミステリに興味がある人ばかりですよね。有栖川さんの読者って何人ぐらいいると思います?」

「集まってるのが百二十人ちょっとでしょ。その中に一人いてくれたら満足かな」

「弱気ですねぇ」彼は呆れたように「半分ぐらいは俺の読者だ、とか吹いたらどうです?」

「吹いても虚しいだけ。自分の書いた小説を読んでくれている人って本当にいてるのかな、とすら疑うことがあるのに」

「デビューしたての新人みたいなことを言いますね。何だか、ひがみっぽくなってません？……ん、拗《す》ねたことを言うわりには、さばさばした表情をしてるな」

それはそうだろう。私は、ひがんだり拗ねたりしているのではない。

「読者が何人いてるかなんて、どうでもいいんです。書きたいものを書きたいように書けたら、それだけで幸せなことなんです。心の底から実感するな。飯を食べながら、ずっとそんなことを考えてたんです」

片桐は、まじまじと私の目を覗き込んだ。そして「あ」と何ごとかを見出す。

「判ったぞ。有栖川さんは〈ラフレシア〉の毒に当てられだしているんだ。拗ねてるどころか、頰《ほお》がゆるんでて、幸せそうですもんね。やばいぞ。根拠のない多幸感に襲われてません？」

そうかもしれない。何やら、ここしばらくなかったほどリラックスできている。

「腑《ふ》抜《ぬ》けにするためにここに誘ったんじゃありませんから、注意してくださいよ。小説家なんかやめて、島でウミンチュー――漁師になるとか言わないように」

漁師？　そんなことは思いもしなかった。私は、このホテルの従業員になるのも悪くないな、と夢想しかけていたのだ。

定刻になり、場内の照明が落ちていく。上手《かみて》から鹿射帽《ディア・ストーカー》にインバネス姿の司会者が登場し、拍手が起こった。シャーロック・ホームズに扮しているつもりなのだろうが暑苦しい。アロハで現われた方がこの場にふさわしいだろうに。

「石垣島の言葉でご挨拶いたします。オーリトォーリ。〈トロピカル・ミステリー・ナイト〉に、ようこそいらっしゃいました。今宵は謎を愛する皆様とともに、心ゆくまでミステリーにひたって楽しみたいと思います」

型通りの挨拶に続いて、このゲームのルールが説明される。これから舞台上で芝居が始まる。上演時間は約一時間。犯人を指摘するためのヒントがたくさんまぶしてあるので、注意深く観ること。しかし、それだけで真相解明の手掛かりが出尽くすわけではない。芝居の中では語られない秘密がホテルのどこかに隠されているので、それを探し出さなくてはならない。どこにどんなヒントがあるかは秘密。どこまで手掛かりを収集できるかは各人の裁量に懸かっている。直感をよく働かせ、知力のかぎりを尽くして挑戦していただきたい、と。

「芝居を観ただけじゃ謎は解けないのか。ホテルのあちこちを調べて回る、とフロントの何とかさんも言ってましたね」

「南風野《はえの》さん」

「女性の名前はしっかりインプットしてますね。——証拠探しできゃっきゃと楽しめるようになっているんだろうな。純粋な犯人当てを期待していると、がっかりするかもしれない。有栖川さんの出る幕でもないかも」

えらく油断している。ホテル主催のこういうイベントに参加したミステリファンの間では、なめてかかると痛い目にあう、という声が囁かれているのに。

ルール説明が続いている。手掛かりが揃い、犯人やトリックが見破れたと思ったら封筒に入っている解答用紙の設問に答え、ただちにフロント付近で待機している係員に提出せよ、とのこと。最優秀解答者に名探偵賞が授与されるが、同じレベルの答案がいくつかある場合は抽選ではなく、提出時間が早いものを優先する。提出の締切りは翌朝午前五時。正解と受賞者の発表は同午前九時から、このホールで行なわれる。

「うわ。締切りが朝の五時っていうのがすごいですね。やりたければ、ひと晩中、探偵ごっこで遊べるんだ。ま、賞品が懸かっていないんだから、そこまで付き合う必要もないけれど」

「とか言うて、ひと晩中、ホテルを走り回るんやないですか」

司会者が深々と一礼して、拍手に送られながら下手《しもて》にはける。緞帳がするすると上がりだした。

「僕はそこまで無邪気でもありませんよ。——それより有栖川さん。犯人当てはいいから、こういうイベントの最中に殺人事件が起きるという小説を書いてみませんか？　舞台で役者が本当に殺されるとか」

「ありがちですね」

編集者はくじけない。

「あるいは、探偵ごっこに興じていた参加者の誰かが殺害される、というのでもいい。ゲームの答案をカンニングするぐらいのことで人を殺すわけはないのに、そうとしか思えない状況だったりして。うん、これは面白そうだな。どうです？」

それは……ちょっと面白いかもしれない。

3

「細川《ほそかわ》さん。返事をしてください、細川さん！」

田中正彦《たなかまさひこ》がドアを叩《たた》きながら懸命に呼びかけるが、ベッドに臥《ふ》した人影には何の反応もない。熟睡していたとしても、目を覚ましてもいいはずなのに。

「どうも様子が変だ。佐藤《さとう》君、庭に回って窓から中を見てみてくれないか」

田中の言葉に佐藤武司《たけし》は「判りました」と応えて駈け出しかけたが、廊下の奥からやってきた橋本照美《はしもとてるみ》と衝突した。美容のためにボクシングジムに通っているという橋本とぶつかって、小柄で痩身の佐藤は派手に撥《は》ね飛ばされる。

「あら、ごめんなさい。——騒がしいけど、何かあったの？」

きびきびとした口調で田中が答える。

「細川さんが起きてこないんです。ドアを叩いて名前を叫んでも応答がないので、病気で倒れているんじゃないかと心配になって、佐藤君に窓から覗いてもらおうとしているんです」

「あら、そうなの。じゃあ、私も一緒に行きましょう。立って、佐藤さん」

手を引かれて立ち上がった佐藤は、そのまま橋本に引きずられるようにして上手に去っていく。

「細川さんに持病はなかったんだけれど……」

ドアの前に残った竹下聖子《たけしたせいこ》が言うと、田中は神経質そうに顔の筋肉をひくつかせる。

「病気と言ったのは方便だ。俺が本当に心配しているのは、彼が夜中のうちに誰かに襲われたんじゃないか、ということさ」

「襲われた？」竹下は凍えたように自分の両肩を抱く。「あなたは、まさか……ここに泊まっていた誰かに危害を加えられたと思っているの？」

「ああ、そうだよ。昨日のあいつの態度からみて、俺たちから集めた出資金が無駄に使われてしまった疑いが濃厚だ。『明日になったら納得がいく返答をするから、今晩は勘弁してくれ』と逃げやがったけれど、腹の虫が収まらない誰かが夜中に談判に行ったのかもしれない。そして、細川と口論になった挙げ句に絞め殺してしまったのかもな」

「ちょっと。そんなの洒落にならないわ。あんまり不吉な想像しないでよ。ただでさえ、みんな気が立っているんだから」

私は、舞台中央やや下手寄りにあるベッドに注目する。シーツが盛り上がり、細川らしき男がぴくりとも動かずにいるのは間違いがないのだが、はたして彼は死んでいるのだろうか？

やがて、下手から橋本と佐藤が現われる。二人は頬を寄せ合うようにして、窓から中を覗き込んだ。

「ベッドで寝ているわ」

「でも、顔がこっちを向いていないので、よく判りませんね。——細川さん」

窓ガラスを爪で叩きながら呼ぶ。

「死んでいるみたい」

「まさか」

ドアと同じく、窓も施錠されている。二人は相談して、ガラスを割ることにした。佐藤が壁に立てかけてあった箒《ほうき》を取り、その柄の先でガラスを突き破った。ドアの前の田中と竹下は、その大きな音にはっとして顔を見合わせる。佐藤は割れたガラス窓から右手を差し入れ、クレセント錠をはずした。彼のどんな細かな挙措も見逃すまい、と観客は食い入るように舞台を見つめる。

「ガラスの破片に気をつけてね」

橋本の言葉を背に受けて、佐藤は開いた窓から中に入る。そろりそろりとベッドに寄った彼は、「細川さん」と声をかけながら肩をゆすろうとして——私たちが期待していたとおりの悲鳴をあげた。

「た、た、大変だ」

佐藤は、空気を掻き分けて泳ぐようにしてドアに向かい、錠をあけた。田中と竹下が部屋に転がり込んでくる。佐藤はわなわなと顫えながら——この役者はかなりオーバーアクションだ——ベッドを指差した。

「細川さんが……死んでる」

「何？」

田中は勢いよくシーツをめくる。彼らに、そして私たち観客の目に飛び込んできたのは、変わり果てた細川剛介《ごうすけ》の姿だった。胸に垂直にナイフが突きささり、パジャマが赤く染まっている。竹下は田中に抱きついた。

「あなたが言ったとおりだわ。細川さん、殺されちゃった」

「どういうことよ、これは……」

窓の外では橋本が呆然《ぼうぜん》としている。

「みんな落ち着け。——聖子。俺はさっき、細川が殺されているかもしれない、と口走ったけれど、まだ殺人だと決まったわけじゃない。俺たちの金を使い込んだ言い逃れに窮して、自ら命を断ったのかもしれない」

「なるほどね」橋本が言う。「ありうる。明日になったら釈明する、というのは自殺する時間をくれ、ということだったのかもしれないわ。だとしたら、遺書が遺っているんじゃないかしら」

佐藤が机の上を調べる。ちらばった数枚の書類を掻き分けているうちに、彼は「あれぇ」と妙な声を発した。机の端に何かある。そこに何か置いてあることは、少し前から私は気がついていた。佐藤はくるりと振り向き、手にしたものを一同に示す。

「部屋の鍵です。昨日、細川さんがこれを持っているのを見た」

「見せてみろ」

田中がひったくるように取り上げた。〈ラフレシア〉のものよりは幾分小さかったが、アンティークなデザインをした大きめの鍵だ。別荘の中で、ドアに施錠できるのは細川の部屋だけである。彼は両手で押し抱くようにしてそれを頭上に掲げた。

「たしかに、ここの鍵だ。それが机の上にあったということは——」

「やっぱり自殺なんだわ」

いつの間にか、橋本は上手にやってきていた。ドアから室内に入り、田中の掌中の鍵を覗く。

「佐藤君はこれを机の上で見つけた。ドアは施錠されていたんでしょ？　内側から掛けられていたのよ。これが他殺だったら密室殺人だわ」

「合鍵はないものね」

竹下が呟く。そういう設定なので疑わないように、という観客への確認の台詞《せりふ》なのであろう。さらに田中が念を押す。

「うん、この部屋の鍵はこれ一本しかなかった。それが室内にあってドアは施錠されていたとなると、自殺か」

「うるさいねぇ。朝っぱらから何のパーティをやっているんだ。誰かガラスを割っただろ。静かに寝かせておいてくれよ」

寝呆けたような声とともに、壮絶な寝癖の頭の村山省一《むらやましょういち》が上手から出てきた。二日酔いでむかつく、というふうに胸のあたりをさすっている。

「お前、ようやく起きてきたのか。——驚くな。細川が自殺したらしい」

「俺をからかっているのか？」

村山は不機嫌そうに言ったが、田中が黙ってベッドを指すと「おい、これは！」と仰天した。それから遺体に近づいて右手の甲に触れる。

「すっかり冷たくなっている。死んでから何時間もたつな。すぐ警察に連絡しなくちゃ。——といっても、昨日の土砂崩れですぐにはこられないだろう。厄介なことになった」

そう。この別荘地は土砂崩れのために孤立していた。たとえ斧《おの》やチェーンソーを振り回す殺人鬼が襲来しようと、助けはすぐにはこない。他にも数軒の別荘があったが、シーズンオフの今、人がいるのは隣の一軒だけ。「お隣に報《しら》せましょう。あそこのご主人、警視庁の警部さんなんでしょ」

橋本が提案する。別荘の持ち主である田中は「ああ」と頷いた。

「そうだな。力になってくれるかもしれない。電話をしてみよう」

報せを受けて、隣人が飛んできた。他の役者と同じく二十代後半ぐらいなのだろうが、ただ一人の老け役だ。優に一メートル八十以上はある長身で、身のこなしがきびきびとしている。鋭い眼光で一同を見ながら、彼はよく通る声で名乗った。

「やぁ、小渕《おぶち》です」

同じ姓の総理大臣とはあまりに対照的だったので、私は思わず吹き出してしまった。客席全体がどっと沸く。えらいキャラクターを探偵役に据えたものだ。人死にが出たというのに、小渕警部の登場によって舞台はユーモラスな雰囲気になったが、私は警戒を怠らなかった。重要な伏線をギャグに隠そうという魂胆かもしれない。

「じゃあ、わたくしが見分させていただきたいと思います」

不必要に「させていただく」を連発する警部は、みんなの話をひととおり聞いてから、遺体を丁寧に調べた。そして、おもむろに結論を下す。

「これは、まぁ、他殺ですね。傷の具合から間違いありません。断定させていただきます」

「そんな馬鹿な」竹下が反発する。

「この部屋は鍵が掛かっていたんですよ」

「犯人が外から掛けたんでしょう」

「いいえ。唯一の鍵は机の上にありました。内側から掛かっていたとしか考えられません」

「これです」と田中が提出した。小渕警部はハンカチを広げて受け取る。

「立派な鍵ですね。犯人が部屋に入ったどさくさに紛れて、机の上に戻しておいたということは？」

「それはありません」と断言したのは橋本だ。「窓から中を覗いた時、その鍵が机の上にのっているのを見ました」

客席の方々で頷いている人がいる。彼らもしっかりと目撃したのだろう。全員が容疑者なわけだ」

「しかし、他殺となると犯人はわれわれのうちの誰かということになる。

村山が投げ遣りに言った。それから各人のアリバイがどうだ、被害者に騙《だま》し取られた金額がどうだ、という応酬《おうしゅう》が白熱する。確固たるアリバイの持ち主はいない。動機については、みんなにそれらしいものがあるのだが、どれも決め手としては弱い。小渕警部は腕組みをして低くうなった。

「本当に殺人事件なのかしら。この部屋は密室だったんだから、自殺とみるのが自然だと思うんですけれど」

竹下が小渕の顔色を窺う。警部は「いいえ、他殺です」ときっぱり否定した。

「すると犯人は何かのトリックによって現場を密室にしたというわけか。どんな方法を使ったんだろう?」

そう言いながら田中は床に両膝をついて、ドアの下の隙間を調べる。警部は自分の名刺を差し入れようとしたが、無理だった。

「糸が通る余地もありませんな。鍵穴や蝶番《ちょうつがい》にも異状はない。とすると、窓ですか」

警部につられて、全員がぞろぞろと窓に向かう。しかし、クレセント錠は固く、窓枠やガラスには何の細工もなかった。壁や天井に抜け穴もなし。外部の何者かが侵入して、まだここに潜んでいるのではないか、という可能性を打ち消すために、クロゼットやベッドの下もあらためられたが——犯人はいない。すべてお約束どおりの展開であったが、演出がスピーディーで白けさせなかった。

考え込む小渕警部。やがて決然として、

「皆さん、ポケットに入っているものを出してみていただけますか？」

逆らう理由もない、ということで、各人がジーンズの尻ポケットやパジャマの胸ポケットの中身をさらした。財布、ハンカチ、煙草、ライター、喉飴《のどあめ》といった品々ばかりで、怪しげなものを所持している者はいない。念のため、お互いに身体検査まで行なったが、やはり不審なものは出てこなかった。

「警部さん、犯人は誰なんですか？」

竹下が詰問する。小渕警部は鷹揚にかまえたまま、確信に満ちた調子で答えた。

「慌てなくてもよろしい。土砂の除去がすんで警察がやってくるのは明日の朝です。それまでに犯人をつきとめてご覧にいれましょう」

「ほんと？」

村山が疑わしげに言ったところで、舞台の照明が落ちた。すかさず司会者が出てきて、これで問題編がすべて終了したことを告げる。「判らないよ」というように、客席がざわついた。

「皆様はすでにたくさんのヒントを得ていますが、まだ完全ではありません。そこで、隠された手掛かりを求め、探偵としての行動を開始してください。おそらく思いもかけないところで意外な手掛かりが見つかることでしょう。まずは、お部屋にお戻りになることをお勧めいたします。——では、がんばってください」

客席の照明が点くと急いで席を立ち、走って出ていく者もいた。「田中が仕切りたがるのが臭い」「あの小渕警部って、信用できるの？」などと言い合う声が聞こえる。みんな楽しそうだった。

「有栖川さん、どうです？」片桐が上目遣いでこちらを見る。「僕にはさっぱり判りません」

「真相に至る手掛かりをここで提示しきってないんやから、まだ判らなくていいんですよ。この段階で『判った』と確信している参加者がいたら、その人は勘違いをしている」

「つまり、有栖川さんも判っていないんですね？　それが正しい、と言いたいんだ。でも、密室トリックぐらいは見当がついてるでしょう。プロなんだから」

瞠目《どうもく》するような画期的なトリックであるはずがない。きっと既存のミステリで使用されたトリックのバリエーションだ。それも初歩的なものに違いない、と思うのだが……。

「ドアの箱錠に細工してロックするのは難しいやろうし、窓のクレセント錠をいじったふうでもない。犯人が部屋のどこかに身を隠していたのでもない。としたら、部屋を出て外から施錠した後、何らかの方法で鍵を室内に戻しておいた、ということかな」

「糸と針を使って室内に戻したってことはありませんよ。ドアと壁の間には糸が通るほどの隙間もなかったし、換気口みたいなものも現場にはなかった。どうやって室内に戻すんです？」

「うーん、せやから犯人は、死体発見時のどさくさに紛れて鍵を戻したということになるな」

「定番のトリックですね。でも、鍵は死体発見の前から机の上にありましたよ。劇中で橋本照美がそう証言していましたが、僕も見てた。あそこに鍵が置いてあるなぁ、と」

「そんなもの、どうにでもできる。片桐さんの楽しみを奪うと気の毒やから、自分で考えてみたら？」

編集者は畏敬の念を込めて私を見る……でもなく、ふっと笑った。

「心強いお言葉ですねぇ。『どうにでもできる』か。せっかくですから、自力で解いてみせます。――さて、部屋に戻ってみましょうか。何か手掛かりがセットされているみたいだから。おお、何か、わくわくしてきたな。ここからは別行動にしましょうか。それで、午前一時になったら合同捜査会議を開くというのはどうです？」

私は承知する。気がつくと、すぐ横に浜松がきていた。「いかがですか？」と感想を求められる。

「非常に真面目な出題ですね。面白く拝見しました。事件の全体像を摑《つか》むには、隠されている真実の動機を暴かなくてはならないんでしょうね。それをたぐる材料がホテルのどこかに仕掛けてある」

「はい。まぁ、そのような趣向です。密室トリックなどは有栖川先生にかかれば一目瞭然《いちもくりょうぜん》でしょうが、宝探しの要素を加味してありますのでゲームとしては面白いと思います」

一目瞭然という言葉を聞いて、私は作り笑いをこしらえた。そうでもないぞ。実は判っていないのだ。

推理劇としての演出はどうだろうか、という質問に私なりの感想を述べていると、片桐が口を挟んだ。

「お話し中すみません。僕は早く部屋に帰って捜査を開始したいんです。失敬してもよろしいですか？」

モニターが充分に楽しんでいることを知った浜松はうれしそうに笑い、「どうぞどうぞ」と彼を送った。

「いい反応ですね」

「いい感じです。ちょっと端折《はしよ》って先生にばらしてしまうと、部屋に帰ると小渕警部から『お力添えを頼みたい』と電話がかかってくるんですよ」

「ブッチホンですか」

「ええ。もちろん、テープが一方的にしゃべるんですけれどね。最後に『真相は神のみぞ知る』と意味ありげなことを言う。あるものに着目せよ、という仄めかしです」

判りますか、と試されているようだ。

「部屋のどこかにヒントを仕込んだのだとしたら、どの部屋にもあるものを利用したんでしょう。神ということは……聖書ですか？」

思いつきだったが的中した。

「お見事。聖書にあるものが挟んであります。こんなものですがね」

彼はクリア・ファイルから封筒を取り出した。『濁りなき目で読み解け』という表書がある。中に入っているのはクロスワードパズルだった。二重になっている枠に当て嵌まった文字をつなげば何か浮かんでくるのだろう。ざっと見ているうちに、私は解いてしまった。

「シーザー、となりますね。濁りを取ったら、シーサー。——このパズルは簡単すぎませんか？」

浜松は「ほぉ」と驚きの色を見せた。

「ものの二十秒で解いてしまわれましたね。そんなにやさしくないと思うんですが」

「二重の枠にどんな文字が入るかだけに絞ってみれば、二十秒でも解けます。肝心のタテ⑦とヨコ③⑩のカギがやさしすぎるんです。いずれの答えも私がたまたま知っていたからかもしれませんが」

「いやぁ、大したものです。先生にとって、やはりもの足りないゲームだったかもしれませんね。でも、ミステリの雰囲気は好きだけれどホームズも読んだことがない、という参加者の方もいらっしゃいますから、加減が難しいんですよ。いやぁ、すごい」

おだてられながら、私は複雑な心境だった。犯人も密室トリックも、まだ判っていなかったのである。

「シーサーというと、レストランの入口に飾ってあるアレのことですね。アレが大きなヒントだという——」

「あらら」浜松は照れたように笑いながら頭を掻く。「すべてお見通しだ。参りました。脱帽です。これからバーに行って一杯奢らせていただきたいところですが、そうもいきません。それはまたの機会にするとして、どうか〈ラフレシア〉の夜をごゆっくりお過ごしになってください。先生のような推理力のない人たちは明け方まで悩むでしょうから、それでものんびり眺めながら」

もうモニターとしての務めは果たした、と言われた。それでいいのか、と思いもしたが、彼が言うのだからいいのだろう。私の仕事は完了したのだ。

「じゃあ、私はスタッフとまだ調整することがありますので」

浜松は行ってしまった。

ホールには、私しか残っていなかった。

4

火村はどうしているのだろう。こんな楽園にやってきていながら、あくせくとパソコンのキーを叩いているのか？

馬鹿げてる。

私はフロント前にある内線専用電話からコールしてみた。アホな真似はやめて下りてこいよ、と言おうとしたのだけれど留守のようだった。風呂に入っているのかもしれない。まぁ、いいか、と思って独りで〈星砂〉に足を向けた。

人魚姫がいっぱいだ、と聞いたバーには、たしかにチャーミングな女の子がごろごろいた。ただし、全員がエスコート役の男を連れて。俺を避けて春はすでにきておるわ、と苦笑してカウンターに座る。離れた席のカップルが飲んでいるカクテルが気になったのでバーテンに訊くと、フローズン・ブルー・マルガリータだと教えてくれた。青はブルーキュラソーの色で、それとクラッシュド・アイスをマルガリータに加えたものらしい。テキーラ・カクテルか。鮮やかなブルーがいかにもトロピカルだったので、私は「あれを」と頼んだ。

さっきの推理劇の犯人が判らない。トリックもぼんやりとしか摑めていない。しかし、そんなことはもうどうでもよかった。こんな素敵な別世界にやってきてまで豪華賞品つき犯人当てゲームで戯れる、というのはいかがなものか。そんな余興なんか、〈ラフレシア〉には必要ない。ここでは、どこよりもゆっくりと流れる豊潤な時間を、リラックスして心行くまで味わえばいいのだ。それ以外に何を望む？

青いカクテルを飲み干した私は、二杯目は赤いカクテルを選んだ。「ストロベリー・ダイキリを」。ただし、アルコールは抑えめで。徐々に酔いたいから。そうオーダーすると、往年の銀幕のスターという風情の初老のバーテンは、慈愛に満ちた笑顔で頷いた。

いいバーだ。落ち着いた上品な内装は、自分だけの隠れ家にきているような気分にさせてくれる。バーテンの背中の酒棚には汎飲銘柄からプレミアム・バーボンまでがずらりと並び、出鱈目《でたらめ》に言った架空のカクテルもたちどころに作って出してくれそうである。

「〈ロックド・ルーム・マーダー〉でございますね。かしこまりました」というふうに。

気分がいい。

本当に、ここに居着いてしまいたいぐらいだ。このバーテンに弟子入りしようか。もしかしたら、ここで働いている人間はみんな、かつてはお客だったのではないか？　おお、それはこわい話だ。

「ストロベリー・ダイキリでございます」

グラスを差し出すバーテンの右手中指には、異国風の指輪が嵌まっていた。

「バーテンさんは、こちらの方ですか？」

いいえ、という答えが返ってくるかと思った。リゾートホテルよりも、通人好みの銀座のバーにいる方が似合っているから。

「はい」

「ずっと石垣島？」

「はい。先祖代々、この島です。明和の大津波に生き残った子孫ですよ」

その津波について、私は知らなかった。

「明和八年。西暦でいうと一七七一年にこの地方で大地震が引き起こした津波です。高さ八十五メートルの津波だったそうです。何しろ、八重山と宮古《みやこ》群島を合わせた死者・行方不明者が九千三百人以上です。石垣島にかぎっていうと、全人口の五割近くが亡くなっています」

恐ろしい数字ばかりだ。

「石垣島は、そんな大災害に見舞われたことがあったんですか……」

「島で暮らすというのは、危険なことですね」

バーテンは哲人めいた顔で言い、別のオーダーを聞くために行ってしまった。楽園の暗い記憶を教えられて、カクテルの愛らしい色が、血の色に見えてくる。味わいながら飲んだ。

語らいの邪魔にならないよう、音楽はボリュームを絞ってあった。バラード系のポップスが中心で退屈な曲が多いが、それも今は心地よい。たまにはバラード馬鹿になるのも悪くない。そう思っていたら——

すっかり耳に馴染んだこの分散和音。『ホテル・カリフォルニア』が流れだした。じっくりと聴くのは久しぶりだ。この場に片桐がいたら小声で歌いだしているかもしれない。生真面目な男は部屋でパズルと格闘しているのだろうか?

それにしても、奇妙な歌だ。美しいだけでなく、謎めいていて無気味ですらある。この曲が流行《はや》った頃、よくある怪談めいた話を耳にした。内ジャケットの写真に変なものが写っているというのだ。イーグルスのメンバーを中心に、ホテルのラウンジに大勢の人間が立っているその写真をよく見ると、二階の回廊に気味の悪い男が立っていて、その腕は数メートルも下までだらりと垂れ下っている、と聞いたものだから、慌てて持っていたLPレコードを見た。これのことか、という男の顔は判ったが、垂れ下った異様に長い腕というのは、蔓《つる》性の観葉植物のようだった。

ジャケット写真のことは他愛もない噂だ。私が無気味だと感じるのは歌詞である。あれは普通の歌ではない、と恐れた人間が、ジャケットに怪異を見てしまったのだろう。『ホテル・カリフォルニア』は、とあるホテルの快適さを賛美しただけの楽しい曲にも聞こえる。カリフォルニアと聞いたら、ウエスト・コースト、本日も晴天、ポップ、能天気という連想に終始してしまいがちだし、「〈ホテル・カリフォルニア〉にようこそ。ここはとてもいいところ」という繰り返し《リフレイン》は耳に心地よい。しかし、『ホテル・カリフォルニア』には何か罠《わな》が仕掛けられているようなのだ。BOSEのスピーカーから流れる歌を聴き取ろうと努める。

夜の砂漠を走り続けてきた〈私〉は、休息のために〈ホテル・カリフォルニア〉に到着する。キャンドルを手にした女に部屋へ案内されていく〈私〉は考えた。ここは天国なのか、地獄なのか。彼は歓迎される。〈ホテル・カリフォルニア〉にようこそ、なんて素敵なところでしょう。部屋はたくさんある、いつでも泊まることができる。中庭では追憶や忘却のために踊っている人たちがいた。しかし、彼がワインを所望するとキャプテンはおかしな断わり方をする。「一九六九年以降、ここには酒《スピリット》はございません」。どうして酒

——あるいは精神《スピリット》——がないのだろう？　そして何故、一九六九年なのだろう？　その年はアポロ11号が月面に着陸した年として記憶されている。アメリカ軍がベトナムから撤収した年であり、女優シャロン・テートが狂信者マンソンに虐殺された年でもある。〈私〉は真夜中にふと目覚め、何人もが歌っているのを聴く。〈ホテル・カリフォルニア〉によ うこそ、なんて素敵なところでしょう。「私たちはみんな自分の意思でここに囚われているのよ」と女は言う。大広間の祝宴に集まった人々はナイフで獣を刺すが、殺すことはできない、というのはどういうことなのか？　歌の最後の方で〈私〉は、前にいた場所に戻るためにドアを探し回る。すると、夜警が現われて奇妙なことを言うのだ。

そこで私は、ふと、午後に訪れた鍾乳洞を思い出した。——竜宮城。

もしかすると〈ホテル・カリフォルニア〉とは、疲れた現代人が偶然に迷い込む竜宮城なのではないか。火村なら「あれは音楽業界のことを歌っているだけだ」と片づけるかもしれないが。

斜めから間接照明を受け、バーテンの顔半分だけが妖《あや》しく黄金色に輝いている。私はそくりとしながら、テキーラ・サンライズを注文した。今度はオレンジ色のカクテルだ。

「これも、アルコールは薄くね」

バーテンは微笑みながら頷く。

Welcome to the Hotel California

Such a lovely place

音楽に合わせ、私は声に出さずに歌っていた。
〈カリフォルニア〉を〈ラフレシア〉に代えて。

5

店を出て時計を見ると、まだ十一時だ。犯人当てゲームの様子が気にならないでもなかったが、私は独りで〈ラフレシア〉の夜を楽しみたかった。自動販売機で一年ぶりに煙草を買ったりする。ラウンジの隅に開いたドアから外へ出てみると、そこはプールに続く径《こみち》だ。デイゴの花が枝を飾り、徳利椰子《とっくりやし》の葉が影を落とす径をたどって、誰もいないプールまで歩いた。小さなアーチをくぐると、常夜灯に照らされた青い水面が微かに揺れて、縁をたぷたぷと打っていた。ブルーキュラソーのカクテルで満たされているようだ。そして、白いデッキの陰のあちらこちらに、模造のラフレシアが開花していた。

私はデッキの一つに腰を下ろし、煙草の封を切る。生暖かく、どことなく甘い風が吹いて、紫煙をたなびかせた。頭の中では、また『ホテル・カリフォルニア』が谺《こだま》している。一本吸ってから、海が見てみたくなった。ホテルとは反対へ延びる径の先は、プライベートビーチだろう。歩きだした私だが、夜の浜辺を散歩することはできなかった。

「あれは……？」

浜の向こうから誰かがやってくる。ぐったりとなった女性を、両側から二人の男が支えて。驚いたことに、その三人ともに私は見覚えがあった。

「火村か？」

右側の男に呼びかける。彼の方も驚いた様子だ。彼らは揃って足を止めた。

「よぉ、アリス。そんなところで何をしてるんだ。お務めはすんだのか？」

「そっちこそ、部屋で論文を書いてるのかと思うたら……どうしたんや？」

左側の男が「これはどうも」と私に頭を下げる。鍾乳洞で会った寺坂崇夫だった。二人の男の肩に掴まって、かろうじて立っている女性は妻の満美子。目を閉じたまま、時折、けだるそうにうめいている。事故か、急病か。それにしては、苦しそうでない。泥酔しているのか？

「有栖川さんでしたね。とんだ場面で再会してしまいました」

「どこかで彼と会ったんですか？」

訝《いぶか》る火村に、私が説明をした。

「そうだったのか。俺は外の空気を吸おうとビーチを散歩していて、寺坂さんに会ったんだ」

「奇遇やな。——奥さん、どうなさったんですか？」

寺坂崇夫は困ったような表情をした。

「遊び疲れたところに酒が入ったからか、急にこんなになってしまったんです。それで、たまたま通りかかった火村さんに助けていただいて、部屋に連れて戻ろうとしていたんです。お恥ずかしい」

「私も手をお貸ししましょうか」

と言ってはみたものの、まさか両足を抱え上げて運ぶわけにもいかなかった。夫人がふらついたら支える身構えだけをして、一緒にホテルに帰る。彼女からアルコールの匂いはまるでしていなかった。ただ、時々、寝呆けたように何かを口走る。

「あなた。……電話。……電話は誰からだったの？」

夫はなだめるように答えた。

「後でゆっくり話す。悪い報せじゃないから、心配しなくてよろしい」

「……誰から？　……何か、聞こえてたわよ」

やはり寝呆けているようにしか見えない。しかし、海岸を歩いている最中、唐突にこんな激しい睡魔に襲われるだなんて不自然ではないのか？　夫の態度も、どこかぎくしゃくしている。喧嘩をして頭を殴打したためにこうなったのでは、と思って夫人の後頭部を見たが、外傷も髪の乱れもなかった。ただ、横になっていたらしく、スパンコールを振り撒いたように砂がついている。

ラウンジに入っていくと、フロント係が私たちを目に留めて「いかがなさいました？」

と声をかけてきた。「大丈夫です、大丈夫」と夫は手助けを固辞した。医者に診せた方がよいのではないか、と思ったのだが、彼女がこんなふうになる前後の事情を知らないので出しゃばったことも言えない。

寺坂夫妻の部屋は七階だった。エレベーターに乗り合わせた姉妹らしい二人連れは、犯人当てゲームの参加者らしかった。酔っ払いを介抱しているような私たちには見向きもせず、「まだ判らないことが多いよねぇ」「けっこう難問」などと話し合っている。710号室までたどり着き、夫人をベッドに横たえさせると、夫は私たちに丁重に礼を言った。

「助かりました。ありがとうございます」

感謝の気持ちがこもってはいたが、どこかしっくりこなかった。夫人がこうなった理由について、彼は何か隠しているような気配がある。火村もそのことに気がついていた。

「寺坂さん。よろしければ、ちょっとバルコニーでお話ししませんか？」

相手は「はぁ……」と応える。やはり何かを警戒しているようだった。

ビーチを見下ろすバルコニーに出る。火村が部屋から出たがったのは、明らかに夫人の耳に届かないところで話したかったからだ。

「ここで黙って立ち去るのが親切なのかもしれませんが、気になることがあるのでお伺いしたいんです。奥さんがああいう状態になったのは、睡眠薬を服んだせいではありませんか？」

寺坂崇夫の表情はますます曇った。わずかに逡巡《しゅんじゅん》してから「はい」と言う。不都合があればあくまでもノーと言い張ることもできたはずだが、火村の眼光に抗し得ない力があったのだろう。

「夜のビーチを散歩していて睡眠薬を服むというのも妙ですね。何かわけがあってそうなさったんですか？」

「特別なわけはなくて……まぁ、ちょっとしたミスですね。彼女が常用している喘息《ぜんそく》の薬と私の睡眠薬を取り違えてしまったんですよ」

「海岸を散歩中に、水もなしに薬を服んだんですか。不自然に聞こえますが」

詰問調にならないよう配慮しているのだろう。火村の口調は終始穏やかだ。

「水がなくったって、呑み込むことはできます。それに、妻は昼食後も薬を服むのを忘れていたもので、慌てたんですね。いやぁ、歩いているうちに足許をふらつかせだしたので、あれっと思ったんです。砂の上にへたり込んだと思ったら、ころんと寝てしまうんですからね。びっくりしました」

そんなことがあるものか、とは言えない。火村はさらに尋ねる。

「そうなった時点で、睡眠薬を服んでしまったらしい、とお気づきになったはずですね。それで、どうしようとなさっていたんですか？　私が通りかかった時は、奥さんの傍らでしゃがみ込んでいらっしゃいましたが」

「はぁ。独りでおぶって帰ろうか、それも大変だな、ホテルの人を呼ぼうか、と困惑していたんです。いや、そのうち目を覚ますんじゃないか、と思って様子をみていたんだったかな」

歯切れが悪かった。眼球が落ち着きなく虚空《こくう》をさまよう。臨床犯罪学者でなくとも、彼が嘘をついているのが読み取れた。

「誰からの電話だったのか、と奥さんが譫言《うわごと》のように尋ねていらっしゃいましたね。私が最初に遠くから寺坂さんの姿を見た時、携帯電話に向かってしゃべっていらっしゃるようでした。奥さんが砂浜で寝てしまっているところに電話がかかってきたんですか？」

「ええ、東京の知り合いから。——そんなことはどうでもいいじゃありませんか。あなたに関係があることですか？」

気弱げな声での抵抗だった。火村は非礼を詫びる。

「ご気分を害されたのなら謝ります。もちろん、私には関係のないことです」

「いえ、謝っていただくには及びません」相手は安堵《あんど》したように「会社を留守にしているので、業務上の連絡みたいなものでした。まぁ、それで携帯電話を持っていたことを思い出して、ホテルの人を呼ぼうかな、と考えていたところに火村さんが『どうなさいました？』と声をかけてくださったという次第ですよ」

「事故か事件に遭ったと思いました。だから『どうなさいました？』と大声で叫んだんです」

そういう経緯だったのか、と私は納得する。しかし、火村はまだ確かめたいことがあるようだ。

「失礼ついでに訊かせてください。私が声をかけて近づくまでの間に、寺坂さんは嗚咽《おえつ》を洩らしているように見えました。それだもので、いったい何事だろうか、と私はますます緊張したのですが、泣いてなんかいらっしゃいませんでしたね」

「ええ。困ってはいましたが」彼は笑う。「べそなんかかいてませんよ」

「何かを食べてらしたんですね？」

彼は絶句し、私は「えっ？」と聞き返した。食べていたって、そんな場面で何を？　そう見えたのなら、鼻でも啜《すす》っていたんだと思いますよ」

「変なことをおっしゃいますね。ものを食べるような状況じゃないでしょう。そう見えたのなら、鼻でも啜《すす》っていたんだと思いますよ」

「音が聞こえたんです」

寺坂崇夫は火村の視線を避けていた。

「ものを食べている音ですか。聞き違いですよ。私は何も――」

「おかしな音でした。私には、まるで丸めた紙を呑み込んでいるように聞こえました」

寺坂は強い衝撃を受けたようだった。手摺《てす》りにすがって、ふぅと溜め息をつく。火村と私は、どういう答えが返ってくるのか黙って待った。

「ええ、そうです。私は大急ぎで、紙切れを口に押し込んで食べました。呑み込んだ、という方が正確でしょうか。人目に触れさせたくないものがあったからです。厄払いのつもりでお話ししてしまいましょう。私が胃に収めたものは、遺書です」

思いがけない展開だった。火村はある程度の予想をしていたらしい。

「なるほど。自殺を試みようとしていたんですか。あなたが書いた遺書ですね？」

「そうです。私が書いた……二人分の遺書です。妻を先に送って、すぐに後を追うつもりでした」

にわかに信じられなかった。午後に見た彼らには死の影など微塵もなく、優雅に休暇を楽しんでいるようにしか見えなかったのに。意外だ。そして私は、自分の観察力の乏しさに情けなくなる。

「つまり無理心中をなさろうとしていたわけですね。奥さんを睡眠薬で昏睡《こんすい》させて、溺死《できし》させてから後を追うつもりだった——」

「はい。酷《むご》いと思われるでしょうが、その決意でした。遺書は、旅に出る前日に書いて用意してありました」

私はカーテンの隙間から部屋の中をちらりと見た。夫人が目を覚まして聞いていないかを確かめたのだ。

「すると、もしも火村が通りかかるのが数分遅れていたら、あなたは奥さんを殺害するところだったんですか？」

「いいえ。火村さんがこなくても、私は心中を思い止まっていました。その必要がなくなったからです。運命というんでしょうか。妻が昏睡に落ちるのを待っている間に、奇跡的なタイミングで電話が入ったんです。会社の従業員からの電話でした」

「吸ってもよろしいですか？」と断わって、火村はキャメルをくわえる。

「よろしければ聞かせてください。どうして無理心中を企てたのか、そして何故に思い止まったのか。私たちも、ここまで伺っておいて『そうでしたか。では、おやすみなさい』と帰りづらい」

「お話ししてもかまいませんよ。今となっては平気です。内密にしていただけるのなら――」

「口外しないとお約束します」

私も誓った。

「では……。実は事業がうまくいっていない上に、仕事を手伝ってもらっていた知人に騙し討ちにあってしまいましてね。会社の運転資金をごっそり持ち逃げされてしまったんです。金に困っているという素振りなんてなかったのに、判らないものです。私は今の会社を興《おこ》すまで、都内の銀行に勤めていました。そこで色々と嫌なことがあったものですから、死んでも宮仕えには戻らない、という覚悟で独立したんです。だから、どんなことをしてもわが子のような会社を潰したくなかった。それで意地になって、街金《マチキン》から高利の金をじゃぶじゃぶと借りながらも経営を続けました。いつかは破綻《はたん》するぞ、綱渡りは長く続かないぞ、とびくびくしながら。結局、二進《にっち》も三進《さっち》も立ち行かなくなりました。白旗を揚げるしかない。でも、実の弟に連帯保証人になってもらっているために、私がパンクすればそれですむ、という事態ではなくなっていたんです。かくなる上は、死んで私たちの生命保険で清算するしかない、と考えました」

「奥さんは、それに同意していなかったんですね？」

聞きにくいことを尋ねてみる。

「満美子は何も知りません。あれはお嬢様育ちでしてね。自分たちがどんな危機に陥っているのか、あまり理解していませんでした。愚かだからではありません。私が知らしめなかったんです。妻を心配させないように独りでがんばった、というよりも、つまらない見栄を張っていたんだと思います。本当のことを打ち明ける勇気がなかった。ここ数週間は、睡眠薬がなくては、ひと晩も越せない有様でした」

「死に場所として〈ラフレシア〉を選んだのは、ここによい思い出があったからですか？」

彼は大きく頷いた。

「鍾乳洞でお話ししましたよね。ここは素晴らしいホテルです。妻は『生活が落ち着いたら、またあそこに行きたい』と口癖のように言っていました。よほど気に入ったみたいです。もちろん、私だって同じ気持ちでしたよ。いつかそんな日がくることを夢に描いて奮闘したんです。でも、駄目でした。そこで、心中を決めた際に、死の前の時間を〈ラフレシア〉で過ごそう、と思い立ちました。この腑甲斐《ふがい》ない男が最期に妻にしてやれるのは、それぐらいしかなかったんです。私はホテルに予約を入れ、片道だけの航空券を買いました。『またあそこに行けるの？　信じられない』とあいつの喜んだこと。『お仕事が忙しいのなら、今でなくてもいいのよ』と気を遣っていましたが、『息抜きをしたいんだ。絶対に行く』と私は言い張った。こちらに着いてから、妻は心から楽しんでいましたよ。『ここが大好き。今、泊まっているのに、今度こられるのはいつだろう、と考えてしまうぐらい』なんて言って。〈ラフレシア〉は確かにそんなホテルです。死ぬと決めたら、最期に泊りにきたくなるほど素晴らしいところなんですよ」

聞いていて、つらくなる。だが、ここで初めて彼の顔が明るくなった。

「でも、もう危機は去りました。奇跡が起きたんです。満美子が寝息をたてだしたのを聞き、いよいよ決行しよう、懐中から遺書を取り出したところで電話が鳴ったんです。会社の創設時から片腕になって働いてくれていた男からの吉報でした。横領して逃げていた知人が、金を送り返してきたと言うんです。それも、宅配便でですよ。まったく、何を考えているのか判らない。謝罪の言葉を書いたメモらしいものが一枚入っていたそうですけれどね。『石垣島のあの思い出のホテルにきているんだ。これは〈ラフレシア〉の奇跡だよ』と言ったら、相手は驚いていました。とにかく、私は生き返りました。もう死ぬ必要はない。まだまだ厳しい状況は続くけれど、これまでの修羅場を思えば何とかなる」

深刻な事情があったにせよ、妻の命を自分の都合で絶とうとしたことに私は納得しかねる。しかし、今は祝福してあげるべきなのだろう。

「ああ、山羊《やぎ》でもないのに、封筒ごと便箋《びんせん》を食べたりしたものだから、今頃になって気持ちが悪くなってきましたよ」

「奥さんに危害を加えていなかったんですから、そこまで慌てて遺書を処分しなくてもよかったでしょう」

煙草を手にした火村が言う。

「心中をしなくてもいいと判ったとたん、そんなものを書いたことが忌まわしくてならなくなったんです。絶対に満美子の目にさらしてはならない、一刻も早く消してしまわなくては、と思ったからでしょう。ポケットにしまって、後で始末しようかとも考えたのですが、万が一にも妻が見ないように。あるいは……土壇場でかかってきた処刑執行停止の電話を終えて、頭の中で打ち上げ花火が百連発ぐらいで炸裂《さくれつ》しているところに大きな声で呼ばれ、パニックになったためかもしれません」

火村は携帯灰皿で煙草を揉み消した。

「不躾なことを伺って、すみませんでした。これで失礼します」

「お世話になりました。その上、みっともない話をお聞かせしてしまって」

私は「いえいえ」と応えてから——

「いつまで滞在なさるんですか？」

「肩の荷が下りたのでゆっくりしたいんですが、そうもいきません。処理しなくてはならない用事がたくさんできましたんでね。妻が目を覚ましたらわけを説明して——心中の件はとても話せませんが——、飛行機が取れたらすぐに東京に戻ります。ここには、またあらためてくればいい」

「すべてがうまくいって、なるべく早く〈ラフレシア〉に帰ってこられるようお祈りしています」

「ありがとう、有栖川さん。あなたの御本は、必ず読ませていただきます」

私たちは部屋を出た。

6

エレベーターのボタンを押したところで、私は不安を覚えた。寺坂崇夫の話に嘘が混じっていたらどうなるだろう？　奇跡的なタイミングの電話など本当はかかってきていなくて、単に火村が通りかかったために無理心中を中止したのだとしたら、これからそれをやり直す可能性があるのではないか。それを口にすると、火村は首を振った。

「そんなつもりだったら、あそこまで赤裸々《せきらら》に告白したりしないだろう。『何でもないんだ』の一点張りで俺たちを追い払えばよかった。あれは演技じゃないと思うぜ」

「そうやな」

エレベーターがきた。五階に下り、自分の部屋に戻る。火村はまだこれから資料を読むのだそうだ。昼と夜が逆転してしまっているらしい。「ほどほどにな」と言って別れた。

５０８号室の鍵を取り出したところで、あることが閃《ひらめ》いた。密室の謎が解けたように思う。私は踵《きびす》を返してエレベーターに乗り込み、ロビー階に向かった。目指すはレストラン〈八重山〉だ。

とうに午前一時を回っていたが、ラウンジは眠っていなかった。海が見えるシートで語らっている恋人たちもいれば、紙切れを片手に右往左往している者もいる。後者は熱心なゲームの参加者なのだろう。フロント前のコンシェルジュの席には、解答用紙を受け取る係員が座っている。

もちろん、〈八重山〉は閉店していた。付近に人影はなく、入口脇《わき》に鎮座したシーサーは所在なげに口を開いたまま壁を見つめている。私は歩み寄って、そっとその鬣《たてがみ》に触れた。思ったとおりだ。

陶器にしか見えないシーサーは、シュガークラフトの技法を駆使して、お菓子で作られているのだ。おそらく、じかに触れるか鼻をくっつけて匂いを嗅がないかぎり判らないだろう。それほど見事な出来栄えだ。ゲームの出題者は、これに注目せよ、と促していたわけだ。人間は、食べられそうもないものを食べることもある、というのが今夜の発見だ。

密室トリックは解けた。そうとなれば、片桐に自慢しなくては。私はまたフロント前の内線電話を使った。

「有栖川さん、今まで何をしていたんですか？　ちっとも姿を見かけませんでしたよ。お手上げだからってエスケープして、夜のビーチで膝を抱えてたんじゃないでしょうね」

「失敬な。誰に向かってそんなことを言う。俺は有栖川有栖だよ」

「僕は片桐光雄ですよ。――ねぇ、犯人とかトリックとか判ったんですか？　一時から捜査会議だって言ったでしょう。やりましょうよ。もう、クロスワードパズルなんてやらせないで欲しいよなぁ」

「もしかして、あれもまだ解いてないの？」

「苦手なんです」

「編集者のくせに」

「言葉のプロとして編集者はクロスワードが得意でなきゃならないんですか？　そんな無茶な。じゃあ、あれはすいすい解いたんですね？　答えを教えてください。そこでつまずくと、後がうまく進まないんです。ブッチホンが何回もかかってきたり、怪しげな夜食のサンドイッチが届いたり、混乱するばかりだ」

「サンドイッチのサービスつきなのか」

「ただの夜食じゃありませんよ。新聞紙にくるんだのが届くんです。その包み紙をよーく見たら、精巧にできているけど偽物。朝日新聞なんて書いてあるんです。どうです、誤植を見つける才能には恵まれているでしょ。そこに伏線らしき過去の事件が載っていましたよ。薬物中毒で女子大生が死亡した、というベタ記事なんですけれどね。これが容疑者のうちの誰かの肉親なんでしょう。そして、その死に細川が関係しているんだな。だから動機は復讐ですよ」

　いくらか進展しているではないか。それは重要な手掛かりだ。この事件の犯人は、現場にやってくる前から犯行を計画していて、あるものを準備していたはずなのだから。

「誰が犯人か、聞きたい？」

「え、マジ？　判っているんだ。教えてください」

「佐藤武司。あいつなら密室トリックが可能だった」

「どうやったんですか？　そっちの方面のヒントがまるで見つからないんですよ」

「パズルの答えがヒントになってるんです。細川を殺した後、彼は偽物の鍵を机に置いて部屋を出て、本物の鍵で外から施錠した。そして、死体発見時のどさくさにまぎれて、偽物と本物を入れ替えたんです。すっごく初歩的なトリックでしょ？」

そう聞いた片桐が頬を膨らませる様子が目に浮かぶようだった。

「そんなことは僕も考えました。でも、違うでしょう。もしそうだとしたら、身体検査の際に偽物の鍵が見つかったはずだ。彼にはそれを処分するチャンスがありませんでしたからね」

「あったよ」

「いつです？　部屋から一歩も出ていないんですよ？」

「食べたんですよ」

ははは、黙ってしまった。

「偽物の鍵は、食べられるもので作られてたんです。多分、洋菓子やろうな。彼がケーキ職人の修業をした、という手掛かりがどこかに隠してあるんやと思う。パズルの答えはシーサーで、レストランの入口に飾ってある置物を調べてみろ、というヒントやったんです。見たら、やっぱりお菓子でしたよ。シュガークラフト。ほら、ケーキでできた人形とか、本物と見紛《みまが》う花束とか、よくあるやないですか。デコレーション用のオーナメントっていうんかな。ベルや鍵の精巧なのも見たことがある。あれですよ」

「シュガークラフト。それで……それでか」

「何が？」

「だから犯人の名前はサトウなのか」

ああ、なるほど。そして、佐藤という人物が登場する意味を薄めるため、歴代の首相と同じ姓を並べたというのは……考えすぎか。

「う～ん、そうだったのか。でも、犯人とトリックが判れば後は楽勝ですね。まだ埋まっていない箇所もあるけれど、このジグソーパズルの完成図がどんな絵なのかは見えた。せっかくだから、残りをきれいに片づけましょうよ。サンドイッチ、まだ残ってますからね」

私は了解した。

「ところで、有栖川さん。犯人当てゲームの最中にホテルで事件が起きる、というのはネタになりそうですか？」

「さぁね。事件を未然に阻止する、という話やったら書けるかも」

そう言って受話器を置き、彼の部屋に向かった。

7

翌朝九時。

〈トロピカル・ミステリー・ナイト〉の参加者たちは、眠そうな目をしてホールに集合した。ほとんど徹夜だった、という声が洩れ聞こえてくる。みんな存分にエンジョイしたようだった。犯人当てゲームって面白いね、これからは推理小説も読んでみようかしら、という気になった人が大勢いたらうれしい。

「皆さん、いかがでしたか？　赤い目をした方が多いみたいですが、はたしてあなたが出した答えは合っているのか否か。とくとお確かめください！」

司会者は元気がよかった。片桐と私は、午前三時過ぎに解答を提出している。犯人とトリックが見破れた後は、やすやすと細部の空白を埋めることができた。おそらく満点に近い出来だろう。むろん、賞品をもらう資格はないが。

解決編が上演される。それは、私たちの解答が正しいことを証明するための儀式にすぎなかった。「すごい、すごい」と片桐は大喜びする。無邪気な男だ。ともあれ、私の株はいくらか上昇しただろう。

司会者が再び現われ、優秀解答や珍解答を披露して場内を沸かせる。文句のない解答は全部で二十通あったそうだ。そんなものかな、と思う。いずれも甲乙つけがたいために、名探偵賞は最も早い時刻に提出されたものに与えられることになるようだ。司会者が結果をもったいぶっている間に、浜松がすり寄ってきた。

「有栖川先生と片桐さんのお答えはパーフェクトでした。提出時刻は残念ながら一番ではありませんでしたが」

「上には上がいるものですね。――イベントとして大成功だったのではありませんか。百二十数人のうち正解者が二十人というのはいい比率だと思いますし、皆さん、満足そうですよ」

私がコメントすると、浜松は頷く。

「進行上のトラブルもありませんでしたから、まずは上出来だったと考えています。参加者にアンケートを配って感想を書いてもらうことになっていますから、そこで何かご指摘があるかもしれませんけれどね。ご協力いただき、ありがとうございました」

とりたてて何の協力もしていないが、任務を全《まっと》うしたらしい。おいしい仕事だった。さらにおいしいことに、私たちは今日、完全フリーになってもう一泊することができる。片桐がうまく上司を騙してくれたおかげだ。感謝しなくてはならない。

当選者が決まり、盛大な拍手が起きた。小学生の男の子を連れた若い夫婦が壇上に上がって、表彰を受ける。こうして〈トロピカル・ミステリー・ナイト〉は成功裏に幕を閉じた。

「また、あらためてお礼を」と言う浜松に見送られてホールを出た。ビュッフェスタイルのレストランで朝食をとることにする。起きた時間が遅かったので、まだ何も食べていなかったのだ。せっかく南国にきたのだから、といつもは手が伸びないフルーツをたくさん皿に取って窓際の席に着き、グアバジュースを飲んでいると、遅れて片桐がトレイを運んできた。

「いやぁ、目移りして迷いますね。いつもこんな朝飯が食えたら幸せなのにな」

それは贅沢というものだ。

「ところで、火村先生はもう朝食をすませたんですかね。姿が見えませんが」

「寝てるんやないの。こっちまで調子が狂うね。今日の予定が立てられない。仕事の虫はほっといて、竹富島《たけとみじま》にでも渡ってみましょうか。水牛車に揺られて『安里屋《あさどや》ユンタ』でも聴いて。西表島《いりおもてじま》まで行ってマングローブを見るのもええな」

ハムが滅法うまい。こんな美味なのは珍しい。私はハムには非常にうるさくて、かねてより日本のハムメーカーは製造方法を微妙に間違っているのではないか、という疑念すら抱いているのだが。

「僕は、ちょっと泳ぎたいなぁ。帰ってきてからプールで泳ぐだけでもいいんですけどね。好きなんですよ、ホテルのプール」

「石垣島まできてプールで泳ぐことはないでしょう。プライベートビーチがあるんですよ。どうせなら海に入りましょう。ここが日本で一番海開きが早いんだし。――ところで、火村にまだ肝心のことを打診してないでしょう?」

「だって、先生、穴熊みたいに部屋にこもったままなんですもん。出番、少ないですねぇ」

　昨日の夜、人助けをしたんだけれどね、と思ったところで、レジに向かう二人連れと目が合った。寺坂夫妻だ。まず夫の方が真顔で会釈をし、それから夫人がにっこりと微笑む。何事もなかったようで、安心した。

「ああ、鍾乳洞で会ったご夫婦だ。いつまで泊まっているんでしょうね」

「今日までらしいよ」と答えると、片桐はベーコンを突き刺したフォークを止める。

「どうして知っているんですか？」

「昨日の夜、ちょっと話をしたんですよ」

　他言はしないと約束したので、それ以上のことは片桐にも秘すことにした。

　たっぷり時間をかけて朝食をすませても、火村が下りてこない。例の内線電話をかけてみると、「これからシャワーを浴びるところだ」と言う。付き合っていられない。それでも放ったままでは冷淡に思ったので、午後から竹富島に行ってみないか、と誘ってみると「眠気ざましに行く」というふざけた返事が返ってきた。それもいいか。

　竹富島への船の便などについて質問すると、コンシェルジュは天使のような笑みをたたえて懇切に観光の案内をしてくれた。島まではわずか十分しか要しないということだった。それぐらいのところが適当かもしれない。本音を言えば、このホテルから出ないで過ごすのもいいな、と考えていたのだ。

それにしても、火村のおかげで時間が中途半端でかなわない。私たちはホテル内をうろついたり周辺を散策して午前中を潰した。正午近くになり、ラウンジでコーヒーを飲んでいるところへ、白いだっぷりとしたシャツの裾をひらひらさせた助教授が下りてきた。充分に睡眠をとったらしく、世にもさっぱりした顔をしている。仕事のためにやってきた偏屈な男にも、慈悲深い〈ラフレシア〉は精気を与えてくれたらしい。

「おはようございます」と片桐が起立する。火村はすれ違いざまにウェイトレスにコーヒーを注文してから、私たちのテーブルについた。

「どうや、はかどってるか？」

「かなり。片桐さんのおかげですね」

編集者は恍惚《こうこつ》とした表情になった。籠絡《ろうらく》の足掛かりを築けたと確信しているのだろう。まだ道は遠いと思うのだが。

エレベーターから寺坂夫妻が下りてくるのが見えた。もう出発するらしく、めいめいが旅行鞄を提げている。夫がチェックアウトをする間、夫人は土産物のウインドーを覗いていた。この人が、あわや愛する夫に殺されるところだったのか、と思うと運命の不思議を感じる。

精算をすませた寺坂崇夫は、私たちを見て歩み寄ってきた。そして、火村と私に「昨日はお世話になりました」と言う。

「飛行機が取れたんですね？」と訊く。

「ええ。十三時四十五分の便ですから、まだ時間があるんですけれどね」

「それ一便しかありませんものね」片桐が言う。「那覇で乗り継ぐのなら、朝発って昼頃に東京に着くのもありますけれど」

「そこまで急ぐ必要もないので、チェックアウトの時間ぎりぎりまでここで過ごしました。またリフレッシュしにきたいものです。——それでは」

二人で肩を並べ、回転扉の方に歩いていった。私たちは中断した会話を続けようとしたのだが、火村がカップを手にしたまま眉根を寄せた。寺坂夫妻が去った方角を見つめている。どうしたのだろうか、と私は首をひねって見た。

それから後、数分の間に起こったことを私は生涯忘れないだろう。その時は何が起こったのか判らなかった。制止する暇もなかった。すべては、あっという間だった。それなのに、記憶に刻まれた映像は、まるでスローモーション・フィルムのようなのだ。

ダークスーツに身を固めた二人連れの男が回転扉から入ってくるなり、寺坂崇夫は鞄を投げて駈け出した。満美子は茫然としてその背中を見送る。スーツ姿の二人は逃げ去る男を指差して、「いたぞ」「寺坂、待て！」と大声でどなった。どなりながら、満美子の横を疾風のごとく走り抜けた。寺坂崇夫は、ちょうど下りてきていたエレベーターに乗り込む。二人の男に追いつかれる前に扉は閉まった。男たちの一人は毒づきながら階段へ走り、もう一人は上昇していくケージが何階で止まるかを見ていた。

「……どういうこと？」

満美子の手から鞄が離れた。

「ひっかかったんだ」火村が苦しげに顔をゆがめる。「彼の絶望の表情を見たか？　騙し取られた金が送り返されてきた、という電話は嘘だったんだ。彼らの居場所を確かめるため、信頼している従業員にあんな電話をかけさせたんだろう」

寺坂崇夫は、もう自分の部屋の鍵をフロントに返していたから、おそらく、清掃のために開いていた部屋の一つに飛び込んだのだろう。そして――バルコニーから身を躍らせた。

どさり、という鈍い音を聞いた気がする。

錯覚だったのかもしれないが、その音は後々まで私の耳の奥に残った。


〈ここは天国なのか、地獄なのか〉

イーグルスの歌の終わりで、見つからない出口を探し回る〈私〉に向かって、ホテルの夜警はこう告げていた。


〈落ち着いて〉

〈ここに留まる運命なのです。

チェックアウトはできますが、去ることはかないません〉

異形の客

1

その客が中濃屋《なかのや》旅館に姿を現わしたのは三月二日の夕刻、六時を少し過ぎた頃だった。

「予約を入れてあるんですが」

目深《まぶか》にかぶった帽子の下にサングラス。口許は大きなマスクですっぽりと覆われていて、人相がほとんど判らない。それだけでも見る者を不安にするのに充分なのだが、男はこめかみや顎も露出させていなかった。顔全体に包帯を巻いていたのだ。両手には黒い革手袋。さらに、トレンチコートが体型すらも秘匿している。

――あら、何、このお客さん。まるで透明人間じゃないの。

カウンターを隔てて男と向き合ったのは、保科《ほしな》たつ子というフロント係だった。この旅館に勤めて十五年になる彼女は、内心の動揺を悟られぬよう平静を装いつつ、客の名前を尋ねる。

「イシザカ。イシザカヒデオ」

マスク越しの声はくぐもって聞き取りにくい。保科は非礼を詫びながら、二度問い直さなくてはならなかった。

「イシザカ様ですね？　少々お待ちください」と微笑を作って、コンピュータのキーを叩く。その名は確かに登録されていた。予約を受けたのは三日前だ。

「はい、承っております。離れの間をご指定で、今日から三日間のご宿泊でございますね？」

包帯の男は無言で頷く。

「それでは、こちらにお名前とご住所、お電話番号をお願いいたします」

宿泊カードを差し出すと、男は右手の革手袋を脱ぎ、カウンターに立ててあったボールペンを手にした。そして、ためらう様子もなくすらすらと必要項目をしたためていく。氏名は石坂秀夫《いしざかひでお》。住所は奈良県生駒《いこま》市となっていた。極端に右肩上がりの悪筆ではあったが、男は年齢や出発予定日の欄も律儀に埋める。書き終えると、これでよいか、と問うように保科の顔を見た。

「ありがとうございます。お支払いは現金でしょうか、それともカード？」

「現金で。前金が必要かな？」

札入れを出そうとするのを、彼女は止めた。カードならば番号を控えさせてもらおうとしただけだ。

「いいえ。ご精算はチェックアウトの際で結構でございます。それでは、お部屋にご案内いたします」

そう言っているところへ、客の気配を察した仲居の吉井洋子《よしいひろこ》が出てきた。接客用の笑みをたたえて小走りにやってきた彼女だったが、客の風体を見てぎくりとしたようだ。口が「まあ」という形を作る。

「松籟《しょうらい》の間のお客様です。お荷物を持ってご案内を――」

と、男は手袋を嵌めた右手を上げ、保科の言葉を遮った。

「いや。荷物はいい」

そして、足許に置いていた旅行鞄を左手で取る。

「……左様でございますか。では、吉井さん。お願いしますね」

仲居は「どうぞ、こちらです」と客の前に立って歩きだす。気のせいか、声が微かに顫えているようだった。緊張しているのだろう。廊下を奥へ向かいながら、男は一度大きなくしゃみをする。

――花粉症なのかしら？　この季節、マスクをしている人は珍しくないけれど、サングラスは花粉症と関係がないだろうし、あの包帯は……。

片頬に手をやって考え込んでいると、「保科さん」と横手から呼びかけられた。半纏《はんてん》をはおった番頭の後藤《ごとう》が、事務室の扉の陰から覗いている。

「見てましたよ。あれはまた変わったお客さんですね。透明人間みたいな恰好やないですか」

「ええ、私もそう思いましたよ。あんな人、初めて」

「サングラスやマスクをはずしたら空気みたいに透明てなことはないやろうけど、中から強盗殺人犯の顔が出てきたりしないかねぇ」

冗談を言っているのではなさそうだった。保科は「それはないでしょう」と言って、客の目に触れないようにカウンター内に備えてあるリストを取り出した。それは警察から回ってきた連絡文書で、現在指名手配中の人間の顔写真と特徴が並んでいる。ざっと見たところ、石坂秀夫に該当しそうな人物はいなかった。

「よく見て。シャングリラ十字軍の奴やったらこわいですよ。鬼塚竜造《おにづかりゆうぞう》って、あれぐらいの齢やったはずです」

「大丈夫ですって。鬼塚竜造みたいな大物がうちにきたりしませんよ。番頭さん、この手配リストをよくご覧になっていますか？　鬼塚っていうのは、一メートル八十六センチもあるんです。いくら変装しても身長だけはごまかせないから、長身の男に要注意と書いてあります。さっきのお客さんは、せいぜい一メートル七十センチでしたよ」

「しかしですよ」後藤はなおも心配そうに「シャングリラ十字軍の逃走犯は、他にも何人かおったやないですか。七人も八人も殺した鬼塚ほどではないにせよ、どいつもこいつも凶悪犯や」

「鬼塚竜造の他、リストには三人挙がっていますね。でも、どれも違いますよ。うち一人は女だし、残る二人のうち一人は身長が一メートル六十センチで、もう一人は体重百キロの巨漢となっていますから。今のお客さんが細身なのか中肉なのかは判りにくかったけれど、絶対に百キロはありません。シャングリラ十字軍以外にもいませんね。どれも年齢が合わない」

納得させるため、保科はリストを後藤に見せようとした。番頭は一瞥《いちべつ》だけして、

「それやったら、いいんです。しかし、透明人間でもお尋ね者でもないとしたら、なんであんなふうに顔を隠してるんやろう。ひどい怪我でもしたのかねぇ」

「さぁ……。あ、整形手術をしたところなのかもしれませんよ。ちょっと鼻を高くしたり目許をいじっただけでも、長い間包帯をしておかないといけないそうだから」

「男が整形手術？」

「美容整形とはかぎりません。交通事故や火事で大怪我をしたのかも」

「しかし、手袋もしてましたよ。それも怪我？」

「そうかもしれませんけど、ただ寒いから嵌めているだけじゃないですか。ここみたいな山間《やまあい》は、まだまだ朝晩は冷えますもの」

番頭は宿泊カードを覗き込んだ。石坂秀夫という名前を覚えておくつもりなのだろう。

「松籟の間か。吉井さんが担当ですね。注意して様子を見てもらうことにしましょう」

「はい。でも、理由もないのに、無闇にお客さんを疑うのはよくありませんよね」

「理由はあるやないですか。あんな恰好で旅館に泊まりにくるやなんて、多少は怪しまれても文句は言えませんよ。……もっとも、そんな気持ちを態度に出してはまずい。それは禁物です」

「そうですよ」

優等生的なことを言いながらも、保科たつ子の内心は本当は違った。胸騒ぎが抑えられない。包帯の男が記した特徴的な文字が、どことなく嘘っぽかったからだ。

——これは悪筆なんかじゃない。きっと、わざと下手に書いて筆跡をごまかそうとしているんだわ。

直感がそう告げていた。

2

包帯で顔を隠した男が投宿した翌日の三月三日。一人の推理作家が中濃屋旅館を訪れた。私である。

「まぁ、有栖川有栖さんとおっしゃるんですか。とても変わったお名前ですわね。ご職業は著述業。エッセイか何かお書きなんですか？」

下ぶくれのふくよかなフロント係、保科たつ子——その名は後で知った——は、私が書いた宿泊カードを見て言った。客と会話を交わすのが好きなタイプらしい。親しみやすい口調だった。

「小説を書いています。推理小説を」

「あら、そうですか。今日はご静養にいらしたんですか？」

「ええ。仕事が一段落したので、久しぶりに温泉につかりたくなって。今日の朝起きて思い立ったんですよ。ですから、予約を取る間もありませんでした」

特別に温泉が好きなわけでもない。まったくの気まぐれである。ただ、純然たる骨休めかというとそうでもなく、次の作品で温泉地の日本旅館を登場させたいと考えているので、その取材も兼ねているのだ。そのあたりがわれながら貧乏性だと思う。

「大阪市内からいらしたんですね。それでしたら、これからも思い立ったらすぐにいらしてください。お時間も交通費もあまりかかりませんでしょ。それがここの取り柄ですから」

関西の奥座敷といえば全国的に有馬《ありま》温泉が有名だが、武庫川《むこがわ》に沿ったここ猛田《たけだ》温泉はその離れ座敷といった趣がある。JR福知山線に飛び乗れば、快速列車でも大阪駅からほんの一時間もかからない。何しろ宝塚市内なのだ。有馬に較べると旅館街の規模は格段に小さいし湯量も少ないものの、都会の喧騒《けんそう》を忘れるには打ってつけの静けさがあった。大小十軒以上の宿が集まっているが、歓楽施設は皆無。まだ車で着いたばかりだが、夕食までにぶらりと散策してみよう。昨日あたりから冷え込み、雪がちらついているのもオツなものだ。

「今回は一泊のご予定ですね。気に入っていただけたら、次からは長期で滞在なさってください。いい空気と温泉とおいしいお料理でおもてなしいたしますから、きっと執筆も捗《はかど》りますよ」

「それはいいですね。まるで文士になったような気分が味わえるかもしれません。こちらには、離れになった部屋もあるみたいですね」

カウンターに置いてあったパンフレットを開いて言うと、フロント係は頷いた。

「松籟の間という落ち着いたお部屋があります。あいにくと、今はふさがっているんですが、次回はぜひそちらに。――あら、すみません、次の機会のお話ばかりして。すぐにお部屋にご案内いたします。吉井さん、お願いね」

振り向くと、小柄な仲居が畏《かしこ》まって立っていた。「お荷物を」と言ってくれたが、持ってもらうほどのものでもない。ショルダーバッグに一日分の着替えと文庫本が一冊入っているだけだった。

里山の風景を描いた版画が並ぶ廊下を進み、左に曲がってすぐの部屋へと導かれる。ドアの上に鶯《うぐいす》の間とあった。廊下側の窓からは裏庭が見えていて、枝振りのいい松の梢や竹の葉陰の向こうに離れが建っている。草葺《くさぶき》の数寄屋《すきや》造りで、折れ曲がった渡り廊下で本館とつながっていた。

「あれが松籟の間ですか？」

「はい」とだけ答えて、仲居はドアを開いた。「どうぞ」

三畳と六畳のふた間だ。ほどよく暖房が利いていて、ほっとした。床の間には漢詩を添えた水墨画の掛け軸と古い香炉が飾ってあるありきたりの部屋だが、それこそ期待していたものだった。このところ仕事であちこちに出かけてはホテルに泊まる機会が多かったので、典型的な日本旅館に泊まりたかったのである。今回は奮発した。中濃屋は、ここ猛田温泉では高級旅館の部類に入る。

「吉井と申します。何なりとお申しつけください」

仲居は丁寧に頭を下げてから、梅昆布茶を淹れてくれた。そして、万一の際の避難経路や浴場の場所を説明してから、「お食事は何時がよろしいですか？」と訊く。私は「七時に」と答えた。散歩をして一服したら、すぐに食べたかった。

「離れのお客さんは、長期滞在なさっているんですか？」

そう考える根拠などないのだが、何とはなしにそんな気がしたのだ。鄙《ひな》びた温泉宿を舞台に小説を書くとしたら、そのような人物を一人ぐらい登場させたい。

「いいえ。昨日からお泊まりになっているだけです。ちょっと変わったお客様で……」

そこまで言って、仲居は不意に口をつぐんだ。他の客の噂話などするのは端《はした》ないと自重したのだろう。私だって、無遠慮に詮索《せんさく》するつもりはない。彼女が言いかけたことは聞かなかったことにしよう。

「暖房はこちらのスイッチパネルで調整してください。――では、ごゆっくり」

畳に三つ指をついて一礼して仲居が立ち去ると、私はお茶請けの饅頭《まんじゆう》をぱくついてから時計を見た。六時が近い。日が暮れてしまっては寒いだけで散歩を楽しむどころではないから、さっそく出かけるとしよう。武庫川の渓流あたりまでぶらついて、冬の温泉街の様子を観察したらすぐに戻ってくる。一服したら夕食。その後、ゆっくりと長風呂に浸《つ》かる。長い夜になるだろう。寒風が木々の枝を揺する音に耳を澄ませながら暖かくした部屋で布団にくるまるのだ。そして、深々《しんしん》と更けゆく夜の底で幸田露伴《こうだろはん》の短編を再読する。ああ、何と心ときめく計画であろうか。そんな時間があればこそ、人生は生きるに値する。

「まずは散歩やな」

独白してから、いったん脱いでハンガーに掛けたコートを羽織り、マフラーを巻いて手ぶらで部屋を出た。とても自由な気がして、でまかせの鼻歌が洩れる。が、向こうから誰かが歩いてくる音がしたので、恥ずかしくなってやめた。

私とその男とは、ちょうど廊下の角で遭遇した。足音が聞こえていたので、出合い頭にぶつかったのではない。なのに、私は驚愕《きょうがく》で大きな声をあげるところだった。それは相手の風体が普通ではなかったからだ。

目深にかぶった帽子、サングラス、マスク。それだけでも、銀行強盗の帰りか、と思わせるほど異様な出で立ちだが、さらに驚いたのは顔のほとんどが包帯で覆われていることだった。完全に外界と自分を遮断している。

瞬時、しげしげ見てはいけない、と思って視線をそらした。そして、体を半身にして男をやり過ごす。男は、わずかに顎を引いて会釈をしたようだったが、気のせいかもしれない。そのまま私たちはすれ違って、同時に角を曲がる。男の足音は、廊下の奥へ奥へと遠くなっていった。

ロビーに出てみると、宿の浴衣《ゆかた》を着た髭面《ひげづら》の客がソファに座っていた。大きな木彫りの大黒様の横で、顔を隠すようにして夕刊を読んでいたその男は、ちらりと私を見てから、すぐまた視線を新聞に戻す。フロントカウンターの中では保科たつ子と番頭らしい男が何やらひそひそ話していた。業務連絡なのか、密談をしているふうであったが、保科は私を見ると、にこりと笑って「お出かけですか？」と声をかける。

「散歩です」と答えてから「今の人もお客さんですか？　サングラスとマスクの人」

今度は詮索せずにいられなかった。

「包帯の人ですか。廊下ですれ違いはったんですね。ええ、お客様です」

半纏を着た男が言った。目に好奇の光がある。私は言葉を選んだ。

「ちょっとびっくりしました。何というか……ユニークなスタイルだったので」

「透明人間かと思いますよね。あの人は、ここに着いた時からずっとあの恰好です。何か事情がおありなんでしょう。失礼ながら、おいでになった時は指名手配でもされているのかしら、と思いましたけれど」

「そんなことはないんですよ」保科が笑顔で補足する。「該当するお尋ね者はいませんから。うちの番頭は、シャングリラ十字軍の逃走犯だったらどうしよう、と心配したんですけれど」

まさか、それはあるまい。ここ数ケ月間、日本中を震撼《しんかん》させているシャングリラ十字軍の拠点は東京で、彼らによる犯罪はすべて東京周辺で起こっている。また、指名手配されていた隊員が逮捕されたのはすべて首都圏内だった。まるで土地勘がない方面に逃げるのを拒んでいるようで、それがどこか子供じみて情けなかった。

「あの連中は関東平野の中で逃げ回ってるんやないですか。関西までは逃げてこないでしょう」

その見解は、番頭によって打ち砕かれた。

「そうとは限りませんよ。カテラルの光とかいう教団の支部は、大阪にも京都にもあるんですから。それに、逃げてる鬼塚竜造は大阪の出身やそうで、猛田温泉に土地勘があっても不思議はない。関西を潜伏先にしてる可能性もあるでしょう」

再び保科がフォローする。

「もちろん、あのお客様は鬼塚竜造ではありません。身長がまるで違います。シャングリラ十字軍が猛田温泉にくるだなんて、そんな馬鹿なこと……ほほ」

絶対にないとは断じられないが、まずはあり得ないだろう。関西に逃げてきていたとしても、おそらくは大阪か神戸あたりのアパートかマンションの一室に閉じこもり、息を殺しているのに違いない。

「それにしても、ひどいことです。あのシャングリラ十字軍とかいう連中。世直しのための聖なる戦いとかぬかして、やってることは無差別殺人やないですか。私には、さっぱり理解できません。日本がこんなに治安の悪い国になってしまうとは」

番頭が憂《うれ》えると、これには保科も同感の意を表して頷いた。

「ほんと。困ったことです。——物騒な話はこれぐらいにしましょうか。それでは、どうぞお散歩を楽しんでらしてください。お風邪を召しませんよう、お気をつけて」

「行ってきます」

靴を履きながらふと振り向くと、またソファの髭面と目が合った。偶然にせよ、バツが悪い。外に出ると、黄昏《たそがれ》が迫っていた。雪は降っていないが、気温はかなり下がっていて、風が頬に冷たい。通りの人通りもほとんどなく、淋《さび》しげなので、旅館の周辺をぐるりと回ってすぐに戻ることにした。

あちらこちらの宿の佇《たたず》まいを見比べて歩きながら、包帯の男のことを思い出す。たぶん、怪我か病気が原因で顔の皮膚をさらさないようにしているのだろう。温泉にやってきたのは、その療養のためかもしれない。常識的に考えて、凶悪事件の逃亡犯があんな恰好をするのは不自然だ。人相を隠せたとしても、目立って仕方がないだろう。あれでは、すれ違った誰もが不審がる。今をときめくシャングリラ十字軍の逃亡者が、そんな間抜けな真似をするとは思えない。

それにしても――

番頭が言うとおり、この国の治安はひどいものになった。水と安全は無料だと勘違いしている平和ボケの国、と自嘲《じちょう》していた頃が懐かしい。日本は今、小さな戦争状態の中にあった。

シャングリラ十字軍。それはチベット仏教の教義をつまみ食いした新興宗教カテラルの光を母体にしている。カテラルの光そのものも、全財産を布施《ふせ》に供して出家してしまった者の家族との間で裁判沙汰《ざた》を起こすなどして世間を騒がせていたが、シャングリラ十字軍となるともはやテロ集団と呼ぶしかない。ジェイムズ・ヒルトンの『失われた地平線』などで描かれた理想郷シャングリラを現在の日本に建設することを夢想し、そのためには社会に蔓延《まんえん》した邪悪な風潮を一掃しなくてはならない、と考えた彼らは、自らの信念に従って過激な行動を開始した。

最初に標的となったのは、在京のテレビ局である。彼らによれば、社会を堕落させるものは三つのSだ。スポーツ、サウンド（音楽）、セックス。権力者からこの三つを楽しむことを奨励された民衆は、えてしてそれらに溺《おぼ》れ、あるべき知性と美意識を失っていってついには白痴化する。現在の日本では、まさにその民衆白痴化が戦慄《せんりつ》すべき深度で達成されつつあり、その絶望的な堕落に最も貢献しているのがテレビだ、というのが彼らの認識らしい。くだらない。この三つのSというのは、ユダヤ人浄化のために書かれたとされる偽書『シオンの議定書』からの露骨な剽窃《ひょうせつ》である。彼らこそ、メディアリテラシーを学習するべきだ。

凡庸《ぼんよう》だが危険な陰謀史観が、カテラルの光の信徒の一部に取り憑《つ》いた。彼らの目には、テレビは権力者の支配下にある、と映ったらしい。権力者は電波で民衆をマインドコントロールしている。その洗脳を解かなくては、民衆はおのれの悲惨さえ自覚できず、シャングリラ建設は不可能だから、まずはそのコントロール装置を無力化させなくてはならない。そう考えた彼らはテレビ局に攻撃を仕掛け、先月の二十六日に三つの小包爆弾を相次いで爆発させたのだ。

五人が死亡し、二十人が重軽傷を負った。爆破の直後に、彼らはインターネット上に犯行声明文をアップした。

「カテラルの光の布教だけでは理想郷建設は覚束《おぼつか》ない。われわれは微温的なカテラルの光に失望した戦士、シャングリラ十字軍である。本日をもってシャングリラ革命を開始する。その手始めとして、昼夜を問わず三つのSを垂れ流し、この国を汚辱《おじょく》まみれにせんとするテレビ局に鉄槌《てっつい》を下した。電波による民衆の洗脳を停止しないかぎり、テレビ局は繰り返し血の色で染まるだろう。民衆たち、目覚めよ。そして、シャングリラ建設のために結集せよ」云々《うんぬん》。

その声明文の後には、具体性を著しく欠いたシャングリラ建設計画が続き、末尾には組織の代表者として鬼塚竜造の署名があった。カテラルの光の幹部候補で、さる有名大学工学部の院生だった男だ。

全国のテレビ局は厳戒態勢を敷き、狂気のテロリズムと対決する姿勢を示した。だが、彼らが攻撃の第二波を加えたのはテレビ局ではなく、警察は意表を衝かれた。爆弾が炸裂《さくれつ》したのは府中《ふちゅう》競馬場だったのだ。ここでは三人が死亡。その翌日には、満員の東京ドームで不審物が見つかった。爆発二十分前に処理されたその時限式の爆弾には、「シャングリラのために」というサインが書かれていたという。彼らが憎悪しているのは大衆の娯楽なのだ。週刊誌は「この次に狙《ねら》われるのはどこか?」という特集を組み、本命にロックコンサート会場を、大穴に風俗営業店やラブホテルを挙げていた。

彼らは、自分たちは革命のための導火線であると称しており、捨て石として革命に殉《じゅん》じるつもりらしい。最初の爆破テロの決行日に二月二十六日を選んだのは、平成の二・二六事件と呼ばれるのを期待したからだろう。だが、その狂気は昭和の事件をはるかに超越していて、不条理極まりない。もともとカテラルの光が公安警察の調査対象に入っていたせいもあり、二月の末にはほとんどの隊員が逮捕された。その腰砕けぶりも、二・二六事件を超えていた。

なお逃走を続けているのは、リーダーの鬼塚竜造と他三名。捕まった隊員の証言によると、鬼塚らの手許にもう爆弾のストックはないとのことだった。が、予想もつかない方法でテロを継続するおそれもあり、日本中が——特に首都圏の人々は——一刻も早い鬼塚逮捕を待ち望んでいた。

武庫川べりまで歩き、形のいい岩が渓流に配置された盆栽めいた眺めを見てから、宿に帰ることにする。寒いばかりで、他に見るべきものはなかった。さっきの包帯の男は、この何もない町をどう歩いたのだろう? もしかしたら、と私は想像する。

彼は、この町で生まれ育ったか、あるいはここで暮らしたことがある人間なのかもしれない。そして、この町で一人の女性と恋に落ちたのだけれど、何らかの事情で別れなくてはならなかった。泣く泣く去っていった彼。しかし、恋慕の想いは断ちがたく、愛する女性がどうしているかが気になる。そこで、町の人々に顔が判らないようにして、旅行者を装って様子を窺いに戻ってきた……。

無理があるな。筋が通っているようでいて、リアリティがない。そんなことをしなくとも、信頼できる友人なり私立探偵に相談を持ちかけてもいいし、他にいくらでもやり方がありそうだ。この仮説はボツだ。

どうも気になる。いや、彼の正体など何でもかまわない。現実など知ったことではなくて、彼が何者か推理して一人で遊んでいるうちに面白い仮説が構築できれば小説に使えるかもしれない、と思っただけだ。しかし、推理をするには材料が乏しすぎた。

宿に帰り着くと、二十代後半ぐらいの女性客がチェックインをしているところだった。カジュアルな服装のわりには、大きな旅行鞄を携えている。保科たつ子は、お帰りなさい、と言うように目配せしてくれた。

鶯の間に戻り、浴衣に着替えてテレビを点ける。各局ともニュースの時間だった。シャングリラ十字軍の残党はまだ捕まっていない。新しい情報はなく、インターネット上にシャングリラ騎士団などという不謹慎なサイトが設けられ、すぐにプロバイダーによって削除されたことが報じられていた。

七時ちょうどに、待望の夕食が運ばれてきた。川魚と山菜の料理、そしてボタン鍋《なべ》がこの名物なのだが、小さな神戸牛のサイコロステーキまで出てきて豪華だ。食の細い客なら「とても食べきれない」と悲鳴をあげるだろう。仲居の吉井と雑談をしながら、それをもりもり平らげていったので、「見事な食べっぷりですね」と感心された。三十四歳ともなると、そろそろ食欲が減退の気配を見せてもいいのにな、と自分でも呆れる。

包帯の男のことがまた少し話題に出た。そこで、彼が離れの間の客だということを初めて知った。ははぁ、そういうことか。だからさっき彼女は、松籟の間の客について私が尋ねた時、「変わったお客様で……」と言い淀《よど》んだのだろう。

お櫃《ひつ》を空っぽにした後、のんびりと温泉に入る。部屋に戻ると、布団が敷いてあった。まだ九時過ぎだったが、潜り込んで文庫本を開く。幸せだった。こんなささやかな幸福も、グロテスクな革命に取り憑かれたシャングリラ十字軍は認めないのかもしれない。

あまりに心地よくて、一時間もすると睡魔が訪れた。私は本を閉じて、明かりを消した。離れの客は何をしているのだろう？

まだ起きて本でも読んでいるのか？　それとも、深夜になってから包帯を解き、こっそりと浴場に向かうのだろうか？　今、風呂に行ってみたら、素顔をさらして湯につかっている彼と対面できるかもしれない。だが、行くものか。私は、何があっても布団から出たくなかった。

それに、眠りはもうそこまできていた。

3

早く寝たせいか、六時過ぎに目が覚めた。ふだんなら、そろそろ徹夜仕事を切り上げようか、という時間だ。ぐっすり眠って爽快だったので、歯を磨いてから朝風呂に浸かりに行くことにした。温泉にこだわりのない私としては、一泊する間に二度も風呂に入るのは初めてのことだ。朝早くから入浴した記憶もない。どんなものか味わってみるのもいいだろう。

タオルを提げて浴場に行ってみると先客がいるらしく、湯を流す音が脱衣所に聞こえていた。包帯の男かもしれない。私は少しばかり緊張しながら扉を開けた。

湯気の向こうに人影がある。体を洗い終えたところのようだ。洗面器を置く音がコーンと天井に反響した。先客はのっそりと立ち上がって、檜《ひのき》でできた湯ぶねに歩いていく。体格は包帯の男と似ていた。

私も湯に浸かった。壁の一面が大きな窓になっていて、庭の枝垂《しだ》れ梅が薄桃色の花をほころばせているのが見えている。桜の蕾《つぼみ》もふくらみかけているのだろう。季節になったら夜桜を愛《め》でるためか、火を焚《た》く篝《かがり》が立っている。

「朝風呂に勝るものはありませんなぁ。極楽です」

湯気の向こうから声が飛んできた。先客が私に話しかけてきたのだ。思いのほか年嵩《としかさ》の男らしい。

「ええ。自堕落な気分になれるのが楽しくていいですね」

私が応えると、相手の笑い声が浴室中に響いた。そんなにおかしなことを言ったつもりはないのだが。

「自堕落なのがええですか。そうですね。まだ六時半くらいでしょう。早起きしたお母さんが、家族のお弁当をこしらえている時間かな。世間の大方の皆様は、もうじき布団から這い出してきて、忙しく朝飯を掻き込む。そして、着ぶくれした仲間でいっぱいの満員電車に揺られて会社へ、学校へ向かう。ご苦労なことです」

そう言う彼は何の仕事をしているのだろう、と思っていたら、

「私は是枝《これえだ》といいます。ご存じありませんか、是枝クリニック？」

中津《なかつ》あたりにそんな看板を掲げた瀟洒《しょうしゃ》なビルがあった。電車の窓からよく見える場所に建っている美容整形のクリニックだ。あれを経営しているのなら、かなり羽振りがよいだろう。

「知っています。美容外科の先生をなさっているんですか？」

「ええ。従兄《いとこ》と共同で経営しています。いやぁ、久しぶりに温泉でのんびりできました。もう一泊できたらええんやけれど。世の中がいくら不景気の波に揉まれていても、われわれの仕事にはあまり影響せんのですな。女性の美に対する憧《あこが》れと執着は、それほどまでに強い。おかげで忙しくしてます」

しゃべりながら、是枝はこちらに近寄ってきた。五十に手が届く手前ぐらいだろう。頬の肉がたるみ、やや栄養過多のようだが、精力的な顔をしている。あなたは何者なのだ、とその目が自己紹介を促していた。

「有栖川です。小説を書いています」

「ほぉ、あなたは作家ですか。美容整形のことで取材したいことができたら、いつでもう

ちにいらっしゃい。色々な人間ドラマもお話しできますよ」

私がどんな小説を書いているのかも知らないまま、美容外科医は気安く言った。大まかな性格なのかもしれない。

部屋や料理の感想など、とりとめもない雑談が始まる。彼は、話し上手で聞き上手というタイプだった。そのペースに乗って、私の舌の回転も次第に滑らかになっていく。

「是枝先生は、どうして美容外科の道にお進みになったんですか？　人間の顔に興味があったから、とか？」

「いいえ」相手は首を振る。「そんな文学的な動機やありません。美容外科をやってる伯父《おじ》と伯母《おば》が豪邸を建てて暮らしてるもんで、あれはよほど儲かるんやなぁ、と考えて志望したんです。もちろん、誰でもボロ儲けができる仕事やありませんよ。技術が第一やし、病院経営の才覚も重要です。それに、お金のためだけにやっているのでもない。女性の美の創造に携わっているわけですから、やりがいもあります。オペで新しい技術をどんどん試せるのも楽しい」

医者は、にやついていた。天職に就いているらしい。

「女性の美の創造、ですか。でも、最近は男性が来院する機会も増えてるんやないですか？」

松籟の間の客のことを念頭に置きつつ尋ねてみた。顔に巻いた包帯が、整形手術をした後の患者を連想させたからだ。

「うん、増えましたね。若い人が有名タレントのような目許に変えてくれと言ってくることもあるし、中年のサラリーマンもきますよ。自分の顔はいかつくて、営業マンとして損をしている。だから、もっと柔和で爽《さわ》やかな感じにして欲しい、という依頼です。さすがに腹の脂肪を手術で取ってくれ、というのはありませんが」

営業マンとして成功するため、自発的に顔の造作をいじるというのはすごいことだ。私なら「整形してルックスを変えなさい。本の売れ行きが倍になりますよ」と言われても——そんな編集者がいるはずもないが——きっと逃げ出す。

「そこまでするか、とお思いかもしれませんね。しかし、顔を変えたがる人というのは、おのれの心を変えたいと考えてそうするんですよ。もっと自分に自信を持ちたいとか、積極的になりたいとか。実際、人間には多かれ少なかれ他人を外見で判断する傾向がありますからね」

是枝は湯をすくって、気持ちよさそうに顔を洗う。神経痛とリューマチに効くという湯だ。

「顔が変わったら、心も変化するものですか?」

「正直なところ、それはケース・バイ・ケースですよ。よい結果を生んだ事例をたくさん知っていますが、絶対にそうなると保証することはできません。『前の方がよかった』『これとは違う』とクレームをつけてくる方もいますけれど、そういう方はどう変えても同じですね。現実とうまく適合できない原因を顔のせいにするのをやめないかぎり、満足は得られません」

「そういうクレームがくると、病院としては苦慮しますね」

「丁寧にご説明しますよ。それで判っていただくしかない。こじれて問題になったことはありません」

「指名手配されている犯罪者が、逃走のために整形手術を受けにくる、ということはあるんでしょうか？」

相手が不審そうな表情になったので、私は推理小説を専門にしていることを打ち明けた。是枝医師は納得する。

「推理作家らしい興味ですな。何年か前、顔を変えながら十四年間以上も逃げ回っていた女性が時効寸前に逮捕されたことがありましたね。事情を知らずに整形をした医師が責任を感じて、高額の懸賞金をつけたんでしたっけ？　あの事件がマスコミで大きく報じられたせいか、時々そんな質問を受けます。そういう事例は、私どものクリニックではありませんな。もっとも、こちらが認識している範囲内では、ですよ」

彼の笑い声がまた天井に谺《こだま》した。かと思うと、ふと真顔になって、

「有栖川さん。あなた、人間にとって顔なんか重要やないとお考えでしょう？」

「……いえ」私はたじろいだ。「そうとは言えないと考えています。顔なんて、個人を識別するための記号みたいなものだと思おうとしても、やっぱりそれだけでは割り切れません。好印象を与える顔もあれば、その反対の顔もあるし、本人にとって望ましい顔とそう

でない顔というのがあるわけですから……」

のぼせそうになったのか、医師は湯ぶねの縁に座った。私もその横に並ぶ。

「うん、そのとおりですな。しかし、人間は顔で判断できない、と信じてなかったら、推理小説は書けないはずです。外から見ただけで、濡れ衣を着せられかけて当惑している無実の人間と演技をしている殺人犯人の区別がついたら、推理小説は成立しない。そうでしょう?」

「ええ。そして、警察も裁判もいらなくなります」

「真実はいくらでも顔の下に隠せる、という前提があってこそ推理小説が成り立つわけです。本屋に行ったら、たくさん推理小説が積んでありますね。世間の人々も、顔を信用してないんですよ。それでいて、顔について無関心ではいられない。あれはいい顔だ、これは人相がよくない、彼女は美人だ、彼は目つきがきつい、こっちは優しそうだ、あっちは見るからに好色そうだ、エトセトラ。信じていないものに振り回される。おびただしい人間の悲劇と喜劇が顔の上で交錯する。おかしいですな」

顔を信じていないから推理小説が書けるのだ、と考えたことはなかった。ふだんは私だって、人並みに彼女は美人だ、彼はずるそうだ、という目で人を見ている。

「顔なんてものは、しょせん、骨の上に薄く貼りついている蛋白質《たんぱくしつ》製の皮です。しかし、そのたかが顔のことで深刻に悩む人もいる。私はね、あんまり非建設的なこだわりを持つ人には、『美容整形なんておよしなさい』と忠告することもあるんですよ。『自分の顔を大事にしなさい』と」

「それでは、お仕事にならないんやないですか？」

「ただ切ったり貼ったりしたらええ、とは思ってませんよ。無用のトラブルは避けたいし、役に立たんオペはしたくない。この人の問題は純粋に心の側にあるな、と感じたら、じっくりとお話しします。『あなたね、女優のAさんみたいになりたいと言うけれど、そんなにAさんがいいですか？　あの女優さんが魅力的なのは、顔だけのせいやないと思いませんか？　そう思えんと言うのなら、あなたがAさんと顔を交換したところを想像してみてください。今日から、あなたが鏡を見た時、そこに映るのはAさんの顔です。それが幸せですか？　うれしい？　何かもやもやとした不満や、淋しさを感じるかもしれない、と思いませんか？』とね。いやぁ、今みたいに詰問調ではなく、もっとデリケートにやるんですよ」

「理解してくれますか？」

「簡単に『ああ、それもそうですね』と言う人ならば思いつめたりしないものです。『それでも、ここをこうしたい』という願望はなかなか消えません。悩ましいケースもあります」

　気がつくと、私は無意識のうちに頰のあたりを撫《な》でていた。飽きるほど見てきた自分の顔を思い浮かべ、それが本当に俺の顔だったであろうか、という頼りない心地がした。

「推理作家は顔なんて重視していないのかと思ったら、ご興味がおありのようですね。小説というのは人間を描くものですから、関心があって当然ですかな」

どうだろう。実のところ、私は小説を書く際に、登場人物の顔を明確に脳裏に描いたりはしていない。漠然としたイメージがあるだけだ。いくら具体的にこういう顔の男だ女だと想像したところで、そのまま文章で伝えることはできないと諦《あきら》めているからである。もちろん、風景や情景の描写だって作者の頭にあるとおり読者には伝わらないはずだし、顔が描けないのは自分の文章力の限界によるところが大きいと承知してはいるのだが。

話し好きの是枝に乗せられて、すっかり話し込み、一時間近くも浴場にいた。部屋に戻ると、ほどなく朝食が運ばれてきた。鮭《さけ》だの生卵だのという、決まり切った旅館の朝のメニューがうれしい。

「朝から長湯をしました。風呂でおしゃべりなお客さんと一緒になって」

ご飯をよそってくれている吉井に言うと、「あちら様も同じことをお思いかもしれませんよ」と笑われた。確かにそういう見方もできるか。

「おしゃべりというと、美容整形の先生ですか？」

「よく判りましたね。——ああ、そうか。是枝先生は、ちょくちょくここにお泊まりになるとおっしゃっていました」

「はい。ここの温泉がお気に入りだそうで、半年に一度のペースでリフレッシュにお越しになります。お料理も褒めていただくんですよ。お忙しくてあまり遠くに行けない、というのが本音かもしれませんけれども。楽しい方でしょ？」

人の気を逸《そ》らさない先生ではあった。根が社交的なのだろう。

「ごゆっくりなさっていってください。チェックアウトは十一時でかまいませんから、お昼までにもうひと風呂浴びて」

そんなに湯に浸かってたらふやけてしまいそうだ。でも、せっかく遠くの温泉にきた気分になっているのだから、せいぜいゆっくり発《た》つことにしよう。電車に乗ったら、たちまち大阪に着いてしまう。

仲居が出ていった後、私はテレビを観ながら寛いだ。久しぶりに食べると朝食がやけにおいしい。二杯目をよそいながら、昨日の夜あれだけ食べたのによく入るものだ、と自分で感心する。膳を下げにきた仲居に「よく召し上がりましたね」とまた驚かれた。

モーニングショーでは、シャングリラ十字軍に関するニュースが盛んに流されていた。鬼塚竜造に似た男を都内で目撃したという情報が寄せられたが間違いだったらしい、というだけのことを、軽薄そうなキャスターが深刻ぶった表情でしゃべっている。また、インターネット上には鬼塚を騙《かた》る馬鹿からの爆破予告がしきりにアップされているとかで、嫌な気分になった。

NHKの九時のニュースにチャンネルを合わせてみると、連立与党内部の矮小《わいしょう》なごたごたがトップニュースだった。そんなものは永田町《ながたちょう》の中で回覧板を回してすませてもらいたい。すかっと明るいニュースはないものか、と思っていた時だ。

女の悲鳴がした。

裏の庭だ。離れか?

私は勢いよく立ち上がって、廊下に出る。大名竹や孟宗竹《もうそうちく》の葉陰の向こうに、松籟の間が覗けた。そこから飛び出したらしい仲居の吉井が、両手で宙を掻いて泳ぐようにして、渡り廊下をよろよろと歩いている。

「何かあったのか?」

左の方で声がした。見ると、廊下の一番奥の部屋から、私と同じように一人の男が出てきていたのだ。昨日の夕方、ラウンジで新聞を読んでいた髭面だ。

吉井はいったん私たちの視界から消え、やがて仲居としてあるまじきことだろうが、バタバタとけたたましい音をたてながら廊下を走ってきた。

「どうかしましたか?」

髭面が問いかけたが、彼女はそれも耳に入らない様子で、私たちの前をつむじ風のように駈け抜けた。髭面と私は、呆気にとられて顔を見合わせる。

「行ってみましょう」

彼は躊躇《ちゆうちよ》せずに渡り廊下に向かう。私の体も自然と動き、その後を追っていた。前を行く男は大股《おおまた》で速かった。築山の前の池で水音がした。鯉《こい》が跳ねたのだ。人間たちが騒々しくて、驚いているのかもしれない。

稲妻形に折れた廊下を渡り、小振りな数寄屋造りの離れまでたどり着いた。引き戸は半ば開いている。そこで髭の男は初めて戸惑いを示し、勝手に上がり込んでよいものだろうか、と問うようにこちらを見た。

「お客さんがいるはずですよ。上がったらまずいでしょう」

「でも、事故か何かあったみたいじゃないですか。呼んでみましょうよ。ここに泊まってるのは、あの透明人間みたいな人ですよね？」

彼も知っていた。包帯の男は宿中の注目を集めていたわけだ。

「ええ、そうです。お名前までは知りませんけれどね」

「名前なんてどうでもいいや。——もしもーし、どうかしましたかぁ？」

彼は中に向かって大声で呼びかけた。何の返事もない。

「裏手に回ってみましょう」

今度は私が先に立って走った。只事《ただごと》ならぬ雰囲気に緊張しながらも、竹の葉が浮かんだ蹲踞《つくばい》がふと目に留まり、風流な部屋だな、と思う。縁側を右手に回り込んでいくと、庭に面した客間に雪見障子が嵌まっていた。ガラス張りの部分から室内が見える。

畳の上に若い男が倒れていた。浴衣の前が派手にはだけている。顔に包帯は巻いておらず、裂けるかと思えるぐらい大きく目を見開いていた。ちょうど私たちをにらみつけているようだ。髭面の男は「わっ」と叫んで後退《あとじさ》りした。

「し、死んでいますよ、あれは」

顫える声で言いながら、障子を指差す。ただ死んでいるだけではありませんよ、と私は応えたかった。男の頸部《けい》には、浴衣の帯がきつく巻きついていたのだ。

4

交番の巡査、宝塚警察署の署員に続いて到着した兵庫県警の捜査員の中によく知った顔があるのを発見して、私はほっとした。これまでに何度も殺人現場で一緒になったことがある樺田《かばた》警部だ。

「どうして有栖川さんがいらっしゃるんです? まだ火村先生に連絡もとっていないのに」

ラウンジのソファに座っている私を見つけると、警部はよく通る美声で尋ねてきた。彼が驚くのも無理はない。

「偶然に居合わせたんです。仕事が一段落したんで、温泉で骨休めをしようとして。まさかここで警部にお会いするとは、夢にも思っていませんでした」

「ほぉ、偶然ですか」

警部の背後から、のっそりと姿を見せたのはデカ長の野上《のがみ》だ。今日も冬の曇り空のような色のコートを着ていて、その口調は皮肉っぽかった。

「殺人事件の小説を書き上げて骨休めに温泉にきたら、そこで本物の殺人事件にぶつかったというわけですか。あなたもつくづく因果にできていますな」

彼に好意を持たれていないことは承知している。私と、私の友人で犯罪学者の火村英生助教授がフィールドワークと称して自分たちの神聖なる職場にしばしば乗り込んでくるのが、昔気質《かたぎ》のこの部長刑事は愉快ではないのだ。その気持ちも理解できるので、私は曖昧《あいまい》に頷いておいた。

「火村先生に連絡は？」と警部が訊く。

「差し出がましかったかもしれませんが、電話で報せました。講義がない日なので、すぐこちらに向かうとのことです」

「それは手回しのいいことで」警部は野上の肩を叩く。「喜びなさいや、ガミさん。また京都の先生と仕事ができるぞ」

野上は小鼻に皺を寄せた。樺田は苦笑して、私に言う。

「有栖川さんも現場をご覧になったんだそうですね。また後でお話を伺います」

「それはかまいませんが、死体の発見者は仲居さんですよ。私は雪見障子越しにちらりと見ただけで」

「判りました。ここで待機していてください。われわれは現場を見分してきます」

樺田らが去ると、同じくソファに掛けていた是枝クリニックの先生が囁くように話しかけてきた。

「警察の方とお知り合いなんですか？」

「実は」と私は事情を説明する。犯罪学者の友人がいて、彼とともに警察の捜査に協力することがあるのだ、と。美容外科医は膝を乗り出した。

「大学の先生がそんな探偵みたいなことをするんですか。変わってますな」

「ええ、変わった男なんです」

「しかし、そんなお友だちがおったり、刑事さんと知り合いだったら心強いですね。私なんか、殺人事件の容疑者にされてしまうんやないかと、さっきから心配してるんです。怪しい者ではない、と有栖川さんから話してやってください」

気弱なことを言うが、どこまで本気なのかは判らなかった。そんなことを話していたら、番頭の後藤が身を屈《かが》めるようにしてやってきた。女将が遠方の法事に出かけていて不在だそうで、おろおろしている。

「とんだことになりまして、誠に申し訳ございません。お客様からお話が聞きたい、と警察の方がおっしゃっていますので、しばらくお残りいただけますでしょうか」

もちろん私には異存はない。是枝も諦めているようだった。

「クリニックに寄って帰る予定もしていませんでしたから、夕方までに解放していただけたらかまいませんよ。殺人事件なんですから、やむを得んでしょう。——ところで、殺されたのはどんな人なんですか？」

後藤は腰を折ったまま「それが……よく判らないんです」

「判らないって、離れに泊まってた人でしょうが。どこの誰か、宿泊カードに記入したはずや」

「いえ、それが……松籟の間で死んでいたのは、そのお客様ではないようなんです」

思いがけない答えだった。

「どういうことなんですか？」と訊く。

「離れにお泊まりだったお客様は、今朝方、お散歩に出掛けたままお戻りになっていないんです」

「散歩に出た。いつ頃です？」

「八時過ぎでした。私が『お散歩ですか。行ってらっしゃいませ』と声をお掛けしたら、無言で頷いて出ていかれました。それっきりです」

「じゃあ、離れで死んでいたのは誰なんですか？」

番頭は当惑しきっているようだった。

「私どもの知らない人です。あのような方は、この中濃屋に泊まっていませんでした。もちろん、従業員でもありません」

「おかしいやないですか」是枝が高い声を出す。「そしたら何ですか、見ず知らずの人間がどこからか湧いてきて、離れで死んでたということ？」

「いえいえ。湧いてきたはずはありませんから、裏口から入り込んだんだろうと思います。それしか考えられません」

玄関から入ったはずはない、と彼は断言する。中濃屋はいつもフロントに従業員がいるから、その目に触れずに侵入することはできないし、夜十一時を過ぎたら玄関に戸締まりをしてしまうからだ。

「裏口というのはどこにあるんですか？」

常連客の是枝は知っていた。

「庭の奥の、お客の目につきにくいところにありますわ。庭を散策してて見かけたことがある。いつも大きな閂《かんぬき》が掛かってる扉。あれでしょう？」

番頭は頷く。

「左様でございます。従業員も平素は使っていない扉なんですけれども、松籟の間で亡くなっていた方は、あそこから入ったとしか考えられません」

「せやけど、閂が掛かってるで。昨日の夜は掛け忘れてたんですか？」

「いいえ」番頭は言いにくそうだ。「戸締まりはちゃんとしておりました」

「今朝も異状はなかったんですね？」

私のこの問いへの答えはイエスだった。

すると、どういうことになる？　離れで殺されていた某氏は、旅館の内部にいた何者かに閂をはずしてもらって忍び込んだ、ということか。そして、某氏を中に入れた後で閂を元通りに掛けておいた。手引きをしたのは、従業員もしくは宿泊客だということになるが、最も疑わしいのは、松籟の間にいた正体不明の包帯の男だろう。彼が某氏を招き入れたのではないか。密会をする必要があったのだ。ところが、その最中に諍《いさか》いが生じて、包帯男が相手を絞め殺してしまった。それで、早朝の散歩に出掛けるふりをして、玄関から逃走した。——これで一応の辻褄《つじつま》は合う。

「包帯の客が出ていったのは八時過ぎですか。もう二時間以上もたっている。相当遠くまで逃げているでしょうね」

「まさか、こんなことになっているとは知らなかったものですから」

男を見送った番頭は責任を感じているようだった。もちろん、誰も彼を責めることはできない。

「散歩に出る際、男に不審な素振りはなかったんですか？　妙に焦っていたとか、服装が乱れていたとか」

「何も気がつきませんでした。というか……こう言っては失礼ですが、あのお客様はチェックインした時から、ずっと不審と言えば不審でした。何しろあのとおり顔を隠していらっしゃいましたから」

「顔を隠していること以外に、挙動におかしな点はありませんでしたか？」

「そりゃ、もう」番頭は息《いき》んだ。「とにかく秘密めいていましたよ。仲居の話によると、部屋でもサングラスをはずさず、あのまま。たまに散歩に出るだけで、何もせずに部屋にこもっているのも妙でした。誰かからの連絡でも待っていたんですかね。でも、部屋から電話一本もかけていません。かかってきた電話もゼロです」

「そんな様子だったら、大浴場で温泉に浸かってもいませんね？」

「大浴場は二十四時間入れますから、真夜中にこっそり入ろうと思えば入れますけれど、おそらく足を運んでいないでしょうね。お部屋の浴室には使用した形跡があったようですが」

誰かの連絡を待っていたようだった、というのがひっかかった。その相手こそ、離れで殺されていた男なのではあるまいか。電話をかけたり受けたりしていないと言うが、携帯電話で連絡を取り合っていたのだろう。

「そんなんやったら、宿泊カードに書いた名前は出鱈目《でたらめ》やろうな」是枝が腕を組む。

「山田太郎とかいうんやないですか？」

まさか、そんなベタな偽名を使う人間はいないだろう。本来は客のプライバシーに関わるはずだが、どうせ偽名だと思ったのか、番頭は話してくれた。包帯男は、奈良県生駒市の石坂秀夫ともっともらしく名乗っていた。これからやってくる探偵と同じくヒデオちゃんか。

「ところで、足止めされてるのは私らだけやないんでしょう？」是枝が尋ねる。「お客は他に何人ぐらいいてるんです？」

「二名様です。男性一名に女性が一名。お二方とも、お部屋でお待ちいただいています」

男性客は、私とともに死体を見た髭面だ。女性の方も、昨日の夕方にチェックインしているところを後ろ姿だけ見ている。警察に呼ばれるまで部屋で休んでいるのが楽なのは判るが、事件のことが気になって出てこないのかしら、とも思った。

「その二人はどんな人ですか？」

是枝が尋ねる。さすがに番頭は「それは、ちょっと」と言葉を濁した。美容外科医は深く追及せず、好奇心の矛先を私に転じる。

「有栖川さんはこれまでにも殺人事件の現場をいくつも踏んでこられたそうやから、離れの死体を見ても冷静でいられたでしょう。どんな様子やったんですか？」

「まさか他殺死体が転がっているとは思っていなかったので、それほど冷静ではいられませんでしたよ。じっくり見てる余裕なんてなかった」

とは言え、吉井の取り乱し様から不吉な予感を抱いていたし、これまでにも修羅場を見てきていたので、頭の中が真っ白になったわけでもない。室内の詳細な状況を観察するまではできなかったものの、いくつかの事実が写真に撮ったかのごとく脳裏に焼きついている。被害者の喉《のど》に巻きついた帯が二重になっていたことやら、爪で引っ掻いたような痕が襖にのこっていたことなど。奇妙なことだが、最も印象的だったのは、目を剝《む》いて死んでいた男が端正な顔をしていたことだ。鼻筋のよく通った美男子で、ドラマに出演したら主役級を務められたのではないだろうか。

保科たつ子が盆にのせたコーヒーを運んできた。昨日から一杯も飲んでいなかったので、ありがたくいただく。彼女は、番頭にこそこそと何か耳打ちしていた。

「……そんなに時間は取らせない、と刑事さんはおっしゃってるから……」

「……でも、私は何も見ていない、関係ないから帰して欲しいと……」

推察するに、女性客がチェックアウトさせてくれと要望しているのだろう。私は聞こえないふりをしていた。

コーヒーを飲み終えた頃、階段から誰かが降りてきた。旅行鞄を提げた女性だ。昨日見た時は頭の後ろで束ねていた長い髪を、今朝はぱらりと垂らしている。乱れた前髪の間で、思いつめたような目が光っていた。

「やっぱり帰らせていただきます。お話しすることなんてありませんから」

急用があるのだろうか？　力ずくでも帰る、と言いたげだった。後藤は縮こまって頭を下げる。

「本当に申し訳ございません、田之上《たのうえ》様。ですが、もうしばらくご辛抱願えませんでしょうか。早くすむよう、警察の方にお頼みします」

「さっき刑事さんとお話ししましたよ。部屋に見えて二つ三つ質問をなさいました。あれで充分なはずです。もしも不足だったら、後日に連絡をしてもらってください。住所も氏名も書いてあるんですから」

かなりの剣幕で詰め寄っていたが、端から見ていて、それが似合っていない。クレームをつけるのに慣れているふうではない。化粧が薄く、地味でおとなしそうな女性だった。

「左様ですか。では、念のために刑事さんにお伝えしてきます。お客様に後でよけいなご迷惑がかかるといけませんので」

「私は急いでいるんです。刑事さんには、後で説明しておいてください。——おいくらですか？」

田之上と呼ばれた女性客は、保科たつ子に精算するよう求める。フロント係が困惑しているところへ、野上刑事がやってきた。田之上は、何故かはっとして身構える。

「あ、刑事さん」ちょうどよかった、と後藤は思ったのだろう。「こちらのお客様がお急ぎだそうで、お話を聞くのならば早くしていただきたいと――」

「田之上絵里《えり》さんですね？」

野上は番頭を無視した。女性客は、すぐに答えようとしない。顔色が蒼《あお》く、刑事の突然の出現におびえているようだ。

「身元を確認させてもらいました。カテラルの光、大阪支部事務局の田之上絵里さん。そうですね？」

カテラルの光という言葉に、一座の空気が緊張した。保科は両手で口許を覆う。

「……はい」

か細い声が、ようやく答えた。野上は満足そうに頷く。

「現場から逃げようとしてはいけません。警察は、あなたたちに重大な関心を寄せている。用事があるのなら、どこへなりと連絡をとってかまいませんよ」

カテラルの光の信徒が泊まっていた。だとすると、包帯の男はやはりシャングリラ十字軍に関係していたのか？

「絵里」野上の後ろで声がした。「お前、ここで何をしていたんだ？」

髭面の男だった。不安そうな表情を浮かべて、棒のように突っ立っている。田之上絵里は、彼の登場に再び驚いたようだ。

「……呉《くれ》さん。どうして、あなたがここに？」

「あんたたち、どういう関係なんだ？」

野上にとっても、二人に面識があることは意外だったらしい。苛立《いらだ》った声をあげた。

「呉陽太郎さんでしたね。あなたもカテラルの光の方？」

「いいえ、違います。私はただ、彼女のことを案じて——」

「私を付け回していたのね。そうでしょう、呉さん？　放っておいて、とあれだけお願いしたのに」

「付け回していた、というと」是枝が指差して「この人はストーカーですか？」

「それも違う。僕は、彼女のことが心配で——」

「それがよけいなお世話なんです！」

何が何だかわけが判らないが、ラウンジは騒然となってしまった。木彫りの大黒様だけが超然として、にこにことその様子を眺めている。

「お取り込み中、失礼」

今度は玄関で声がした。さほど大きな声ではなかったが、みんながいっせいに黙り、振り向く。

臨床犯罪学者、火村英生が到着したのだ。

5

被害者の遺体が運び出されていくのを私が見送る傍らで、火村は顎に手を当てたまま現場の見分を続けている。犯罪の痕跡をたどるその目は、いたって無機的だった。

松籟の間は、六畳と十二畳のふた間に分かれている。犯行現場は、奥にある十二畳の部屋だ。さすがに私が泊まっている部屋よりもずっと立派な造りで、違い棚に飾られた香炉や絵皿も、桐の床柱も、見るからに豪華なものだった。それだけに、敷き乱れた布団の有様と襖についた被害者の爪痕が無残に映る。頸部に浴衣の帯を巻きつけられた被害者は、当然ながら精一杯の抵抗をしたらしい。

部屋の東側には雪見障子が嵌まっているが、北側の窓は近代的なアルミサッシだった。そちらからも庭が眺められるはずなのに、厚いカーテンで閉ざされている。そのため室内はいかにも陰気だった。

「被害者のズボンのポケットに財布が遺っていました。運転免許証も入ったままだったので、身元がすぐに判明したのは幸いです。ずいぶんと手間が省けましたよ」

樺田警部は、茶色いビニールの財布を差し出した。火村は黒いシルクの手袋を嵌めた手でそれを受け取り、私も横から覗き込む。

所持金は三万円足らず。ある都市銀行のカードと運転免許証が手つかずで遺されている。

免許証に写っているのは、たしかに被害者の顔だった。苦悶《くもん》の死に顔しか見ていないが、まず間違いはない。たいていの人間は証明写真を撮ると指名手配犯のようになってしまうものだが、被害者は爽やかそうな好青年に写っていた。

名前は相羽徳明《あいばのりあき》。二十一歳。本籍地も現住所も尼崎《あまがさき》市東園田《ひがしそのだ》になっている。意外に近くからの客だったのだ。

「一〇四で相羽徳明宅の番号を調べて電話をかけても誰も出なかったので、尼崎署に問い合わせたら、その住所は〈ディライト大熊《おおくま》〉というワンルーム・マンションでした。そこの管理人に連絡がついたので、被害者の両親の所在も確認できましたよ。これがまぁ、遠いところでしてね。アメリカのシアトルなんです。こっちに飛んでくるのは、早くて明日の夜になるでしょう」

相羽徳明の父親は大手通信機器メーカーの技術者で、両親が二年前に渡米して以来、徳明は独りで暮らしていたそうだ。

「被害者は昨年の春、一浪して西宮《にしのみや》市の東神《とうしん》大学経営学部に入学していますが、父親の話によると『今年の正月に帰国した時に会ったら様子がおかしかった。暗い感じになっていて、目を合わそうとしない。顔をそむける。勝手に中途退学したのか、と問い詰めても否定するだけだったので、疑問が残っている』ということです」

「学生証がないな。管理人は何と？」

財布を返しながら火村が尋ねる。

「学校に通っているふうではなかったけれど、単にサボっているだけだろうと思っていたそうです。この件については、被害者の住所録から友人を割り出して確認するのが早いでしょう。もっとも、人付き合いが極度に悪かったということですから、一人しかいないかもしれませんが」

ひっかかる表現だった。火村も同じことを感じたらしい。

「友人が一人しかいなかったかもしれない、ということは、一人だけは存在していると判っているんですね？」

「ええ。時々訪ねてくる幡多《はた》という友人がいるそうです。被害者自身よりも、そっちの男を見かける機会の方が多かったとか。相羽徳明がほとんど出歩かなかったからです。変でしょ？　どうやら彼は、社会からひきこもった状態だったようです。ですから、たった一人の友人だけが、外部との接点だったのかもしれません」

完全に自分の殻に閉じこもり、学校に行くでも仕事に就くでもなく、部屋で悶々と過ごす青少年の〈ひきこもり〉については、マスコミの報道を通じて聞いている。公式な統計は存在しないが、その数は十万人単位であるらしい。しかし、相羽徳明がひきこもり青年の一人だったのかどうかは、現段階では軽々しく判断できないだろう。単に人付き合いを好まず、孤独を愛するだけの青年だったのかもしれない。

「彼は入居した時からそんな様子だったんですか？」

私が訊くと、警部は両手を背中に回して組んだ。ますます貫禄が増す。

「いいえ。当初は真面目に大学に通っていたようだし、顔を合わせたらちゃんと挨拶をするような青年だったのが、ここ数ヶ月ほどの間ですっかり変わってしまったようです。詳しいことは、直接会って聞かなくてはならないでしょう」

大学生活に大いなる失望を感じたことが原因でひきこもりが始まったのだろうか？　あるいは対人関係で問題が生じたのか？　もしも後者だとしたら、それがこの度の事件につながっている可能性もある。

管理人と友人への聞き込みには、野上刑事が飛んでいた。私たちも、後からそちらに向かうことになるだろう。

「泊まっていた男の所持品が見当たりませんね」私には、それが腑《ふ》に落ちなかった。「番頭の証言によると、八時過ぎに宿を出て行く際、包帯の男は荷物を提げていなかったはずですが」

「鞄を提げていたら散歩に見えませんから、手ぶらで出たんですよ。荷物は、あらかじめ裏口から外に放り出しておけばよかった。犯人は、散歩に行くふりをして玄関から出ると、すぐに裏へ回って荷物を回収して逃走したわけです。犯人が荷物を拾っている現場を見た者はいませんが、包帯の男が八時過ぎに中濃屋を出て、裏手に歩いていくのを向かいの旅館の従業員が目撃しています」

警部は明快に答えた。「ああ、なるほど」と言うしかない。

「納得しました。しかし、ここには被害者の荷物らしきものもありませんよ。相羽徳明は手ぶらでここにきた……ともかぎりませんね」

そう。相羽の荷物もまた犯人が裏口から放り出し、持ち去ったのかもしれない。死体を見た衝撃はとっくに治まっているはずなのに、どうも頭がうまく働かない。温泉に浸かってのんびりし過ぎたのだ、と思うことにした。

火村は六畳の間をざっと見てから、檜《ひのき》が香る浴室に入っていった。ついて行ってみると、屈み込んで排水口を覗いている。ネットに毛髪が遺っていないか確かめているのだろう。私の肩越しに、樺田警部が声をかける。

「そこから毛髪類を採取することはできませんでした。犯人が抜かりなく取っていったようです。お客が嫌がったので掃除はしていない、と仲居が言っていますから」

「犯人が毛髪を回収して逃げた？　それは重大な意味を持ちますね」

火村は屈んだまま振り返った。

「犯人が相羽徳明を衝動的に殺してしまったのならパニックに陥ったでしょうから、浴室の排水口から毛髪を持ち去ることにまで頭が回ったとしたら超人的です。絶対にないこととは断言しないまでも、ほとんどあり得ない」

「この殺人事件は最初から計画されていた、と言いたいわけか？」

私が口を挟むと、助教授はさらりと首を振った。

「そこまで一足跳びに決めつけはしない。俺が言いたいのは、包帯の男は徹底して自分の身元を隠そうとしていた、ということだけさ。人を殺すつもりがあったかどうかは定かでないけれど、この部屋に髪の毛一本たりと遺したくなかったっていうのは、まるで逃亡者だな」

「そ、それはつまり」私は勢い込んで「たとえば、石坂秀夫はシャングリラ十字軍の指名手配犯人だった疑いがある、ということか？」

「ふん、それまた飛躍した推理だな」笑われた。「シャングリラ十字軍だなんて、どこから出てくるんだ？」

「飛躍してはいるけれど、あながち空想的な推理でもないやろう。現に、この中濃屋には昨日からカテラルの光大阪支部の信者が宿泊してたんやから。あの田之上絵里とかいう女性や」

「ああ、俺が着いた時にもめていたアレか。しかし、彼女がシャングリラ十字軍の逃亡犯人とつながっていると判明したわけでもないじゃないか。——どうなんです、警部？」

火村はなおも浴室のタイルに片膝を突いたままだった。

「田之上絵里がどうしてここに投宿していたのかについては、目下、本人から事情を聞いているところですが、どうも歯切れがよくありません。彼女がカテラルの光大阪支部でどんな役割を担っていたのかはもとより、教団での活動歴を洗う必要がありそうです。私の個人的な感想としては、過激なテロをやらかすような人物には見えませんが……そういう人間を狂わせるのがカルト教団ですからね」

火村は石鹸《せっけん》入れや備えつけのシャンプー、リンスの点検を始める。それらが使用ずみであることは明らかだった。ここの客が大浴場に足を向けず、部屋の浴室を使っているらしいことは仲居の吉井も話していた。風呂に入った形跡があるのに排水口のネットに毛髪の一本も遺っていないということは、客自身が掃除をしたわけだ。

「アリス」助教授は若白髪の多い頭を掻いて「お前、こんな風呂で歯を磨くか？」

藪から棒に何を訊くのだ、と思ったが、理由はすぐに判った。石鹸入れの横に、洗面所から持ち込んだらしいコップに歯ブラシが突っ込んであったからだ。

「いや、俺にはそんな癖はない。ここの客は風呂に浸かりながら歯を磨いていたらしいな」

「変わっていると思うんだけれど――」

「ああ、変わっていると思うよ」

西洋式の浅いバスタブに寝そべってならばまだ判るが、ここは和風の檜の風呂なのだ。肩まで湯に沈めて歯を磨いてる場面を想像したら、はなはだ滑稽だ。

火村は立ち上がって、腰を伸ばした。

「変わった奴だよ、その包帯野郎は。いったい、ここへ何をしにきたのか……」

「密会やろう。相羽徳明と落ち合うために、一昨日から待機してたんや」

「そうかな。密会したかったのなら、こんな鄙びた旅館よりも都心のホテルの方が都合がよかったんじゃないのか。手っ取り早いし、断然目立たない。密会相手を裏口からこそこそと招き入れるなんてことをする必要もない」

か？」

「しかし、密会やなかったら、何のために滞在してたんやろう。誰かを待ち伏せていたと
「呉陽太郎のように、ですか？」

警部が言った。呉が田之上絵里を待ち伏せしていたのは察していたが、その目的はまだ聞いていない。

「呉と田之上は、婚約する手前までいくほど親密に交際していたんだそうです。ところが、田之上がカテラルの光に入信してから仲がぎくしゃくするようになって、ついに今年になって別れ話を持ち出された。それで、何とかよりを戻すため話し合おうとして、ここで彼女を待ち伏せていたんだ、と呉は言っています」

「呉は、田之上がここにくるのを知っていたんですか？」と火村が訊く。

「彼に同情した田之上の友人が耳打ちしてくれたんだそうですよ。『絵里は三月三日頃、猛田温泉の中濃屋旅館に泊まるらしい』と。後で本人たちから詳しい話を聞いてみてください。二人ともすっかり落ち着いて、非常に協力的な態度になっています。その前に、仲居と面談なさるんでしたね、先生？」

「ええ、裏口を見た後で」

私たちは浴室を出て、六畳間に戻る。鑑識課員の指紋採取が続いていた。警部が「どう？」とそのうちの一人に問う。ブルーの制服の課員は、難しげな表情をしていた。

「出ませんね。こっちの部屋も、柱から棚から、何もかも拭った形跡があります。指紋な

んてほとんど遺っていません」

「殺してから拭き取ったんではなく、事前に消していたんだろうね」

警部は平然としていたが、これまた私には腑に落ちなかった。犯人らしき包帯の男は浴室の排水口から毛髪を持ち去るぐらい用心深かったし、チェックインした時から手袋を嵌めていた。どうして部屋中の指紋を拭ったりしたのか？　独りになったら手袋をはずすこともあっただろうが、その際、そんなにあちらこちらに触れたりしたのか？　逃亡者めいた慎重さと矛盾している。犯罪学者はどう思ったのか、ただ黙っていた。

現場の見分を終えた火村と私は、庭に下りて離れの裏に回る。植え込みの竹が、宿を囲った不粋なブロック塀を巧みに隠していた。塀の高さは約二メートル。上部には有刺鉄線が渡してあって、不審者の侵入を阻《はば》んでいる。やはり、内部の人間が手引きをして相羽徳明を庭に入れたのだろう。裏口の扉は存外に頑丈で、閂も両手でなければ扱えないほどたいそうなものだった。扉を開けて外を覗いてみると、裏山の斜面が迫っていて人通りなどめったになさそうなことが確認できた。未舗装の道路に屈み込んで、幾人かの捜査員らが遺留品を探している。

「包帯の男は、以前にも中濃屋に泊まったことがあるんやないかな。裏口から相羽を招き入れて離れで密会しようと思いつくには、宿の内外の状況がどうかといった予備知識が必要やったはずや」

「あるいは、相羽の方がリピーターなのかもしれない」

いや、違うだろう。

「包帯の男がリピーターやと思う。それで、従業員の記憶に遺ってるんやないかと警戒して、顔を隠してたんやないか？」

「顔を隠すなら、マスクとサングラスで足りただろう。包帯でぐるぐる巻きっていうのは念が入り過ぎてるぜ。お前の推測が的中しているとしたら、そいつはよほど頻繁にここにきていた常連客だということになる。たとえば、さっき玄関先で会った是枝とかいう美容外科医のような人物」

おかしなことを言う奴だ。包帯の男と是枝医師が一人二役を演じていた、とでも考えているのだろうか？

「今日の火村先生はのっけから大胆な推理をしてくれるやないか。そんなことをして、ドクター是枝にどんなメリットがあるんや。まさかアリバイ工作やとでも？　すごい奇策やな」

「アリス。お前、包帯の男と是枝を同時に見たことがあるか？」

それは——ない。

6

野上は部下の遠藤《えんどう》を伴って、猪名川《いながわ》べりにある〈ディライト大熊〉に赴き、管理人室でマンションのオーナーでもある大熊から聞き込みを行なっていた。胡麻塩《ごましお》頭を五分刈りにしたオーナー兼管理人は饒舌《じょうぜつ》だった。入居者の突然の変死に、時折、戸惑った様子を見せながらも、誠意のこもった口調で証言をしてくれる。

「きっと何かあったんでしょうねぇ。それまではごく普通の大学生だったのが、去年の暮れぐらいから態度がだんだんと変わっていって、部屋にひきこもるようになってしまったんですよ。外出することが、ほとんどなくなりました。学校には行かない。アルバイトに出ているようでもない。仕送りがあるからか、家賃を滞納することはありませんでしたけれどねぇ。それにしても、生活は苦しかったと思いますよ。夜中に駅の近くのコンビニに行くと相羽さんを見かけることがありました。カップ麺《めん》やレトルト食品をたくさん買い込んでいましたよ。あれでは、まともな食生活を送っていたはずないなぁ。しかもですね、その買物をしている時もおかしいんです。夜中だというのにサングラスをしてるんですよ。コンビニ強盗がかけそうな大きなサングラス。相羽さん、大丈夫だろうか、と思いましたよ。どこまで世の中に背を向けるんだろうか、という心配です。まるで隠者でしたものねぇ。きっと何かが、あの人をそうさせたんです。原因があるはずです」

「大熊さんに思い当たることはないですか？」

管理人に出してもらった番茶を啜って野上が尋ねると、

「さぁねぇ。判りません。カステラとかシャンデリアとかいう危ない教団が世間を騒がせているせいか、他の部屋の子の中には『おかしな宗教にかぶれて在家信者になったんじゃないですか』とか噂するのもいましたけれど、そんなふうでもなかったなぁ。宗教にかぶれたのなら、集会に出掛けることもあったでしょうしね。部屋から怪しげなテープの音が漏れてきたりもしませんでしたよ。『借金取りに見つからないよう、ひきこもってるのかもしれない』という説もありましたが、それなら家賃が滞るだろうし。それに、借金取りがこわいのなら部屋にひきこもるよりここから逃げ出すでしょう。『女のストーカーから逃げているんだろう』とかいう子もいたな。相羽さん、なかなか美男子でしたからね。でも、それもないでしょう。あそこまでこそこそするのは大袈裟すぎますもの。しまいには『犯罪を犯したんだ』なんて無責任な説まで飛び出しましたよ」

野上の眉がぴくりと動いた。

「その噂に根拠はあるんですか？」

管理人は「いえいえ」と苦笑する。

「駅の近くで殺人事件があったので、無理やりそれとひっかけようとしているだけですよ。正確には殺人ではなくて、傷害致死事件でしたかね。深夜に若い男二人が喧嘩をして、片方がナイフで刺されて死んだんです。駅前に『事件について情報をお持ちの方は警察までご一報ください』という立て看板が立っていますが、まだ犯人は捕まっていない。それで、『あれは相羽さんのしわざじゃないのか』というわけですよ」

メモを取っていた遠藤が手帳から顔を上げ、ボールペンの先を大熊に突き出した。

「ねぇ、その事件だったら、今年に入ってから発生したんじゃなかったですか？　たしか……一月の中旬」

「はい、そうです。相羽さんの様子に変化が現われたのは昨年末ですから、時間的に辻褄が合いません。だから無責任な噂と申したんです」

「要するに、相羽徳明の挙動不審は、マンションの住人の間で注目を集めていた、ということか……」

そう呟いたきり遠藤は黙って、以降はメモ係に専念した。野上はまた音をたてて番茶を啜った。

「しかし、そんな様子だったとしたら、日常生活に支障をきたしたでしょう。食事はコンビニで買ったインスタント食品だけですませて、街へ遊びに行くこともなかったとしても、生きていたら色々と必要なものがでてきます。それら全部をコンビニで調達できるわけはありませんわね。銀行や役所に出向く用事もあったでしょう。そういったことを、相羽さんはどのように解決していたんですか？」

「ですから、それはさっきお話しした幡多さんという人が面倒をみていたんでしょう。大学時代以前からの友人のようで、親友なんだと思います。殺人事件の背景についても重要な証言をしてくれるんじゃないですか」

被害者の部屋で見つかった住所録には、幡多瑛助《えいすけ》とあった。住まいは、ここから徒歩十分ほどのところにある賃貸マンションだ。大阪方面に外出中だったが、携帯電話で連絡を取ってある。

「幡多さんは、頻繁に出入りしていたんですか？」

「よく見かけましたよ。週に二度ぐらいきてたんじゃないですか。二人前の出前を頼んでいることも多かったみたいですよ。相羽さんとは対照的に、気さくで活動的なタイプの男性です」

「ほぉ。友人の世話を焼いていたんですか。一人暮らしのひきこもりでは、やっぱり不自由だったでしょうからね」

「でも、便利な時代になりましたよ。部屋にひきこもっていても、インターネット・ショッピングで世界中からありとあらゆるものを取り寄せられるじゃないですか。相羽さんのところには、よく宅配便の荷物が届いていましたよ。留守にすることがないから、配達の人には好都合だったでしょうね」

「どんな品物を買っていたのか判りますか？」

「大きなものから小さなものまで、種々雑多でしたよ。業者が運んでいる箱を見たかぎりでは、変わった買物をしていたようではありません。衣類だとか、本やCDだとか、それから……地方の特産品の時もあった。北海道から蟹《かに》が届いたり。そうそう、地ビールの詰め合せも見かけたなぁ。うーん、インスタント食品だけじゃなくて、いいものも食べてたんだ。生活が苦しかったようだ、とさっき言いましたけれど、訂正します。たくさん仕送りしてもらってたんでしょうねぇ。お父さんは大きな会社の技術者らしいから」

相羽の私生活について、管理人はそれ以上のことは答えられなかった。野上は、昨日から今朝にかけての相羽の行動についての質問に転じる。

「そう訊かれましてもねぇ。ふだんからいるのかいないのか判らないような人でしたから、いつ出ていったのか知りません。早朝に殺されたということは、夜中にここを出てるわけでしょ？　そりゃ見ていませんよ」

「大熊さんが最後に相羽さんを見かけたのは、いつですか？」

「四日ぐらい前……いや、違う。昨日ですよ。夜の九時ぐらいでしたかね。例によって大きなサングラスをかけて、コンビニの袋を提げて戻ってくるところでした。『こんばんは』と言ったら、うつむいたまま『寒いですね』とだけ返事があったなぁ。確かかですって？　確かです」

野上はその証言に注目した。事件直前の被害者の行動は、はっきりと洗い出しておかなくてはならない。

「いるのかいないのか判らない人なわけですから、最近、留守にしていたということもあり得ますね？」

「相羽さんが部屋を空けることはありませんよ」

「ですから、可能性の問題ですよ。珍しくどこかに出かけて、そこで事件につながるトラブルに巻き込まれたのかもしれないでしょう」

「いや、留守にはしていませんでした。四日前にも見かけたし、一昨日の夕方にも宅配便がきていましたもの。留守だったら、私のところに預かってくれと荷物を持ってきたはずです」

「何の配達だったか判りますか？」

「刑事さんというのは何でも知りたがるんですね。——えーと、大きな品物でしたよ。そうそう、観葉植物です。そんなイラストがついた箱を運んでました。部屋が殺風景だから買ったんだろうなぁ」

二階の彼の部屋を調べた際、窓際にぽつんとベンジャミンゴムノキが立っていたのを野上は思い出す。折り畳んだ段ボール箱もあった。宅配便の送り状は破り取ってあったが、箱から配達にやってきた業者を確認できるだろう。

「あ、そうだ。一昨日は幡多さんがきていましたよ。彼にも聞いてください」

「伺ってみます。——幡多さん以外には、相羽さんを訪ねてくる人はいなかったんですね？」

「とんと記憶にありません」

「郵便物に関してはどうです？　何か気がついたことなど——」

大熊は、きっぱりとかぶりを振った。

「入居者の誰宛てにどんな郵便がきたのかは知りません。プライバシーの領域なので気にも留めていませんし、だいいち郵便屋さんがメールボックスに放り込んでいくんですから、覗き見るチャンスもありません。ただ、うちの入居者は若い独身男性が中心ですから、配られる郵便の量なんて知れていましたよ。それも、ほとんどがダイレクトメールのたぐい

「ないです。ひっそりと物静かに暮らしていましたから、誰かと喧嘩をする理由もありません。大きなサングラスが妙だったので、冗談めいた噂が流れていたぐらいです」

「そうですか。——相羽さんが他の入居者との間で諍《いさか》いをしたようなことは？」

です」

野上は顎を撫でながら考え込んだ。サングラスがひっかかる。二日前に中濃屋に現われ、今朝不意に宿から去った包帯の男も、サングラスをしていたという。そして、相羽と包帯の男は密会しようとしていたらしい。どうして二人とも顔を晒《さら》すことを拒んでいたのか？やはり犯罪の匂いが漂ってくる。

部長刑事の質問が途切れたところで、誰かがドアチャイムを鳴らした。大熊がインターホンに出てみると、「幡多です」という返事だ。幡多瑛助とは彼のマンションで会うはずだったのだが、と野上は訝った。

管理人はドアを開け、「ちょうどよかった」と相手を招き入れた。バイクでやってきたらしく、フルフェイスのヘルメットを小脇《こわき》に抱えている。

「相羽さんのことで、刑事さんがお見えになっている。あなたから色々と話してあげてください」

「ああ、そうなんですか。じゃあ、うちにきてもらう手間が省けましたね。——どうも、幡多瑛助です」

彫りが深く、ラテン系っぽい顔をした男だった。二枚目の部類に入る。それほど上背があるわけではなかったが、背筋がぴんと伸びて姿勢がいい。ヘルメットを足許に置き、ダウンジャケットを脱いで椅子の背に掛けてから、どっかと着席した。友人の悲報に接したばかりにしては、落ち着いた物腰だ。赤いジャケットの下は、黒いセーターだった。

「刑事さんがいらっしゃると聞いた時間までまだ三十分ほどあったので、管理人さんに事情を聞くためこちらにきたんです。ずっと部屋にひきこもってた相羽が猛田温泉の離れで殺された、と電話で聞いて、さっぱりわけが判らなかったもんですから。何のこっちゃ、てな具合です」

「詳しいことは刑事さんから聞いてください」大熊は腰を上げる。「掃除をしてきます。私がはずしていた方が、幡多さんがしゃべりやすいだろうと思います。十五分ほどしたら戻ってきます」

ありがたい配慮だった。管理人が出ていくなり、野上は矢継ぎ早に質問を浴びせる。まずは、彼と相羽徳明の関係について。

二人が知り合ったのは高校一年の時。ともに放送部と卓球部に入部したのだ。二つのクラブで顔を合わせているうちに打ち解け、同じクラスになることはなかったものの、親密に付き合うようになった。卒業後、相羽が一浪して入った東神大学経営学部に幡多は現役で進学している。彼の場合、生家が伊丹《いたみ》なので下宿をする必要もないのだが、親元を離れたくてワンルーム・マンションを借りているという。

「伊丹というと……幡多浩助《こうすけ》という代議士がいましたね」

野上が呟くと、黒いセーターの男は「はい」と答える。

「参議院議員の幡多浩助は父です。ただし、僕は不肖の次男坊なので政治家になるつもりはないし、その能力もありません」

跡を継がないのが珍しいでしょう、と言わんばかりだった。幡多家は地元の土地持ちとしても知られている。瑛助は、かなり裕福なおぼっちゃまなのだろう。

「そんなことより、相羽の件ですね。——あいつは去年の秋ぐらいからふさぎ込むようになって、学校にもいかなくなってしまったんです。まだ籍はありますよ。休学の手続きをしただけで。何が原因で部屋にひきこもっているのか話そうとしないんで、わけが判らなかったんですけれどね。付き合いは長いし、家も近いので、放っておけなくて、しょっちゅう様子を見にきてました。様子を見るというより、ヘルパーですね。話し相手になったり、買物の手伝いをしていたんです。あいつが希望するビデオを借りてきてやることもありました」

「管理人さんは、去年の暮れぐらいから態度が変わった、と言ってましたけれどね」

野上が口を挟む。

「本格的に孤立しだしたのは十二月の中頃でしょう。でも、十月の終わりあたりから変調の兆しはありましたよ。遅れてきた五月病かな、と軽く考えていたら、ひどい重症だった。ちょっとしたきっかけで治るだろうと思って、見守っていたんですけれどね」

「一番親しくしていたあなたにも、原因の見当がつきませんか？」

「はい。わけが判らないですよ」

わけが判らない、というのがこの若者の口癖らしい。

「相羽さんは、部屋にひきこもって何をしていたんです？」

「何もしていません。とにかく世間との交渉を断ち切りたかったんでしょう。一日中、テレビやビデオを観たり、音楽を聴いたり、ゲームをしたり、本や雑誌を読んだり。ネットサーフィンもしていたな。そんなことをして、無為に時間をつぶしていましたよ」

「パソコンをいじるのは好きだったんですね？」

「好きだったのかなぁ。他にすることがなかったから、いじっていたのかもしれません」

「そのパソコンだけど」遠藤が身を乗り出す。「あちこちのホームページを観て回るだけだったのかな。掲示板に書き込んだりして、ネット上では社交的にふるまっていた、ということはない？」

パソコンに触りもしない野上には浮かばない発想だった。だが、部長刑事は遠藤の言わんとすることをすぐ理解する。

「なるほど。無口で引っ込み思案の人間が、パソコンに飛び込んだとたんに別人になる、ということもあるらしいな。顔が見えないから解放されるんだろう。――どうです、相羽さんの場合は？」

「どうですかね」幡多の反応は鈍い。「なかった、とは言いません。ネット上で夜中に、見ず知らずの人間とぺちゃくちゃやっていたかもしれません」

「そんな話はしなかったんですか?」遠藤がさらに尋ねる。「どこかの掲示板に書き込みをしたら論争になって揉《も》めたとか、チャットで大喧嘩をやらかしたとか、聞いていませんか?」

「僕は聞いていません。そんなことがあったなら、『むかつくことがあった』とか言いそうな気もしますけれどね」

「深く傷つくような人格攻撃的な喧嘩に負けたので、あなたに話したくなかったということもあるでしょう。——どうです、野上さん。この線もあるんやないですか? 現代は、隠者みたいな生活をしていても、世界中のどこの誰とでも揉め事を起こせる時代なんですよ。顔も名前も伏せたまま、知らない同士が書き込みで喧嘩をやらかすと、どんどん言葉が過激になっていって泥仕合になる、とも言います」

「パソコンの中の喧嘩が外に飛び火して、殺しに発展したって言うのか? そういうことも起こりうるか。——ところで、そういう場合、被害者のパソコンを調べたら誰とどんな言い争いをしたのか記録はたどれるのか?」

「できますよ。後でチェックしてみます」

「それはお前に任せる」野上は幡多に向き直った。「パソコンのことは措いておいて、相羽さんといがみ合っていた人物をご存じありませんか?」

　幡多は、ぼりぼりと首筋を掻いた。

「喧嘩をしようにも、その相手もいない生活でしたからね。元来、あいつは人から憎まれるようなキャラクターではありませんでした。いたって控え目な、おとなしい男だったんです。高校の同窓生や、大学で同じクラスだった人間に聞いてみてください。ここの入居者にも」

「金銭面でのトラブルもなかったんですか？」

「金は持ってましたよ。頼まれて預金を下ろしに行くことがあったから、あいつの経済状態は把握してます。リッチだったわけではないけれど、バイトもせずに暮らせるだけの仕送りはあったようです。もっとも、ひきこもったままなので、金のかからない生活を送っていたと言うべきかな。あんまり食費を切り詰めるので、栄養失調になったらまずいと思って、僕がうまいものを奢ってやることもありました。そういう時も、『たまにはご馳走《ちそう》を食べに行こう』と誘っても、外食は嫌がるんです。だから、出前をとったり、通信販売で名産品を取り寄せたり、ということしかできなかった」

「たしかに重症ですね。医者やカウンセラーに相談したりはしなかったんですか？」

「水を向けたことはあります。でも、そういうのも嫌がるんです。首に縄をつけて曳《ひ》いていくわけにもいきません」

「何故でしょうね。本人は、世間から孤立することを苦しいとかつらいとか感じていなかったんですか？」

「決して楽しそうではありませんでしたよ。悩んでもいました。それでも、医者は嫌だったんでしょう。精神科の門をくぐることに抵抗があるというより、あいつは風邪をひいても病院に行くのを避けていました。子供の頃に、医者に騙されて太い注射を打たれでもしたのかな」

そんなことで、説明がつく、と野上が思うはずもなかった。

「心の病ではない、と彼自身が知っていたからではありませんか？　相羽さんのことはこのマンション内の一部の住人の間でも話題になっていて、犯罪をやらかしたから顔を隠して隠遁《いんとん》してるのでは、という人もいたそうです。一月に起きた傷害致死事件の犯人なのかもしれない、という具体的な説もあったらしい」

「少なくとも、相羽が一月の事件の真犯人だ、という推理ははずれです。あいつは去年の師走《しわす》からレイバンのでっかいサングラスを愛用しています」

「ええ、そうでしたね。大熊さんもおっしゃっていた。——怪しげな宗教にかぶれたのでは、という説もあるようです」

幡多の表情が曇った。思い当たる節があるらしい。

「本気で言っていたとは考えていないんですが……。シャングリラ十字軍の事件に関心を示していました。『でかいことをやるもんだ』と感心したように言ったり、インターネットでシャングリラ十字軍の関連サイトを観て回って、『鬼塚竜造は出身地の関西にいるかもしれない。潜伏先が判ったら会いに行きたい』なんて馬鹿なことを言ったり。まともではありませんよね。よほど気持ちが鬱屈《うっくつ》していたのかもしれません」

「彼の身内や知人にカテラルの光の信徒がいた、ということは？」

「それは聞いていません。いないでしょう。もっぱらテレビやインターネットで情報を漁《あさ》っていました。——時限爆弾で亡くなった人のことなんて、頭にないようなのがこわかった。部屋で籠城《ろうじょう》しているあいつにすれば、大勢の人間が集まるところでしか起きない爆破事件なんて、自分とはまるで無関係な別世界のものだったんでしょう」

「なるほど。——ところで、あなたが相羽さんと最後に会ったのはいつですか？」

幡多は即答する。

「授業がなかった日だから……一昨日ですね。『何か買物に困っていないか？』と御用聞きにきました。時間ですか？ 午後の早い時間です。特にリクエストがなかったし、先週僕が差し入れてやったゲームに没頭していたので、すぐに帰りました。変わった様子はありませんでしたよ。機嫌もよかったし」

「近々誰かと会うとか、猛田温泉に行くとかいう話は出なかった？」

「はい。いつもどおりの彼でした」

「昨日はこなかったんですね。電話で話したりも——」

「していません。あいつは携帯電話を持ってはいたけれど、めったに使っていなかったようですよ。たまに僕のところに『明日きてくれ。すき焼きが食べたくなった』とかかけるのに使っていたぐらいでしょう」

「すき焼きが食べたくなったから、市場かスーパーで材料を買ってきて欲しい、ということですか？ そこまで面倒をみるとは、あなたもお人好しですね」

「しようがないじゃないですか。手を差し伸べてやらないと、さらによくない状態になるかもしれない」

「しかし、すき焼きの材料まで買い揃えてあげるとは、まるで恋人に尽くすみたいですね」

遠藤の言葉に、幡多はわざとらしい吐息をついた。

「ゲイのカップルだとでも？　素晴らしい想像力ですが、それは見当違いです。自慢じゃないけれど、僕は自他ともに認める女たらしなんです。大学で聞き込みをしてもらったら、女性たちの生々しい証言が採取できますよ。目下、幼稚園の年長組時代から数えて三十五番目だか六番目だかの彼女と仲よくやっています。昨日の夜も一緒にカラオケだった。――そういう男なので、実はとても忙しいんです。その貴重な時間を割いて相羽のサポートをしてやっていたんです。こんな友情に篤《あつ》い男は、なかなかいませんよ」

苦笑する遠藤の傍らで、野上はにこりともしなかった。相羽徳明には秘密がありそうだ。しかし、それがいったい何なのかが少しも見えなかった。幡多の口癖を真似たくなる。わけが判らない。

7

鷺の間が、私たちの現地特別捜査本部となった。

「お部屋にご案内した後も、サングラスもマスクも、帽子も手袋も取ろうとしませんでした。室内で帽子も手袋も取らない人というのは、とても気味が悪いものですよ。マスク越しにしゃべる声がくぐもっていて、これまた無気味なんです。お食事を運んでも、私が退出するまではお箸《はし》を持とうともしませんし、温泉にきているのに一度も大浴場には行かない。不自然なことばっかりです。いいえ、まだ他にもあるんですよ」

捜査本部に招かれた仲居の吉井は、胸の中に蓄積していたものを猛スピードで吐き出していった。火村も私も、彼女の話の腰を折らない。

「一昨日、お部屋に入るなり、カーテンを閉めてしまったんです。日が暮れかけていましたから、カーテンを閉めること自体は奇妙でもありませんよ。でも、旅館のお部屋に通されて一番にすることではないと思いませんか？」

ここで私たちは、こくりと頷く。

「まるで、誰かに覗かれるのを恐れているみたいでした。あるいは、殺し屋に狙撃《そげき》されるのを恐れているみたい。でも、北側の窓の向こうには何もないんですよ。お庭の裏ですもの。松の木が何本か生えてて、椿《つばき》の小さな茂みがあるぐらい。木の枝か茂みの中に黒装束の忍者が隠れている、とでも思ったのかしら。あくる日、朝食をお運びした時も、まだ閉まったままでした」

そう言えば、今朝もカーテンが閉まったままだった。

「包帯のお客は——仮に石坂と呼ぶことにしましょう——石坂は滞在中、不安そうに見えましたか？」

火村が尋ねる。吉井は慎重に言葉を選んでいるようだった。

「そうですねぇ。不安そうと言うよりも、独りっきりでいたい、と願っているみたいでした。私がお料理を持っていった時も、さっさと出ていってくれ、という雰囲気で。とても謎めいていました」

「外出することはあったんでしょう？」

「はい。お泊まりになった二日目の午前中と夕方にお散歩に出られました。でも、ほんの短い時間ですよ。朝も夕方も、せいぜい三十分前後だったんではないでしょうか。この近くをぶらついて、無理やり時間を潰してきた、という感じです」

「正確な時間は判りますか？」

「およそならば。昨日の朝は十時半から十一時前まで。夕方は、五時半から六時過ぎまで、といったところでしょうか」

散歩から帰ってきた彼と廊下ですれ違ったのを思い出しつつ、私は吉井が証言した時間を手帳にメモした。火村はキャメルの箱を取り出し、一本抜いて指に挟んだ。

「大浴場で温泉につかりもしなかったし、散歩もそんな様子では、楽しむためにやってきた、とは思えませんね。料理に注文をつけたりは？」

「ございません。でも、食欲は旺盛でしたよ。毎回きれいに食べてくださったので、お膳を下げる時に『いかがでしたか？』と伺ったりしたんですけれど……『おいしかったよ』

とぶっきらぼうな答えが返ってきただけでした」

「やっぱり密会相手を待っていた、としか考えられへんな」私の実感である。「殺し屋に追われて身を隠してたんやったら、散歩に出たりもせんやろう」

火村の考えも同じだった。

「そうだな。問題は、どこの誰をどういう目的で待っていたのか、ということか。まるでヒントがねぇな」

吉井が「申し訳ございません」と詫びたので、火村が真顔で、

「謝っていただくことはありませんよ。向こうがろくに口もきかなかったんですから。

——他に変わったそぶりはありませんでしたか？　何でもいいんです。夜中まで煌々《こうこう》と部屋の明かりが灯《とも》っていたとか、備品類に異状があったとか」

「いいえ、何も。警察の方にも、これ以上はお話しすることがありませんでした。本当にお役に立てませんで」

まだ恐縮している。

「では、石坂以外のお客さんについて伺っていいですか？　それぞれの方がチェックインしたのは、呉さんが昨日の午後四時。是枝さんが四時半。有栖川が五時半で、田之上さんが六時半だったそうですね。このうち、リピーターの客は是枝さんだけですか？」

「はい、そうです。先生にはご贔屓にしていただいております」

「今回も静養にいらしたんですね？」

「はい。すっかりお馴染みのお客様です。お話し上手でお優しくて、いい方です」

きっとチップも弾んでくれるのだろう。

「変わったことはありませんでしたか？」

吉井にとっては、思いもよらない質問だったらしい。その口が「まぁ」という形になった。

「先生が殺人事件に関係している、とお疑いなんでしょうか？　そんなことは考えられません。久しぶりに休みが取れて、心から寛いでいらっしゃるご様子でした。変わったところなんて微塵《みじん》もございません」

「失礼。是枝先生に殺人犯の嫌疑をかけているわけではありません。ただ、昨日から今朝にかけて、この旅館であったこと、なかったことについて状況を詳しく知りたい、と思っているだけです。——四時半にチェックインしてから、先生はどうなさいましたか？」

「まずは大浴場でゆっくりとお風呂に入られて、六時半からお夕食でした。お酒を召し上がりながら、これもゆっくりと。夜にまた大浴場にいらしていましたね」

そして、今朝も六時から入浴していた。温泉旅館の鑑《かがみ》のような客だ。

「夕方、風呂に入っていたのは先生だけですか？」

「はい。呉さんは早くにお着きでしたけれども、お夕食の後で入っただけでした。あのお客様は着いて早々、頻繁にラウンジにやってきて、ソファで新聞を読んだりテレビを観たりなさっていましたので。その時は、テレビや新聞なんてお部屋でご覧になればよろしいのに、と思っていたんですが……」

ずっと部屋に引っ込んでいるわけにはいかない。田之上絵里がやってくるのを待っていたのだから。

「呉さんと田之上さんについては、あまり存じ上げません。お部屋の担当が私ではなかったものですから」

「二人が顔見知りだったということは、従業員の皆さんも今朝になって初めて知ったんだそうですね。彼と彼女について、何か印象に残っていることは？」

吉井は静かに首を振るだけだったので、丁寧に礼を言って解放してあげることにした。

「大してお役に立てませんで」

「とんでもない」私は言った。「吉井さんが証言してくれたおかげで、私が包帯の男ではない、というアリバイが成立したんです。感謝していますよ」

彼女が朝食の膳を下げにきたのが八時過ぎだったのだ。仲居はにっこり笑って出ていった。

火村は、ずっと手にしていた煙草におもむろに火を点ける。開口一番、私は皮肉を投げた。

「是枝先生は大忙しやな。まず、一昨日の夕方に包帯で顔を隠して石坂秀夫の偽名でチェックイン。翌日の午後四時半にサングラスやら包帯を取って裏口からこっそり抜け出し、玄関に回って本名でチェックインしたわけや。それから大浴場に行った後、湯冷めの危険を押して再び包帯の男に化け、五時半に散歩に出かけた。帰ってきたのは六時過ぎ。離れで扮装《ふんそう》を解いて是枝に戻り、また風呂に入り、さも湯上がりであるという顔になって出てきた。——歌舞伎の早変わりか？　目が回りそうやないか」

「密会相手を殺すために、そんな無意味にリスキーなことをする馬鹿はいねぇよ」

テーブルに肘《ひじ》を突いたままキャメルをふかしていた助教授は、さもつまらなさそうに言った。

「馬鹿なことって、ドクター是枝包帯男説はお前が言い出したことやないか。そうあっさりと放棄せずに、もう少し責任を持ってがんばれよ」

「責任なんてもの、どこから出てくるんだ。ちょっと推理作家をからかってみただけだろ」

ひどい言い草だ。負け惜しみしやがって……と思ったが、本当にからかわれていたのかもしれない、と気づいた。神聖なフィールドワークの最中に不真面目な男だ。

「俺は腹を立てたぞ。お前が推理作家をからかいの対象にしたことに対して」

「その抗議は受け付けない。俺は、世の中のすべての推理作家諸氏をからかったわけじゃない」

アホらしくて怒る気力も失せた。こんな漫談で時間を空費するよりも、呉陽太郎と田之上絵里に話を聞きにいこう。呉の部屋で面談する段取りはついている。

「さて、行くかな」

私の内心を見透かしたように、火村は煙草を揉み消して立つ。呉の部屋は、鶯の間の二つ隣りだった。ドア越しに声を掛けると、「どうぞ」と呉が応えた。

「あなたは推理作家だったんですね。しかも、警察やら犯罪学者の先生とお知り合いの。人は見かけによらないものです」

床の間を背にしていた髭面の男は、胡坐《あぐら》から正座に座り直した。その隣りに田之上がかしこまっている。見るたびに変わるが、今はまた長い髪を束ねていた。

「見かけによらないということは、何に見えましたか？」と訊く。

「え？　何にって、それは……まぁ、たとえば、写生にやってきた絵描きさんとか、芸術家ですよ」

たとえば、と言うまでに間があった。絵描きや芸術家に見えたわけではなさそうだ。

そんなことはさて措き、意外だったのは呉と田之上の両人がとてもリラックスしているように見えたことである。つい先ほど、玄関先で言い争った時は周囲をはらはらさせたというのに。

「恐ろしい事件でとんだ足止めをくってしまいましたが、私たちにとっては禍《わざわ》い転じて福と為《な》す、という結果になりました。これだから、人生というのは妙ですね」

呉は口許に笑みをたたえている。これは、いったいどうしたことだろう？　田之上は、少しはにかんだ様子でうつむいたままだ。

あらためて自己紹介をすませてから、火村は尋ねる。

「どういう禍いがどういう福に転じたんですか？」

二人はちらりと視線を交わし、呉が話し始める。

「私がここにやってきた目的は、絵里さんと会って話すことでした。私たちは仕事上の関係で知り合って、一年ほど前から交際をしていまして、夏頃にはお互いの両親にも相手を紹介し、結婚の約束を交わす手前までいったんです。ところが、問題が生じました。彼女は以前からカテラルの光の信徒で、『結婚をするのなら、あなたもぜひ入信して欲しい』と言い出したんです。私は、嫌だと拒絶しました。むしろ、結婚を機会にそんな怪しげな宗教もどきから足を洗ってもらいたい、と思っていたんですから。二人とも、その件について軽く考えすぎていたんです。それがきっかけで亀裂が入り、私たちは仲違《なかたが》いをしてしまいました。別れ話を持ち出したのは、彼女の方です。私も一時の感情で別れることを承諾したんですが、どうしても諦めきれなくて……彼女に『やり直そう』と連絡を取ったんです。彼女は『カテラルの光を棄てることはあり得ない』と言って、けんもほろろでしたが、それでも懸命に食い下がりました。カテラルの光が社会的に非難され、マスコミで叩かれるほどに彼女は意固地になって、信仰を強めていったようです。まぁ、しかし、シャングリラ十字軍なんてものに比べたら、カテラルはまだ宗教としての体裁をなしていましたからね。それを脱会させようと目を血走らせていた私は、客観的に見たら単なるストーカーだったのかもしれない」

呉は照れたように頭を掻き、田之上はもじもじと肩を揺すっていた。だから、それでどうしたのだ、君たち?

「シャングリラ十字軍の事件が起きてからは、彼女のことが心配でなりませんでした。まさか、あのテロリストたちと通じているんじゃないだろうな。鬼塚竜造にシンパシーを感じてたりしていないだろうな。大阪支部の事務局なんてところにいるから犯罪に巻き込まれたりしたらどうしよう、とね。気が気ではありませんでした。——彼女と私には共通の友人がいるんです。女性で、大学時代からの仲間です。その友人も絵里のことを案じて、ちょくちょく彼女に電話をかけたりしていたようです。その電話で、絵里がぽろりと洩らしたんですよ。『三月三日に休みが取れるから、温泉にでも行ってみる。すごく疲れているから』と。その情報を私に伝えてくれたもので、これはじっくりと話し合うチャンスかもしれない、と思って、ここで待ち伏せをすることにしました」

「どこの旅館に泊まるかまで、お友だちに話したんですか?」

私が訊くと、田之上は細い声で答える。

「はい。この旅館に泊まることが目的でしたので」

「それはまたどうして?」

「昔……小さかった頃に、家族で泊まったことがあったからです」

彼女もリピーターだったのか。しかし、子供の時に親に連れられてきただけなら、宿の人間が覚えているはずもない。

「ここはとても楽しい思い出がある宿です。シャングリラ十字軍とカテラルの光は関係がないとは言え、あの残酷なテロ集団がカテラルから生まれたことは否定しようがありません。私にはそのことがショックで、うわべでは信仰を守りながらも、身も心も引き裂かれるようなつらい思いでした。だから、懐かしい思い出の宿にひと晩泊まって、この問題についてじっくりと考えてみるつもりだったんです」

呉は、まだ頭をぼりぼり掻いている。

「私の方は、そんなことを知るよしもありません。待ち伏せして話し合おうとしたはいいが、もしかしたらカテラルの光の秘密集会に出席するんじゃないだろうか、とか、まさかシャングリラ十字軍の逃亡者と接触するんじゃないだろうか、とか、あらぬ妄想《もうそう》が次々に湧いてきて、身悶えしそうでした」

火村はあの無機的なまなざしを二人に向けたまま、

「田之上さんは、今朝ほどチェックアウトしようとした時になって、初めて呉さんを見て驚いていましたね。待ち伏せしていたと言いながら、呉さんは昨日は田之上さんの前に姿を現わさなかったわけだ。それはどうしてですか？」

「じっと彼女の様子を探っていたんです。彼女がどうしてここにきたのか、その理由が知りたかった。もうすでにシャングリラ十字軍の犯罪に加担しているのなら、迂闊《うかつ》に動くわけにはいかない。絵里が警察に捕まるようなことになってはたまらない、と思いました。変装した鬼塚竜造がやってきて彼女と接触したらどうするつもりだったのだ、と問われると困ってしまいますが……。恥ずかしい告白をしますけれど、私にはもう一つ恐れていたことがありました。それは、彼女がこの温泉宿にやってきたのはカテラルともシャングリラ十字軍ともまるで関係がなくて、好きな男と密会するためではないのか、ということです。それならば、『もう一度やり直そう』と出ていったらピエロになってしまいます。だから、昨日は声をかけることすら躊躇《ちゅうちょ》したんですよ」

やるせない一夜だったわけだ。しかし、こうして肩を並べて座っているということは……。

「先ほどは、お見苦しいところをお見せして失礼をしました」田之上が言う。「警察の方がたくさんやってきたので、私、パニックになったんです。殺人事件には何の関係もないとはいえ、私がカテラルの光の者だということは調べればすぐに判ります。そうしたら、あらぬ疑いを掛けられるのに決まっている、と思いました。だから、こそこそと退却しかけたんです。そこへ呉さんが現われたものですから、もう頭の中で打ち上げ花火が破裂したみたいになって……」

二人は足止めをくったため、意外な形で話し合う機会を持つことができた。刑事らの事情聴取の合間にお互いの気持ちを腹蔵なく語り合い、ついには凍り付いていたものが解けだしたのだ、と言う。田之上は、気持ちの整理がついたらカテラルの光を脱会する決意を固めた。禍い転じて福と為す、とはそういうことであった。捜査員や私たちが血腥《ちなまぐさ》い現場で犯人の匂いを嗅ぎ回っている間に、宿の一室では別のドラマが展開していたのだ。

「新しいスタートをお祝いします。……外を刑事さんがうろうろしてる、こんな時に言うのも何ですが」

縒《よ》りを戻した恋人たちに私が間抜けな言葉を贈るのを無視して、火村は事件に関する質問を繰り出した。松籟の間の客について知っていることはないか、と訊かれた二人は仲睦《なかむつ》まじく相談を始める。

「風変わりな人だ、とは思っていたけれどねぇ」

「私は見ていないから知らないの。ラウンジにジュースを買いに行った時、宿の人がひそひそ噂しているのを聞いただけ。へえ、そんな怪しげな人が泊まっているのか、と興味が湧いたわ。『やっぱりシャングリラ十字軍の一味やないか？』と番頭さんが言ってたのでぎくりとした」

「そうだろうな。俺だって、まさか鬼塚があんな目立つ変装するわけないよな、とか思ったもの」

「包帯を巻いていたのなら、怪我か病気だと思うけれど……」

「そうとはかぎらない。あ、もしかしたら日本人じゃなかったのかも。肌の色が違うから、包帯で隠したんじゃないかな」

独創的な仮説だが、それは違う。フロント係の証言だと、石坂秀夫の日本語は流暢《りゅうちょう》だったし、宿泊カードを書く際に平気で手袋をはずしたから、皮膚の色を隠したかったわけではなさそうだ。ちなみに樺田警部によると、カードに書かれた文字はひどい悪筆で筆跡を鑑定するのも虚《むな》しい、とのことだった。

「そうか。包帯の男をご覧になったのは、呉さんだけなんですね。ラウンジにいらした時、夕方の散歩から帰ってくるところを見たんですか？」

火村の問いに、呉は「いいえ」と答える。「絵里がやってこないかと気になって、何度も部屋とラウンジを往復していたものですから、たまたま散歩に出るところも帰ってきたところも目撃しました。不作法と思いつつも、新聞を翳《かざ》した陰からじっと見入ってしまいました」

「顔を完全に隠しているということ以外に、これまで話に出なかった特徴はありませんでしたか？」

「特徴ねぇ。そう訊かれても、どうしても顔に目がいってしまって、覚えていませんね。――あ、一つだけ妙なことが」

「何です？」

記憶をたどるためか、呉は天井を仰ぐ。

「いやぁ、些細《ささい》なことなんですけれどね。散歩に出ていく際、あいつは私の方を見ていたんですよ。盗み見ていることが判ったのかな、と思ったら、そうではなかった。新聞を広げた私ではなく、その後ろの大黒様を見つめていたんです。もちろん、相手はサングラスをかけていて、視線の先がどこなのか正確には判りませんよ。でも、およそは顔の向きや動きで見当はつくじゃないですか。木彫りの大黒様がどうして物珍しいんだろう、と不思議でした」

火村は人差し指で唇をなぞった。そして、軽く目を閉じたまま尋ねる。

「散歩に出ていく際、と言いましたね。すると、帰ってきた時は大黒様を見つめたりしなかったんですか？」

「はい。目もくれずに、すたすたと廊下を歩いていきました」

「大黒、大黒……どういうことだ？」

助教授はぶつぶつと呟いていたが、やがて目を開けて「ありがとうございました」と言った。

部屋を出た火村は、まっすぐラウンジに向かう。大黒様を見るためだった。そんなことをしてどうなる、と私は懐疑的だった。

木彫りの大黒天は高さ一メートル強。木製の台座にのっているので、ちょうど大人の身長ぐらいに嵩上《かさあ》げされている。彫りは粗かったが出来栄えは見事で、たるんだ頬《ほ》っぺたがこぼれ落ちそうなほど肉感的だった。衣の皺《しわ》もうまく表現されている。しかし——

「思わず見惚《みと》れて鑑賞するほどのものでもないな。それなりに値は張るやろうけど。もしかしたら、石坂秀夫は骨董品屋で工芸品を見る目があったのかもしれん」

「聞いてみたらどうだ？」

火村はカウンターで所在なさそうにしている番頭を指した。そうすることにする。

「は。あの大黒様ですか？　さぁ、いくらしたのか正確に覚えていませんが……十万円ぐらいでしたでしょうか。大きいだけで、さほど高価なものでもありません」

後藤の答えは、期待はずれなものだった。だが、それに続けて興味深い発言をする。

「お値打ち品に見えましたか？　そういえば、あの石坂と名乗った人も大黒様が気になるようでしたね」

「包帯の男が？」火村が一歩踏み出した。「どんなふうに気にしていたのか教えてください。近寄ってしげしげ眺めたり、触ったりしたんですか？」

「いいえ、そういうことはなさいませんでした。ただ、チェックインした時も散歩に出られる時も、通りすがりにこれをご覧になっていたご様子です。サングラスをしていらっしゃいましたから、あるいは他のものを見ていたのかもしれませんが」

大黒様の後ろは白い壁だ。ポスターの一枚も貼られていない。火村はそこまで歩いていき、壁を撫でさすった。そんなことをしても、秘密の文字や模様が浮かび出てくるはずもない。

しかし、「どういうことだ？」と呟きながら振り返った瞬間に表情が変わった。私の背後を凝視している。どうしたのだ、と肩越しに後ろを見ると、ほぼ全身が入るぐらいの大きな姿見が掛かっていた。大黒様と火村が並んで映っている。

「……そうか。鏡か」

何ごとかに納得したらしいが、晴れ晴れとした顔にはほど遠い。また人差し指で唇をなぞっている。私は話しかけるのを控えた。

「ドクター是枝に聞きたいことができた。彼の部屋はどこだ？」

「お二階です」と後藤が反射的に答える。火村はもう階段を上りかけていた。

「あの先生への疑惑が再燃したのか？」

その背中に訊くと、彼は「いいや」と答えた。

「顔について話が聞きたい」

8

阪急梅田《うめだ》駅の改札口に幡多瑛助が現われたのは、午後二時きっかりだった。十分前から待っていた火村と私に、挨拶抜きで「時間どおりでしょ」と言う。不遜《ふそん》な態度ではなかったが、勝手に早くきていた人間に儀礼的に「お待たせしました」などと言わない、というニュアンスが感じられた。

「一週間ぶりですね。どこへ行きましょうか。ゆっくりと話せる場所がいいんでしょ？」

私が言う。彼は「考えてあります」と下りエスカレーターに向かった。心当たりの喫茶店にでも入るのか、と思ったのだが、茶屋町《ちゃやまち》方面に少し歩いて着いたのは、けばけばしい看板を掲げたカラオケボックスだった。

「密談には、こういうところがベストなんです。喫茶店だと、うるさかったら落ち着いて話せないし、あまり静かだったら会話が周囲の客の耳に入ってしまいますからね。ほら、今ぐらいの時間だったら料金も安いから、ホテルの喫茶室で飲むコーヒー代と変わらない」

幡多は「三名」と指を三本立ててカウンターで受け付けをすませる。「とりあえず一時間」と申し込んでいた。

「学生にこういうところへ誘われることはあるのか？」

二階の部屋へ案内される途中、火村に小声で尋ねると、助教授はすました顔で答える。

「いいや。いつも独りで歌いに行く」

彼がカラオケに合わせて独りきりで『天国への階段』を歌っている場面を思い浮かべて愕然《がくぜん》としていると、「本気にするなよ」と言われた。質問ははぐらかされた。

空《す》いている昼間のせいか、広々とした部屋に通された。週末の夜ともなれば、ここに十人は押し込まれるのだろう。最新のヒット曲がスピーカーから流れていたが、ボリュームを絞ってあるので気にならない。南国の海の映像を映したモニター画面には、リクエストを入れてください、という表示が出たままだった。

注文したコーヒーを運んできた店員が「ごゆっくり」と微笑んで去ると、向かい側に座った幡多はテーブルに両手を突いて身を乗り出す。

「急にお呼び立てしてすみません。ぜひとも先生方に伺いたいことがあったもので。名刺はいただいていましたけれど、電話をしていいものか、少し悩んでからかけました」

「私たちに聞きたいことがある？　ふぅん。こちらは、何か新しい話を聞かせてもらえるのかもしれない、と期待していたんだけれどね」

火村はつれない口調だ。幡多は、私たちの顔を交互に見る。

「お聞きしたいんです。警察の捜査がどんな方向に進んでいるのか」

「気になるのかい？」

「はい。とても不安なんです。あらぬ方向に進んでいて、どんどん真相から遠退《とおの》いていってるんじゃないか、と」

「あらぬ方向とは？」

「それは……」

幡多は唇を嚙んだ。カップから立ち上る湯気を目で追いながら、どう答えるか考えているようだ。

「……単刀直入に言います。警察が僕を疑っているように思えてならないんです。ここ数日、いつも決まって夜の九時にやってきて、すでに答えた質問を繰り返します。僕がボロを出すのを誘っているつもりなんでしょうか？　このままだと、夢にまで刑事が出てきそうです」

「あなたは亡くなった相羽さんと最も近しい間柄だった。警察が望みを託して質問責めにしたくもなるでしょう。しばらくがまんするしかない」

「相羽がどんな人間だったのかについてなら、いくら質問されてもかまいませんよ。でも、違うんだ。明らかに僕個人のことを知りたがっている。僕のアルバイトについて、異性関係を含む交友範囲について、車とバイクについて。失敬なことに、経済状態まで詮索するんですよ。挙げ句に――」

「三月二日から四日にかけての行動についても訊かれた。――そうだね？」

幡多は深々と頷いた。

「相羽は、旅館の離れに滞在していた包帯の男に殺されたらしい、ということでしたね。そいつが宿にチェックインしたのは三月二日の夕方。ということは、僕が包帯の男かもしれない、と疑っているとしか思えません。友人が殺された事件のアリバイを訊かれるとは思ってもみませんでした。どうして僕が相羽を殺さなくっちゃならないっていうんでしょうね。まったく、わけが判らない」

「まあ、落ち着いて。――煙草を吸ってもいいかな？」

「すぱすぱ吸いまくるのでなければ、いいですよ。――えーと。で、つまりですね、警察が本気で僕を疑っているのか、あくまでも形式的に容疑者の範囲に留めているのか、そこらへんの様子を教えてもらいたいんです。先生方なら、ご存じでしょう？」

「刑事に質《ただ》す気にはなれないんだね？」

火村はキャメルに火を点けながら言う。

「彼らは本当のことはしゃべらないでしょう。『相羽を殺す動機が僕にあると考えているんですか？』と訊いたら、イエスかノーかで答えてくれるとは思えません。だから、先生方に――」

「警察がしゃべれないことなら、私たちもリークできないよ。悪く思わないでくれ」

幡多は焦《じ》れていた。唇を噛んだまま、小さく貧乏揺すりをしている。このままでは、双方とも何のために時間を割いて会ったのか判らなくなりそうだ。

「あなたには、アリバイがあったんだね。二日は、午後五時から深夜まで大学のゼミのコンパに出た。場所は西宮北口《にしのみやきたぐち》の居酒屋。だから、その日の六時に包帯の怪人に扮《ふん》して猛田温泉に行くことはできなかった。さらに、翌三日は大学に行って、第三講のドイツ語講読まで出席したことが確認されている」

「そうですよ。包帯の男とは何の接点もありません」

「しかし、三日の深夜から四日の早朝にかけてのアリバイは成立しなかった。警察は、その空隙《くうげき》にこだわっている」

「馬鹿げていますよ。犯人は離れに泊まっていた包帯の男なんでしょう？　僕がそいつでないことは明白じゃないですか」

火村は片手を上げて、代議士の息子をなだめる。

「警察には警察の考えがあるんですよ。——三月二日から四日にかけてのアリバイは措いておいて、他の日の行動も尋ねられませんでしたか？」

幡多は、取り上げかけたカップを受皿に戻した。

「よくご存じですね。やっぱり、先生方は警察と一体になって捜査を進めているんだ。——ええ、訊かれましたよ。一月十日の夜はどこで何をしていた、と。さっぱりわけが判らない。その日がどうかしたんですか、と問い返しても言葉を濁すだけです。わけが判らないまま『覚えていません』と答えたら、にやりとして『ああ、そうですか』。ふざけてません？」

「本当に覚えていないんですね？」

「何もなかった日なんです。多分、家でテレビでも観ていたんでしょう。どうしてその日のことを知りたがるのか、理由ぐらい教えてくれてもよさそうなもんです」

「教えてあげよう」

火村があまりにもあっさりと言ったので、幡多は驚いたようだった。驚き、緊張しているのがその顔色から読み取れる。

「園田駅の近くで、行きずりの若い男同士の喧嘩による傷害致死事件があったのを覚えているね？　今も駅前には『目撃者はご一報ください』という立て看板が立っている。あの事件が発生したのが、一月十日の午後十一時五十分頃なんだ。つまりね、警察はその傷害致死事件の犯人が君なのではないか、と勘繰っているわけさ」

「わ……」幡多は目を大きく見開いた。「わ、わけが判らない」

「目撃者がいるんだよ。逃げた犯人の背恰好は判っている。君にも似ているらしい」

「似ているって……僕ぐらいの背恰好の男はざらにいますよ」

「そうだね。相羽さんも、似たようなものだ」

幡多は喉に何か詰めたような顔になって、「そうです」と低い声で言う。私は息を殺して、二人のやりとりを見守った。

「……だったら、どうして僕が疑われるんですか。似た背恰好の男を虱潰《しらみつぶ》しに当たっているわけですか？」

「いいや。そうではなく、君の身辺を洗っているうちに、一月の傷害致死事件が浮上してきたんだ。もしかしたら、これではないのか、とね」

「これ……とは？」

幡多は気弱な表情をさらすようになっていた。火村は煙草を消して、相手の目を見つめる。

「君が相羽徳明を殺害した動機だよ。君は、相羽さんに弱みを握られていたね？　アメリカの両親からの送金と彼が使った金とを厳密に照合したら、かなりの金額が食い違う。相羽さんが無収入だったことは間違いがないから、誰かが穴埋めをしてやっていたことになるんだ。第一の候補は、君だ。君が三度に分けて五十万円近い金を彼の口座に振り込んだ記録も確認されている。入金は、いずれも一月十日以降。何かをネタに脅迫されていたらしいが、その何かが特定できなかったのさ」

「まだ特定できていないでしょう。一月の事件が僕の犯行だと判明したわけじゃない。――いや、そもそも僕は脅迫なんて受けていませんよ。あいつがあまりにも哀れだったから、金を貸してやっただけです。それを誤解されてはたまりません」

「そうですか。ならば、どんと構えていなさい。何もこわがることはない。どうです、有益な情報提供でしょう？」

幡多は額の汗を手で拭った。暖房が利きすぎているわけでもなかろう。

それにしても、ここまで捜査状況を被疑者に伝えていいものか？　私は心配になってきた。

「はい。感謝しますよ、火村先生。ありがたい。そうですよね。こわがることはないんだ。僕は中濃屋に行くこともできなかったんだし」

「行けたさ」

安堵に胸を撫で下ろしかけた男に、火村は予告なく斬りつけた。幡多は、びくりと体を顫わせる。

「アリバイはないよ。君は包帯の男であり得た」

「何をわけの判らないこと言うんですか、先生。そいつがチェックインした日、僕はゼミのコンパに出ていたんですよ。それは確認ずみだと、さっき先生も——」

「ああ、チェックインしたのは君じゃない。相羽徳明が包帯の男だったんだ。顔を隠していたから、遺体を見た宿の従業員も両者が同一人物だと気がつかなかっただけだね」

幡多はまたテーブルに両手を突く。ほとんど中腰だ。

「相羽が包帯の男のはずがない。その日の午後、僕はあいつに会った」

「それが真実だとしても、チェックインは夕方六時だ」

「夕方にもあいつは部屋にいましたよ。宅配便を受け取っているじゃないですか」

「たしかに、インターネットで注文した観葉植物を受け取っている。でも駄目なんだ。大きなサングラスをかけた若い男が受け取った、というだけしか判らない。それが相羽さんだったかどうか怪しいもんだね」

「相羽じゃなかったら誰なんです？」

「君だろ？　他の人間が彼の部屋にいるはずがないものな。午後早くにやってきた君が、ずっとあの部屋に留まって宅配便を受け取ったんだ。観葉植物の注文も、配達日時を指定して君が行なったのかもしれない」

「無茶苦茶だ。もしそうだとしても、相羽は三月三日の夜にも――」

火村は鋭く遮った。

「もういい。しばらく黙って聞くんだ。――君を守ってくれるアリバイなんてものはない。包帯の男の正体は、君と相羽徳明の二人一役だよ。まず、二日の午後六時に相羽さんが顔を隠してチェックインする。夕方、彼の部屋に届けられた宅配便を受け取ったサングラスの男とは、君だよ。相羽さんは中濃屋の離れで一泊した。翌日、包帯の男は二度散歩に出ている。昼前の散歩は、相羽さんが退屈しのぎに付近を散策したんだろう。二度目の散歩は夕方。この外出を利用して、相羽さんは君と人気のないところで入れ換わる。君が包帯の男になって宿に戻ったんだ。相羽さんはサングラスとマスクだけの姿になって〈ディライト大熊〉の部屋に帰宅した。夜の九時頃、管理人が見かけたのは、猛田温泉から帰ってきた相羽さんだったわけさ。そして、君は中濃屋の離れで三日の夜を過ごした。相羽さんはいったん自宅に戻ったものの、またすぐ活動を開始しなくてはならなかった。未明に中濃屋を訪ね、君に手引きされて裏口から離れに戻るよう指示されていたからだ。彼はそれに従って離れに戻り、そこで君に殺害された。君は包帯の男として逃走。――成立するだろう？」

「そんなことをして……何の意味が……」

火村はまくしたてる。

「嫌疑を怪しげな包帯の男になすりつけるのが狙いだ。警察がいくら探し求めても絶対に逮捕できない透明な架空の人間。被害者自身にその透明人間をでっち上げる手伝いをさせるというアイディアは、実に大胆かつ狡猾《こうかつ》だね。君は、聞き込みにやってきた野上刑事に、相羽さんが鬼塚竜造たちに共感を覚えているような印象を吹き込んだね。あわよくば、彼が密会しようとしていた人物は、シャングリラ十字軍の逃亡者だと思わせたかったんじゃないのか？――まぁ、聞けよ。現場の状況に不可解な点があった。包帯の男は、離れの部屋中の指紋を拭き取っていた。これが変なんだ。手袋を嵌めていたのに、どうしてあらためて部屋中を拭いて回る必要があったのか？　それはね、包帯の男が二人いたからだ。君は『指紋を遺すな』と相羽さんに命じていただろうけれど、それが完璧に履行される保証はない。だから、自分が泊まったその夜に、せっせと柱やらテレビやらを拭いたんだね。この二人一役が成立するには、相羽さん自身の協力が必要だった。そして、三月二日に〈ディライト大熊〉で彼のふりをしたサングラスの男は、君しかいない。包帯の男は、君と彼の合作だ」

蟠多は、バンとテーブルを叩いた。

「わけが判らないよ。どうしてひきこもりの相羽が僕の言いなりになって猛田温泉くんだりに泊まりに行く？　しかも、行って帰って、また行って、今度は泥棒みたいに明け方に裏口から侵入するだなんて、どうしたらそんなに素直に従ってくれるって言うんですか？」

「ひきこもりの人間にそこまでさせるには、説得が大変だろうね。具体的にどんな口実を設けたのか、そこまでは判らない。『これを手伝ってもらったら金ができる。犯罪でもないし、危険もない』と曖昧に言い包《くる》めたのかもしれない」

「それこそ曖昧すぎて、説明になっていない。言い掛かりだ、言い掛かり！」

蟠多はすっかり興奮している。室内に流れる甘いバラードが、いかにも不釣り合いだった。

「相羽徳明は金を欲しがっていたんだろ？」

「あいつには仕送りがあった。金に逼迫《ひっぱく》してなんかいなかった。だから、僕を強請《ゆす》る必要もなかったんだ！」

「ほぉ、そうかい。——手術代を欲しがっていた、ということは？」

「しゅ、しゅ、じゅ……っ」

蟠多の舌がもつれた。火村は一気に追い詰めにかかる。

「君の友人が顔を隠してひきこもるようになった理由の見当もついているんだ。彼が包帯の男として中濃屋に滞在している間に、いくつかのヒントを遺してくれた。まず第一に、不自然なまでに部屋の窓をカーテンで隠したがったこと。第二に、洗面台ではなく浴室で歯を磨いたこと。第三に、ラウンジに置かれた木彫りの大黒様を気にしていたこと。——第三のは言い換えた方がいいな。大黒様に目をやっていたのは、その反対側の壁に掛かった鏡から目を背けるためだったんだから。私が何を言いたがっているのか、君にはとっくに判っているだろう？　そう。相羽徳明は、鏡をこわがっていた。洗面台の鏡も、廊下の壁の鏡も見たくなかったし、外が暗くなって窓が室内を映し出すのにも耐えられなかった。もちろん、鏡自体を恐れていたのではない。鏡に映る自分の顔を直視したくなかったのさ。そして、他者が自分の顔を見ることに対しても激しい嫌悪を感じた。——相羽徳明は醜形恐怖にかかっていたんだ」

幡多はぴたりと黙った。そして、呆気にとられたように犯罪学者を見つめる。かろうじて洩れた言葉は「……何、言ってんの？」だった。

「彼は、自分の顔が醜くて正視に堪えない、と思い込んでいたんだろう。だから、鏡や鏡となりうるものを忌避したし、顔を人目に晒すことをかたくなに拒んだ。なるべく部屋にひきこもり、やむを得ず他人と接する時はサングラスをかけていたのも、そのせいだよ。もちろん、あえて軽く表現してしまうなら、それはただの思い過ごしだ。原因は顔自体ではなく、彼の心の中にあった。しかし、当人にとっては非常な苦しみが伴う病だったろうと想像する。さる美容クリニックの先生から聞いたことだが、思春期の男女にまま生じる症状らしい。成人にも起きうる。精神面のケアが不可欠なんだが、患者は顔そのものに起因した障害だと捉えるので、高額な費用を要する整形手術による回復を希望することがある、とも」

「だから……何、言ってんの？　相羽は顔のことで気に病むことなんてなかったよ。ルックスはよかったんだから」

「そうだね。彼のルックスについては私も同感だ。しかし、問題は実際に他人からどう見られているかじゃない。相羽さん自身の感じ方なんだよ。カウンセリングを受けた方がよかったんだろうが、医者嫌いだそうだからね。とても足が向かなかったんだろう。ただ隠者のようにひきこもり、人目を避け、唯一君だけに頼った」

「……仲がよかったからだよ。信頼されていたからだ」

「相羽徳明のひきこもりは遅くとも去年の暮れには始まっていたらしい。君は、友人として世話を焼いたのかもしれない。ところが、一月の十日を境に状況が変わる。深夜に駅近くのコンビニに買物にきていた相羽さんが、君の起こした事件を目撃してしまったことで、二人の関係は変質した。君が彼の世話を焼くのではなく、彼が君を支配するようになった」

「そこは妄想だ。俺が刺した。あいつが見た。どっちも勝手に言ってるだけじゃないか。特に、あいつが見た、なんてことは死人に口なしで証明のしようがない」

「そのとおりだ。君は正しい。ことの真偽はこれから判る。自分は何もしていないんだからいくら探しても証拠なんて出てこない、と言うのなら時間がたつのを静かに待てばいい。理不尽な嫌疑はきっと晴れる。むしろ、私が積極的に晴らしてあげよう」

　幡多の口許に笑みが戻った。

「なんだ。『アリバイ工作は崩れたぞ。早く自首しなさい』とか勧められるのかと思ったら、先生はちゃんと判っているんだ。ええ、僕は無実です。だから、どんと構えていますよ」

「自首するんじゃないよ」

　火村の声は、冷徹な響きがした。幡多は真顔になる。

「シロなら君はもちろん自首しない。だが、クロだったとしても、自首なんてしなくていい。一人を発作的に刺して死に至らしめ、もう一人を計画的に殺害しながら平然ととぼけられる人間に自首は必要ない。逮捕状を携えた刑事の訪問を受け、手錠を掛けられて引き立てられるのがお似合いなんだ。いずれにせよ、君は自首してはならない」

「……脅かすみたいな言い方だね。警察の協力者がそんな態度でいいのかな」

「自首しないね？」

　幡多は不快げに鼻を鳴らした。

「するわけない、と言ってるだろう」

　何とも言えない沈黙を破って、壁の電話が鳴った。まもなく入店して一時間が経過するのだろう。火村が立って受話器を取り「延長はしません」と答える。

「出よう。時間だ」

幡多は、のろのろと立ち上がる。激しい雨に打たれて困憊《こんぱい》しているかのようだった。

「正義の味方、か」彼は呟く。「さぞや忙しいことだろうね。仮面をかぶったまま、大勢の犯罪者が街を歩いているよ。早くみんなひっ捕らえなくっちゃね」

火村は無言だった。

私たちは、店の前で幡多と別れる。彼は肩をいからせたまま、足早に雑踏に消えていった。仮面の海へと。

＊

幡多瑛助が傷害致死事件の被疑者として逮捕されたのは、その六日後のことだった。決定的な目撃証言が決め手となったのだ。本人は頑強に否認しているが、警察は相羽徳明殺害についても立件の準備を進めているらしい。国会議員の息子の犯罪にマスコミは大騒ぎをしている。

鬼塚竜造らシャングリラ十字軍逃亡犯の行方は、まだ杳《よう》として知れない。

201号室の災厄

1

「視《み》える、って言うんだ」

そう言って火村英生はぐいとビールを呷《あお》り、ジョッキを空にした。早稲田《わせだ》大学で行なわれた犯罪社会学会で発表を終え、さすがにほっとしているのか、今夜はいつもよりピッチが速い。

どんなテーマで話したのか尋ねると、『計画殺人の偶有的属性』とのこと。どういうものか質すのはやめた。あまり受けなかったよ、と言いながらも機嫌は悪くなかったので、それなりの手応えはあったのだろう。それはいいとして、壇上で発表する時も、今みたいにネクタイをだらしなくゆるめていたのではあるまいな、と気に掛かる。

ここは明治通りに面したビルの地階。ドイツ風居酒屋といった趣のレストランだ。大阪で暮らす私、有栖川有栖と、京都で暮らす彼が、東京でたまたま顔を合わせて飲むというのは、これまでにも何度かあったことだ。私の方は東京にも知人が多いのだが、いずこにも友だちの少ない火村助教授のために付き合ってやっているのである――などと言うと彼から反論されるだろうが。

「子供の頃からそうだった、と。彼女の家族はみんな同じ能力を持っているんだとさ。旅行に出て宿に泊まり、部屋に案内されるたびに『ここは大丈夫のようだな』『ええ、そうね』とか『こりゃまずい』『海に向いたお部屋にして欲しいとか言って、替えてもらいましょう』とかやっていたわけだ。父親が一番熱心だったそうだから、『この部屋には霊がいる。私には視える』と騒ぐのは、女性の専売特許でもないんだな」

噂話の中の彼女というのは、学会で一緒だったある大学の研究者だ。昼食時の雑談でオカルトめいた話が出たらしい。火村が嫌う話題だ。

ウエイターが通りかかったので呼び止め、自分と助教授の分のおかわりを頼んだ。私も友人につられて、ペースが速くなっていた。こちらはひと仕事終えた彼と違い、明日は早めに起きて国立国会図書館で調べものに精を出さなくてはならないのだが。小説家を生業《なりわい》にしているせいとは言え、図書館が目的で東京まで足を運ぶ、というのはひどく面倒な話ではある。二十一世紀が始まっているというのに。

「アレは女性だけのものでもないぞ。俺も、男でそんなことを口走る奴を知ってる。会社勤めをしている時に一人おったわ。一緒に出張に行った先でビジネスホテルに泊まったら、『部屋を替えてくれないか』と頼まれてな」

私は皿に残っていたウインナー・ソーセージにたっぷりとマスタードをなすりつける。火村の方はもう食べるのは気がすんだ様子で、キャメルをくわえてふかしていた。

「部屋を替えてくれっていうのは、何かがそこにいたから言うんだろ？　エゴイスティックだな。当人はそれでいいとしても、同僚のお前が怪しげな霊に悩まされても平気なのかね。フロントに言って別の部屋にチェンジしてもらやいいじゃねぇか」

「彼にすれば、霊感の欠如した人間やったら悩むことはない、という判断なんやろうな。それに、その時はホテルが満室状態で、フロントに頼みようがなかったんや」

「ふうん。それで、替わってやったのか?」

「仕方がないやろう」私はさくっとウインナーを齧《かじ》って「『幽霊なんてもの、おるか』と言うた手前、『それなら替わってくれ』と頼まれて『嫌や』とは言えん。鷹揚《おうよう》な態度でリクエストに応えてやったけど……正直なところ、ええ気はせんかったな」

「部屋の明かりを煌々《こうこう》と点けて、ラジオを鳴らしながら眠ったとか?」

「するか。朝が早かったおかげもあって、すぐに熟睡したわ。何も不都合はなかったぞ。あそれどころか、俺の最初の部屋は時計の目覚ましが壊れてたんで、助かったぐらいや。それで、くる朝、そいつが顔を合わすなり『何ともなかったか?』と真顔で訊いてきた。それで、『ええ部屋やったぞ。すごい美人がベッドに添い寝してくれる夢を見た』と言うたら、とたんに顔色が変わった。どうやらそいつに視えた霊は、美人やったらしい」

「その男は、お前と一緒の出張じゃなかったら廊下で眠ったのかな。苦労が多いサラリーマン生活だな」

「霊が視えてもろくなことはない。視えない人間が羨ましい、と溜め息をついてた。こっちは慰めようがないやろ。本人にとっては切実なんやろうけど」

「お互い、視えない体質に生まれたことを感謝するか」

神や霊魂の存在をまるで信じていない男が言うと、皮肉にしか聞こえない。いや、皮肉そのものなのだろう。

「彼らに何かが視えていることは疑わんのやな？」

私が訊くと、火村は笑い、ウェイターが運んできたジョッキをくわえ煙草で受け取った。

「そりゃ視えているんだろうよ。思春期の女の子ならば、周囲の気を惹いて形勢を一発逆転するため霊感少女の演技をすることもあるだろうけど、いい大人がそんな嘘をつくまい。彼らは、視たり感じたりしているのさ。ありもしないものを視たり感じたりするのは、人間の得意技だからな。そういう意味では、幽霊は実在する。日本中のホテルや旅館で、今日も明日も出現するだろう」

よくしゃべる。酔いが回ってきているのだろう。彼は飲めない口ではないが、あまり酒に強くない。

「じゃあ、伺いますけれどね、火村先生。巷《ちまた》のホテル・ゴースト・ストーリーには落ちがあるやないか。お客が恐ろしい一夜を過ごした翌日、宿の従業員にそのことを話したら相手は『出ましたか』と沈痛な面持ちになって、『実は、あの部屋では三年前に自殺したお客さまがいらして……』とか。あれはどういうことなんや？　もちろん、話を面白くするための出まかせが混じっているやろうけれど――」

「どれも出まかせだ。本当にその部屋で事件や事故があったのならば、宿の人間が馬鹿正直に打ち明けるはずがない。『よくもそんな部屋をあてがいやがったな』と抗議されるだけじゃないか。宿なんて、クールなもんだぜ。本当に自殺者が出た部屋を、ホテルがどう扱うか知っているか？　俺はある事件の捜査中に聞いたことがある」

「さぁ。しかし……そのまま封印してしまうわけにもいけへんわな。ほとぼりが冷めたらまた使うんやろう」

「当然、使用する。お客に『実は、あのお部屋では三年前に』なんて打ち明け話をすることは事前にも事後にもありはしない。マスコミで大きく採り上げられた事件があった部屋だったら、ほとぼりが冷めるのにも長い時間がかかるだろ。そういう場合は、その部屋は事件について知らないであろう外国人の泊まり客に割り振られるのさ」

「それはずるいような……」

「ずるい？　実害が発生しないのにそんなことを言っていたら、商売にならないだろ。お前が経営者でも、必ずそうするはずだ。それとも、せめて宿泊料金を割安に設定してやるか？」

それは駄目だ。そんなことをしたら、その部屋で何か不吉なことがあったのがバレてしまう。

「そう考えてみると、宿に泊まるっていうのはスリリングな経験なんやな。過去にどんなことがあったのかも判らん部屋で眠るんやから。これまでに何十という宿に泊まってきたけど、その中には人死にがあった部屋もあるかもしれん」

「あったかもな。そして、宿に泊まる回数が増えれば、そういう部屋に当たる確率は間違いなく大きくなっていく。しかし、そんなことを気に病んで、旅に出るのを控える人間なんていない」

私は腕組みをした。今夜泊まる部屋は大丈夫だろうか、と心配になってきたのだ。火村は笑いながら新しい煙草に火を点ける。

「まさか、視てしまったらどうしよう、と不安になってきたんじゃないだろうな。変なものが出ても気にするな。旅にハプニングはつきものだ」

「幽霊に出喰《でく》わす心配はせえへんけれど、殺人事件があった部屋に当たることはありうるからな。臨床犯罪学者の火村先生も、それは願い下げやろう？」

「まぁ、そうだけど、知らずに泊まるなら平気だろ。よしんば、そんな部屋に当たったとしても何も起きたりしない。アウシュビッツやダッハウの収容所跡にも幽霊は出ないんだから。――この近くのホテルだったよな？」

今夜は西新宿《にししんじゅく》のシティホテルを予約してある。私にすれば贅沢な宿なのだが、今日の東京は色々なイベントが重なったらしく、そこしか取れなかったのだ。

「ああ、今日はえらくホテルが混んでいるみたいだな。早くから予約を入れておいて、俺はラッキーだった」

ラッキーもいいところである。聞くところによると、今宵、彼はダイナスティー・ホテルに泊まると言うではないか。まともに泊まったら、サービス料だの消費税だの込みで一泊五万円は下らないであろう豪華ホテルだ。もちろん、私は宿泊したことがないどころか、喫茶室に足を踏み入れたこともない。衣食住にこだわらない火村のライフスタイルからすれば、馬鹿らしい宿泊料のはずなのだが、今回は特別の事情があった。大学の同僚が持っていた優待券を譲ってくれたのだそうだ。何でも、有効期限が切れそうなのに自分には東京に出かける用事がないから、と言って。おかげで、並みのシティホテル程度の料金で泊まれるというのだから羨ましい。

「高嶺《たかね》の花のダイナスティー・ホテルか。うまいことやりやがったなぁ。土産にバスローブでもパクってきてくれ」

「はしたないことを言うんじゃない。そんなことが公になって脛《すね》に疵《きず》を負ったら、警視庁も大阪府警も現場に入れてくれなくなるだろう」

「犯罪の現場で実際の捜査に飛び込むフィールドワークを研究手法としている火村助教授としては、ケチな窃盗事件を起こして警察との協力関係に罅《ひび》を入れるわけにはいかないわけか」

「本当にあそこのバスローブが欲しいのなら買ってきてやるよ。一万円札がいるだろうけどな」

「手を差し出すな。判った。土産はボールペンでええ」

いじましい話をしているうちに、時間は流れていった。ふと腕時計を見ると、九時が近い。まだ早かったが、今夜は早く床に就きたかった。火村も察して、「切り上げるか」と言う。

「そうしよう。お前はせっかくリッチなホテルに泊まれるんや。滞在時間は一分でも長い方がええやろうし」

どこまでも発想が庶民的な私であった。苦笑する火村にしたところで、赤坂《あかさか》にあるそのリッチなホテルまでタクシーで乗りつけたりはしないはずだ。彼は、きっと電車で移動する。

「ダイナスティーには遠く及ばんけれど、俺も今日はふだんよりは奮発した。お互い、いいホテルでいい夢を見よう」

おのれの幸運を友人に分け与える度量の広さを示すためか、火村は「晩飯は奢る」と伝票に手を伸ばす。そして私は「無理するなよ、先生」と言いつつ、その手に伝票を握らせた。

平和な宵だった。

ラッキーな火村助教授。

彼の幸運が真っ逆様に反転し、とんでもない災厄に見舞われるのは、それから二時間半ほど後のことだった。

2

同じ頃。

武道館では、あるコンサートがクライマックスを迎えていた。

一万人の観客は総立ちになり、両の拳を振り上げて、スポットライトを浴びたロックスターに魂を捧げる。ステージの上で波打つ金髪を乱しながら絶唱しているカリスマの名は、ミルトン・ハース。

ツインリードのギターが疾走するのをミルトンのヴォーカルはやすやすと追い抜き、驚くほどの高音まで駈け上る。忘我の表情になった彼は、マイクスタンドを握りしめてドラムセットに飛びのった。そして、聴衆とともに繰り返し叫ぶ。

——Just like a hallucination!

まるで幻覚のよう、と。

会場の興奮は最高潮に達し、係員たちはステージに向かってくる観客を体当たりで制止しなくてはならなかった。ベースギターが合図のコードを送り、それに応えて曲は終わりにかかる。歓声が一段と盛り上がった。

マイクを抱えたまま、ミルトンがドラムセットから高く飛ぶと同時に、舞台の両袖《りようそで》でオレンジ色の光が輝いた。

照明が落ちる。ステージの左右の端の炎の柱だけが、しばし場内を照らした。悲鳴にも似た歓声と口笛。火柱が消えるとフットライトが灯り、ミルトンの姿を浮かび上がらせた。割れんばかりの拍手に、ロックスターは片頬だけで笑う。

「サンキュー・トーキョー。イッツ・ア・タイム・トゥ・セイ・グッドバイ。ウイ・ウィッシュ・ユー・ウェル」
掠《かす》れた声が告げた。前の曲とは打って変わった優美なアルペジオを十二弦ギターが奏でる。観客からどよめきと、大きな拍手が湧き起こった。ミルトン・ハースのファンならば、誰でも知っている歌が始まる。そして、その曲が終わる時がコンサートの終わる時であることも、ここに集まっている全員が承知していた。彼は形式的なアンコールというものを行なわない。カリスマとの別れの時が近づいたのだ。
「ミルトン!」「ミルトン!」と叫ぶ声があちこちから飛んだが、それもすぐに潮のように引いていく。彼の最後の曲は、別れを惜しみながらじっくりと耳を傾けるべきだから。連帯感に結ばれた馬鹿騒ぎはもう終わった。それぞれが独りになって、美しい歌が心の中で響くのを感じなくてはならない。誰もが、それを知っていた。
——Seeing is believing.
——Yes. I can fly.
胸にしみ入るバラードが終盤にさしかかったところで、ミルトンの両足がステージを離れた。彼の体は、重力に逆らってゆっくりと浮上していく。これまでビデオで観て知っていた奇跡。それが眼前で起きつつあることに観客は再びどよめいた。
——I can fly.
——Even if they won't believe it.

今や彼は、三メートルほども浮き上がっていた。歌いながら、さらに高くなっていく。観客は畏怖《いふ》の念とともに見上げ、ピンスポットがその姿を追う。この世のものとは思えない情景を、一万人が目撃していた。ミルトンが虚空をひと掻きすると、その体は水中にあるかのようにターンする。場内は静まり返った。よけいな声を発すると夢が裂け、次の瞬間にミルトンが墜落するかに思えたからかもしれない。

――We have a chance to find a miracle.

――You know what I mean.

囁《ささや》くように歌い終わった時にライトが消え、天井近くにあったミルトンの姿が闇に溶けた。まるで、この世の外に去ったかのように。

コンサートは終了した。

3

JR四ツ谷《よつや》駅で降りた火村は、上智《じょうち》大学を左手に見ながら築堤をそぞろ歩き、初めて泊まるホテルに向かった。四月の夜風が心地よい。ホテルニューオータニや赤坂プリンスホテルを目印にして、ダイナスティー・ホテルにたどり着いたのは九時半を過ぎた頃だ。

十階建てという規模は周囲の高層ホテルに比べると小さいものの、中身では決して引けを取らない名門ホテル。そこは、九州のある藩のお屋敷跡に建てられており、回遊式の日本庭園を持っていることが自慢だった。しかし、こんな遅い時間に着いたのでは、風雅な庭を散策することもできないし、窓から愛《め》でるのも無理だろう。結局はいつもより広いベッドで寝るだけだな、と冷めたことを考えつつ、彼はエントランスに入っていった。

ヴィヴァルディが流れている。音量はごく小さく絞ってあった。ヨーロッパのホテルに到着したような気がしたのは、あたりに香水の香りが漂っているからだろう。助教授は緋《ひ》色《いろ》の絨毯《じゅうたん》を踏みながらフロントに向かい、名前を告げる。「お待ちいたしておりました、火村様」と折り目正しく言いながら係員が浮かべた笑みは、いたって自然だった。火村は宿泊カードを記入すると、優待券を出してからクレジットカードの番号を控えさせる。すべての手続きは流れるようにスムーズで、なるほど、これが一流の接客というものか、と少し感心した。

「301号室をご用意いたしております。係の者がお部屋までご案内いたします」

カードキーを受け取った。傍らに待機していたボーイがすかさず火村が足許に置いていたスーツケースを取り、左手で軽くエレベーターの方角を示した。彼の後について歩きながら、火村は周囲に視線を泳がせる。大きなガラス窓の向こうに、常夜灯に照らし出された日本庭園が見えていた。散策がしたければ、窓の脇の短い階段を下りていけばいいらしい。観葉植物の陰にはティーラウンジ——今はバータイムだろうけれど——があるようで、間接照明の柔らかな明かりが洩れていた。微かな、それでいてどこか華やかなざわめきが聞こえてくる。飲み足りないな、と火村はそちらに気を惹《ひ》かれた。

エレベーターホールの奥には、高さが二メートルはありそうな焼き物の壺が佇立《ちょりつ》していた。けばけばしいまでに豪奢《ごうしゃ》な年代物の伊万里《いまり》焼だ。日本人の嗜好《しこう》からは逸脱しているので、江戸時代にシルクロードを経由し、中近東かヨーロッパに献上されたものを逆輸入したのかもしれない。

「当ホテルは初めてでいらっしゃいますか？」

白いマオカラーの制服に身を包んだボーイは、エレベーターのボタンを押してから愛想よく尋ねる。

「ええ。落ち着いた、いいホテルのようですね」

「お褒めの言葉を賜《たまわ》り、ありがとうございます。——ただ、今夜は少しばかり落ち着かないことがあるやもしれません」

チンと鳴り、金色の扉が開いた。下りてきたケージに「どうぞ」とボーイはお客を促す。乗り込んでから、今度は火村が尋ねる番だった。

「今夜は、というと？　何か落ち着けないことが起きるんですか？」

館内で夜間に工事でもしているのだろうか、と気に掛かった。

「もしかすると、外が少しの間だけ騒がしくなるかもしれません。窓をお閉めいただいていれば大丈夫かと存じます」ボーイは3のボタンを押して「外国の人気ミュージシャンがお泊まりでございまして」

「へぇ。で、そのファンが追っ掛けてきて、窓の下できゃーきゃー騒ぐかもしれない、ということですか」
「はい。非常識なことはなさらないと思いますが、熱狂的なファンがいらっしゃるような
ので」
「何というミュージシャンなんですか？」
「ミルトン・ハース様とおっしゃいまして、アメリカのロックシンガーです」
「ミルトン・ハース？」
マジックもどきのギミックを取り入れたコンサートをするので有名だ。空中浮遊しなが
ら歌っているのを、テレビで観たことがある。
「ああ、知っていますよ。来日していたのか」
三階に着いた。ボーイは「右でございます」と案内をしてから、
「昨日、当ホテルにお着きになりまして、今日と明日、武道館で公演をなさいます。今夜
のコンサートを終えられて、そろそろこちらに向かいかけていらっしゃる頃かと存じま
す」
「ファンが乗ったタクシーの隊列を引き連れていないといいけれどね」
ボーイは微笑した。
「当ホテルには去年もお泊まりいただきました。その折には、五、六台のタクシーをお連
れになりました。ただ、あれからさらにお人気が上がったようですので、今夜はどうでご
ざいましょうか」

わずかに湾曲した廊下にも緋色の絨毯が敷き詰められていた。瀟洒《しょうしゃ》な照明が点々と壁を飾っており、各部屋はポーチを備えていた。301号室は東の端にあたるらしく、エレベーターから最も離れている。

ボーイはカードキーをスリットに滑らせて解錠し、「どうぞ」と火村を通した。さすがに広かった。ふだん泊まる部屋の優に三倍以上はある。ダイナスティーでは、これで一番狭いタイプの部屋なのだ。

「いい部屋だ」彼は満足して呟く。「ミルトン・ハースの部屋にはかなわないんだろうけれど」

向こうはVIPだ。最上階のエグゼクティヴ・スイートルームに泊まるのだろう。一泊三十万円ほどか？　それどころではないのか？　火村には見当がつきかねた。

ボーイは、非常の際の避難経路に続いて、テレビのつけ方や電話のかけ方、電動式で開閉するカーテンの仕組みを説明してくれた。テレビや電話はともかく、カーテンの開閉の仕方は聞いていないと無様にまごつくところだった。

「他にご不明の点はございませんか？」

「ありません。どうもありがとう」

キーを受け取る。

一礼してボーイが去ると、火村はカーテンをわずかに開いてみた。庭園が見下ろせるということは、眺めのいい側に当たったわけだ。もっとも、この時間では大して意味はないが。

バスルームを覗いてみると、これがまた豪勢だった。洗面台は大理石ばり。鏡は、襖《ふすま》を横にしたほどの大きさがある。部屋の隅にはシャワールーム。バスタブは充分に足を伸ばせるだけの広さがあって、膝を折り曲げて樽《たる》に入るような気分になるビジネスホテルのユニットバスとは別世界のものだ。彼は短く口笛を吹いた。

「こりゃ贅沢だ」

つい独り言がこぼれた。

たまにはこんなことがあってもいいだろう、と思いながら窓辺のソファでキャメルを一服ふかし、腕時計を見る。十時まで間があった。明日は京都に帰る以外に予定がない。朝寝をして、朝風呂につかってからチェックアウトをすればいいのだ。となると、やはり今夜はもう少し飲みたい。煙草が灰になったところで、キーを摑んで立ち上がった。

ロビー階に下りて、ラウンジへ。席はほとんど埋まっていた。ここも今夜は満室なのだろう。犯罪社会学会があって、ミルトン・ハースのコンサートがあって、おそらく他にも色々なイベントがあって、今日の東京は大忙しだったのだ。

ご苦労さま、東京。

蝶《ちょう》ネクタイの女性フロア係が寄ってきたので、問われる前に「独り」と人差し指を立てた。幸いなことに、奥まった窓際の喫煙席が一つだけ空いていた。スコッチのソーダ割りとチーズを何種類かオーダーし、暗い庭を眺める。かつては六月になると、この庭に蛍《ほたる》を放つ催しがダイナスティーの名物だったが、数年前に取り止めになったはずだ。生き物をおもちゃにするのを自粛する、ということらしい。どこか偽善的な配慮にも思えたが、都心にいながらにして蛍を愛でるのもふしだらなので、やめたのは正しい判断だろう。

酒がきた。独りでグラスを傾ける。

常夜灯の明かりがかろうじて届くあたりに、二階の端に続く階段があった。最初は気がつかなかったが、目が暗さに慣れたので見えてきたのだ。その部屋からは、直接、庭に下りることができるようだ。待てよ、あれは自分の部屋の真下ではないか？

そこだけ窓の配置が違っているようだったが、植え込みに隠れていてよくは判らない。特別なタイプの客室なのかもしれない。カーテンが半ば開いていて、明かりが洩れている。

周りのテーブルを見渡すと、高級そうなスーツに身を包んだアジア系ビジネスマンのグループ、芸術家風のカップル、マスコミ人種らしきグループなど、様々だ。どの口もよく動いていたが、はしたない大声でしゃべっている者はおらず、いたって雰囲気はよかった。いつもとは違った時間が、ゆるゆると通り過ぎていった。何杯かのグラスを空ける間、色んな想念が脈絡なくよぎっていくのは、あたかも自分の頭の中で見知らぬ他人が勝手な話をしているようだった。

気がつくと、あちらこちらに空席が目立っていた。時計を見て、あっという間に一時間半が過ぎているのを知る。これほど無為に独りの時間を潰したのは久しぶりだ。おそらく、こんな時間が必要だったのだろう。

　立ち上がりかけて、思わず一歩よろめいた。疲れた体にアルコールがよく回っているのだ。やれやれ、あれしきの量で足がもつれるとは腑甲斐ない。体勢を立て直して、出口に向かった。しかし、部屋番号と名前を伝票に書き込み、エレベーターホールへ踏み出したところで、またよろける。苦笑しながら舌打ちした。

ちょうど着いたばかりのケージがあった。白髪にスパンコールを散らした派手な老婦人に続いて滑り込み、3のボタンを押す。壁に寄り掛かったと思ったら、すぐに扉が開いた。老婦人も火村とともに下りる。廊下を右と左に分かれしなに、二人は「おやすみなさい」と挨拶を交わした。

右の一番奥の部屋。廊下をまっすぐ行った突き当たりの左側。

ポケットから取り出したキーを手に、火村は湾曲した廊下をゆっくりと進んだ。酔いに手伝ってもらって、すぐに気持ちよく眠れそうだ。あの柔らかそうなベッドに体を投げ出すまで、あと二十歩ほどか。あと十九歩。十八歩……。

突き当たりの部屋が見えてきた。一夜だけの自分の城。その向かいの部屋の前に、大柄の金髪の男が立っていた。

　何をしているんだ?

　白いシャツに黒いレザーパンツという出で立ちで、背中を丸めてノブをガチャガチャといじっている。そして、圧《お》し殺した声で「フランキー……、フランキー……」と繰り返していた。キーを持たずに部屋を離れて締め出されてしまい、ドアを開けるよう中の連れに呼びかけているのかもしれない。起きてやれよ、フランキー。

どうしても助けが必要ならばフロントに頼むだろうから、おせっかいをすることもあるまい。火村は、そ知らぬ顔をして自分の部屋のキーをドアに差し込みかけた。

「ヘイ！」

金髪の大男がものすごい形相で振り向き、火村の手首を摑んだ。驚くほどの怪力だ。

「ホワット・アー・ユー・ドゥーイング？」

二人の口から、ほぼ同時に同じ言葉が放たれた。何をしているんだ、だと？　それはこっちの台詞だ。相手はかなり酔っているらしく、酒臭い息を吐いていた。白いシャツの胸許が大きくはだけている。

「マイ・ルーム。ゴー・アウェイ」

俺の部屋だ、とはふざけている。この酔っ払いめが、と火村は気色ばみ、301号室は私の部屋だ、と強い語調で言い返した。

「酔っているのか？　ここは201号室だ。フロアを間違えている」

お前こそ間違えている、と言いかけたところで、助教授はドアのプレートを見た。そこには確かに201とあった。どっちが酔っ払いだ、とバツが悪かった。自分より先にエレベーターに乗り込んだ婦人が二階のボタンを押したのを見逃したのだ。

「失礼をして申し訳ない。私が勘違いをしていた」

詫びると、男は何かもごもごと呟きながら大きな指輪を嵌めた右手を振った。判ったなら早く行け、ということらしい。火村は「グッド・ナイト」と言って去りかけた。

もし、彼が振り返るのがもう一秒遅れたら、二分ほど後には301号室に帰り、五分後にはベッドに入っていたかもしれない。そうすれば、十分後には楽しい夢の国で遊べたかもしれないのだが……運命は悪さをした。

どこかで見たことがある顔だな、と思ったとたんに、火村は気づいてしまった。

「ミルトン・ハース……」

彼はくるりと振り返り、金髪の男の方に戻りながら尋ねる。

「アー・ユー・ミスター・ミルトン・ハース？」

201号室の男は向かいの部屋のフランキーを呼び出すのを諦め、自分の部屋に戻ろうとしているところだった。が、突然、火村に声をかけられて、ぴくりと顫えて静止する。ちょうど、ドアが半ば開いた瞬間だった。

「あなたは、ミスター・ミルトン・ハースでしょう？」

それは反射的な質問だった。相手がミルトンだったら、サインや握手を求めたかったわけではない。ただ、非礼なことをした埋め合わせに、「日本公演の成功を祈っています」ぐらいの言葉を贈りたかっただけなのだ。

ところが、振り向いたはずみで、火村は見てしまった。開きかけたドアから、201号室の中を。そこには、口をOの字に開けたまま床に倒れた女の姿があった。その舌根《ぜっこん》は、喉の奥に落ち込んでいるようだ。

死んでいる。

火村の口許から微笑が消え、眉根に皺が刻まれるのをミルトンは見逃さなかった。二人の視線がぶつかる。

「あの女は死んでいるんだろう。あんたがやったのか？」

犯罪学者が言った次の瞬間、彼の右手首は再び自由を失った。離せ、とどなる暇もなければ、振り払う間もない。金髪の男は激情をあらわにして、爪先《つまさき》が宙に浮くほどの勢いで火村を引き寄せた。指輪が手首に食い込んで、激しく痛む。ドアの枠を摑んで踏ん張り、抵抗しようとしたのだが、不意を衝かれた形勢の不利は逆転しなかった。

「見やがった」

悲痛な声を搾《しぼ》り出しながら、ミルトンは火村の顎のあたりを鷲摑《わしづか》みにすると、彼の体を201号室に押し込んだ。

4

突き飛ばされた火村は、床の死体に躓《つまず》いて転倒した。ミルトンは、倒れた彼を見下ろし、後ろ手にドアを閉める。青い両目がぎらぎらと光っていた。

火村はすばやく立ち上がろうとしたが、ブーツを履いた右足に肩を蹴られる。そのまま踏みつけられる気配を察した彼は、黒いレザーパンツのふくらはぎを二の腕で払った。怒声をあげながらロックミュージシャンはひっくり返り、火村に向かって倒れてきた。彼は体をひねってかわし、相手と入れ違いに上体を起こす。

取っ組み合いをしている場合ではない。早くここを出て事件の発生を報せなくては。そう思ってドアに手を伸ばした時、むんずと足首を摑まれた。ちっ、と舌打ちして、火村はミルトンの顔に蹴りを入れようとする。が、思ったほど体は敏捷《びんしょう》に動かなかった。アルコールが彼の運動能力を低下させていたのだ。彼の左足は空を切る。

「Aaaaaah!」

獣のごとき奇声とともに、ミルトンは火村の脚を力まかせに捻《ね》じった。逆らうと骨が折れる、と感じた犯罪学者はそのまま床に身を投げる。受け身の姿勢をとるのは間に合ったが、足首に鋭い痛みが走った。まずい、と脳裏で黄色いランプが点灯する。

すばやく体を起こしたが、ミルトンは毛深い右手を突き出し、喉を絞めてきた。死体にして、女の横に転がすつもりか。そうはいかない。火村はその手首を摑み、渾身《こんしん》の力を込めてひねり上げた。悲鳴とともに相手の手が離れる。しかし、攻撃が怯《ひる》んだのは束《つか》の間《ま》で、すぐさまジャケットの胸ぐらを摑まれた。薔薇《ばら》色に紅潮した顔が、目の前にくる。

「ふざけるな」

火村は怒りを込めて、その額に頭突きを見舞った。だが、ミルトンはジャケットを摑んだ手を今度は離さなかった。火村も相手のシャツの胸ぐらを摑み返し、荒い息をしながら、二人はそのまま立ち上がった。恐れていたとおり、ひねった右の足首に痛みがある。立つだけならば支障はないが、立ち回りをやらかすとなると大き過ぎるハンデだった。ドアは、ミルトンの背後にある。火村を絶対にこの部屋から出しはしない、というつもりなのだろう。

「落ち着け。何があったか話してみろ」

話しかけることで冷静さを取り戻すかもしれない、と期待したのは虚しかった。ミルトンは、口の端からよだれを垂らして拳を突き出す。鈍いパンチではないが、充分に見切ってよけられた。十代の一時期、グローブをつけてリングに上がった時の感覚が甦《よみがえ》る。火村はファイティング・ポーズをとり、つんのめったミルトンのこめかみに右フックを放った。体重がのっていない分、腕の振りが鈍かったが、金色の長髪をなびかせつつ相手は壁に飛んだ。

口の中を切ったらしい。ミルトンは二、三度頭を振ってから、唇の端を伝う血を掌で拭った。

「お前を生きてここから出さない」

よく聞き取れなかったが、凄《すご》んでそんな意味のことを言ったらしい。本気で言っていると仮定した方がよさそうだな、と思った。厄介な事態だ。ひと仕事を終え、心の平和に浸《ひた》ろうとしていた夜が台なしではないか。

「俺を部屋から出せ。もう酔いは完全に覚めたぞ」

ミルトンは応えず、大きく振りかぶって殴りかかってきた。それをかわして体を入れ替えようとしたのだが、金髪の男は火村のスラックスのベルトを捕える。その横っ面に肘打ちを食らわせたのだが、接近しすぎていてダメージを与えられなかった。ミルトンは、にやりと不敵に笑う。

「この野郎。離さないと——」

言い終わらないうちに、ミルトンは裂帛《れっぱく》の気合いとともに、彼の体を担いで持ち上げた。まさか、と思うほどやすやすと。しまった、と声に出さずに叫んだ。腕や脚を振り回しても、この姿勢では無駄だ。火村は歯嚙みをして、どこをめがけて自分が投げ飛ばされるのかを見極めようとした。

「地獄へ堕《お》ちろ」

言葉とは裏腹に、ミルトンが火村を投げた先はベッドだった。大きくバウンドし、肩から壁にぶつかる。左の肩が、かっと熱くなった。プロレスをしに来日したわけでもないのに、この馬鹿力が。火村は、ずきずきと痛む足首をかばいながら、転がるようにしてベッドから下りた。

奴はどこだ？　どっちからくる？

顔を上げてみると、ミルトンは死体の傍らで蹲《うずくま》っていた。片方の膝を抱いて、苦しげにうめいている。

「ヘイ。どうした、ロックスター？」

挑発的な呼びかけは無視された。ミルトンは両肩を顫わせながら、子供のように平手で床を叩く。女を殺してしまった悔恨に苛《さいな》まれているのか？

ベッド脇のテーブルの電話が目に留まった。火村は受話器を取ってフロントにダイアルしようとしたのだが、呆れたことにコードが切断されていた。室内を見ると、ソファやテーブルの配置がずれていて、ひと暴れをした跡が窺える。殺される前に女が激しく抵抗をした痕跡か。その際、ミルトンは興奮のあまりか、凶器にしようとしたのか、電話のコードまで引きちぎったのだ。だから、向かいのフランキーにコールすることができなかったわけか。火村は役に立たない受話器を床に投げ捨てる。

「ミルトン・ハースだろ。どうしてこんな無残なことになったんだ？」

返事がない。金髪の男は、放心したように座ったままだった。そのまま動かないでいてくれれば部屋から出て行けるだろうが、場所がよくない。彼はドアのまん前で固まっているのだ。火村が廊下に出るのを、看過してはくれないだろう。

ここは二階だ。窓から外に出るのはどうか？　そう、この部屋の窓を開けると、庭に下りる階段があるはずだ。足首の痛みをこらえてダッシュすれば、ミルトンより先に窓にたどり着けるでは……。いや、それは甘いか。テーブルとソファが進路をちょうど阻んでいる。

「イエス」

うつむいたまま、不意に男が言った。ミルトン・ハースか、という問いに対する答えだろう。

「今夜はコンサートがあったんじゃないのか？」

会話が成立するかどうか、火村は試してみる。

「悪くない出来のコンサートだったさ。オープニングの曲で、一ヶ所だけ入るタイミングを間違えたけれどな。たいていのお客は気がつかなかっただろう」

ちゃんと応える。話をして相手の気をそらして、その間に窓の方に忍び足で移動できるかもしれない。火村は、そう考えながら立ち上がったのだが——

「出て行こうとしたら、次は手かげんしない。天井に叩きつけてやるからな。柔道だろうが空手だろうが、俺はへっちゃらだ。親切な警告だろ？」

「さっきベッドに投げたのは手かげんだって？　足許がふらついてそうなったくせに、へらず口をきくな」

ミルトンは噎《む》せた。笑おうとしたのだろう。

「俺の趣味は筋肉トレーニングだ。ホームページを見ているファンなら知っているんだがな。穴蔵みたいなスタジオで、蒼白《あおじろ》い顔のままギターを弾いたり歌ったりしているだけじゃない。あんたを窓から庭に投げ落とすことも楽々とできたさ」

「マッチョなんだな。それで元気が余って女を絞め殺しちまった、というわけか」

わざと刺激してみたが、反応しない。脱力してしまったらしい。

「俺はここから出て、この部屋でトラブルが発生したことをホテルに伝える。腕ずくで阻止するか？　無駄なことはよせ。いつまでも籠城するわけにはいかないぞ」

ミルトンは火村をにらみつけた。まだ殺気が消え去ってはいない。ワイルドだが甘いマスクをしたスターという評判だったが、どうしてどうして。異常な心理状態にあるせいなのか、ひねこびた邪悪なご面相だ。眉間《みけん》には、どうしたらそんな形になるのか、と思うほど複雑な皺が寄っていた。

「あんたが出ていく。しばらくしたら警察がうじゃうじゃと蝗《いなご》のように飛んできて、俺の人生はそれで終わり。ごめんだな。日本の監獄なんかにぶち込まれてたまるか」

ざらついた口調だ。

「じゃあ、何が希望なんだ。ベッドにもぐり込んで朝まで眠って、目が覚めたら死体がなくなり、浴室のバスタオルも新しいものに交換されている、というファンタジーが望みか？　馬鹿を言うな」

ミルトンは頭髪を掻きむしる。子供じみた仕草だった。

「やったんだろう？」

火村は突き放すように訊く。

と、うずくまった男はきっぱりと首を振った。

「俺はやっていない」

「やっていない、とは」火村は目を細めて「どういうことだ？」

「英語が判るんじゃないのか？　俺は人殺しなんかしていない、と言ってるんだ」

ミルトンは額に手をやって、顔を伏せたままだった。表情が読み取れなくなった。

「そうすると、そこで首を絞められて死んでいる女は誰に殺されたって言うんだ？」

「訊くな。俺には説明できない。判る奴がいたら教えて欲しい」

火村には、相手の真意が測りかねた。お前が犯人に決まっているではないか。

「やっていない、か。コンサートを終えて部屋に戻ってきたら、死体が転がっていたとでも？」

「いや、その時はなかった。死体もないし、こんなふうに部屋がちらかったりもしていなかったさ。クリーンで快適な部屋だった。それが……」

「いつ、どうしてこうなった？」

「さっぱり判らない」

判らないのはお前の話だ。

火村は死体のそばに歩み寄る。逃げようとしていると誤解したらしく、ミルトンは、はっとして身構えた。

「まだ出て行かないから安心しろ。俺は死体を見るのは慣れているんだ」

「医者なのか？」

「違う。犯罪学者だ。シーン・オブ・クライムを研究室にしている」

ミルトンは疑りの視線を向けた。

「いいかげんなことを言っているんじゃないだろうな。あんたが本物の犯罪学者かどうか確かめようにも、どんな質問をしたらいいのか俺には判らない」

「あいにくだな。ロックミュージシャンのように、歌ってみせて証明するわけにはいかない。信じればいい。この場面で俺が犯罪学者のふりをしたところで、得をするわけでもない」

「もっともらしい言葉で俺を言い包《くる》めようとするかもしれない」

「ならば、頭を働かせて言い包められなければいいだろう」

ミルトンは低くうめいた。

「……あんたの名前を聞こうか、プロフェッサー」

「火村。正確には、アソシエート・プロフェッサーだ」

「ヒムラーだって？　とんでもないな。そいつは、ホロコーストの指示をしたナチスの大臣の名前だ」

ヒムラーではなく火村だ、と助教授は訂正した。ミルトンは、その名を何度か口の中で反復する。聞き慣れない異国の名前を呪文《じゅもん》のように唱えて、目の前の忌まわしい現実から逃避しようとしているかのように。

死んでいるのは、若い女だった。せいぜい二十代の半ばか。生前は整った顔をしていたように窺える。長袖の黒いTシャツに、ブラックジーンズというラフな恰好で、腕時計も安物らしい。ジーンズの裾《すそ》からアンクレットをした足首が覗いていた。失禁した痕がある。

火村は屈み込んで、死体の頸部を観察した。まぎれもなく扼痕《やっこん》である。親指と爪の痕が明瞭《めいりょう》に遺っており、表皮の剝脱《はくだつ》が見られる。特徴的な傷が中央の向かってやや右にあった。被害者が犯人の手をもぎ取ろうと抵抗した防御創——上下方向に走る線状痕——も顕著だ。顔面の鬱血《うっけつ》の程度からすると、死後、ずっと仰向けのままだったのだろう。甲状軟骨の上角あたりを人差し指で押してみると、骨折しているようだった。下顎の関節部にも触れてみた。死後硬直は、まだ始まりかけたばかりだ。

「死んでから二時間とたっていないな。今が」腕時計を見て「十一時四十五分だから、彼女の死亡時刻は九時四十五分以降だと推定される。もちろん、犯罪学者の見立てだからアバウトなものだけれどな」

「九時四十五分なら、俺はまだここに帰ってきていなかった。武道館からここに向かう車の中にいた」

「九時四十五分以降に殺されている、と言ってるんだ。つまり、あんたが帰ってきてから殺されている」

ミルトンは「くそ!」と顔をしかめた。

「悪態をついている場合じゃない。現実を直視しろ」

「俺はやっていない。これは……そう、罠だ。誰かが俺を陥れようとしているのさ。畜生！」

火村は溜め息をついた。下手な芝居なのか、はたまた妄想なのか、判断がつかない。

「助けてくれ、プロフェッサー。あんたが本物の犯罪学者なら、俺をここから救い出すこともできるだろう？」

ミルトンは中腰になり、両腕を広げて懇願しだした。頼まれても、できる相談とできない相談がある。

「安請け合いはしない。しかし、俺が尋ねることにあんたが誠実に答えるのならば、可能なかぎりのことはしよう。日本には、袖がすり合ったのも前世からつながった縁である、という仏教的な言葉がある。袖がすり合うどころか、あんたと俺とは格闘までした仲だからな」

「ありがたい」とミルトンは両掌《りょうて》を合わせた。火村のことを、敬虔《けいけん》な仏教徒と勘違いしたのかもしれない。

「まず訊こう。もう酔っていないな？　さっきは俺もほろ酔いだったが、あんたは酩酊《めいてい》していただろう」

「らしいな。しかし、もう酔っていない……つもりだ。ただ、悪夢の中にいる気分がしている」

火村は胡坐《あぐら》をかいて床に座った。

「酒に酔っていないとしても、クスリで飛んでしまっている場合もある」

「やっていないさ」彼はかぶりを振る。「やばいクスリは持ってきていない。この国はポール・マッカートニーを牢屋《ろうや》にほうり込んだんだろ？　ミック・ジャガーがなかなか入国できなかった、とも親切なプロモーターから聞いている」

「日本におやつを持参してきていないにしても、アメリカでは日常的にやっているのか？」

「今はほとんどやっていない。筋肉トレーニングが趣味だからな。まぁ、昔はかなりハードなクスリも楽しんだけれど」

「フラッシュ・バックが出ることは？」

「ないよ。……めったに」

ちょくちょくあるのかもしれない。時として危険だ。

「よく理性をなくす方か？」

「いいかい、プロフェッサー。俺の仕事は、大学の教壇に立って小難しい講義をすることじゃない。お客の理性を弾け飛ばしてなんぼだ。素面《しらふ》でいる時間は、きっとあんたの何分の一かしかないだろう」

「ワイルドな仕事をしている、と言いたいわけだ」

ミルトンは不愉快そうだった。

「俺はアーチストだ」

「ああ、そうかい。じゃあ、ミスター・アーチスト。質問に答えてくれ。ここは武道館でもなければマディソン・スクウェア・ガーデンでもない。俺のステージである殺人現場だからな。――この女性が何者か知っているか？」

アーチストは、こくりと頷いた。

「名前はジュリ。カンノ・ジュリだ」

「日本人か？」

また頷く。ジュリというのは、樹里とでも書くのかもしれない。菅野あるいは神野樹里か。

「どうして知っている。あんたのファンなのか？」

「そうだ。去年の四月に来日した時に、お忍びで遊びにでかけた六本木《ろっぽんぎ》のクラブで知り合った。向こうからファンだと言って近づいてきたんだ。キュートだったので、俺が気に入って、バンドの連中やクルーたちと一緒に酒を飲んだ」

「飲んだだけか？」

「その夜は。あくる日は、大阪に移動だった。彼女はついてきた。大阪の夜は、彼女と二人で過ごした」

「まだ学生にも見えるな」

「大学でメルヴィルの研究をしている、と言っていた。あんたほどではないが、英語は流《りゅう》暢《ちょう》だった」

「大阪の夜以来、どういう関係を続けていたんだ？」

「俺は帰国したから、それっきりだ。電子メールを交換するぐらいで」

「おやおや。あんたは世界中にメールフレンドがいるのか？」

「両手で足りる程度だ。コンピュータの前で一日何時間も費やす暇はない」

「それだけジュリが気に入った、というわけか」

「彼女はスマートな女だった。俺の音楽について、的確な批評ができた。音楽上の迷いについても、有益なアドバイスをくれた。ただのファンじゃない」

「今夜、そんな女性を失ったのか。悲しい話だな」

「同情してくれ。そして、ジュリのために祈ってやってくれ」

ミルトンは胸の前で両手を組んだ。

「ちょうど一年ぶりに来日するにあたって、ジュリとどんな連絡を取り合った？　会いたい、と言ったのはどちらだ？」

「彼女だ。俺も同じ気持ちだ、と返事を送ったよ。今夜、このホテルで会うことにしていたんだ」

「ホテルのどこで？」

「この部屋だ。俺の部屋に、ジュリがやってくる予定だった」

俺の部屋と聞いて、火村の胸に疑問が湧いた。見渡したところ、２０１号室がいい客室であることに間違いはない。広さは301号室の一・五倍はあるし、調度もより高級だ。しかし、ミルトン・ハースほどのスターならば、最上級の部屋をあてがわれるべきではないのか？

「どうしてスイートに泊まっていないんだ？」

「去年は最上階に泊まったさ。ここのエグゼクティヴ・スイートは最高だな。ただ、ジュリと密会するには不向きなんだ。スイート専用のエレベーターを使わないと上がれないから。セキュリティーが厳しいんだ」

「あんたが『これこれこういう女の子がきたら通してやってくれ』とホテル側に伝えておいたらすむんじゃないのか？」

「そんなに自由な身でもないんだ。ツアー中に問題が起きてはまずい、というんで、ファンを部屋に通すなんて許されない。それに、こう見えて俺はシャイなんでね。『女を通せ』とは……」

「本当か？」

ミルトンは鼻で嗤《わら》った。

「そういう反応には閉口するね。あんたら、ロックスターに偏見を抱いてるんだ。若い娘にきゃーきゃー騒がれて、コンサートの後はより取り見取りで喰《く》い散らしている、とでも想像してるんだろ？　馬鹿な嘘を吹聴《ふいちょう》する女がいるからな。『私、ミルトンと寝たのよ。彼、ベッドではすごく優しいの』てな具合に。くだらない」

もういい、と火村は両掌で制した。

「判ったよ。シャイなあんたは、彼女と逢瀬《おうせ》を楽しむためにスイートを避けた。しかし、あんたが二階に泊まるとなったら、ここのセキュリティーが厳重になるだろう？」

「警備員がこのフロアを巡回する頻度を上げる、と言っていた。とはいえ、立哨《りっしょう》して張りつくわけでもないし、廊下には監視カメラがあるでもないからな。治安のいい日本のホテルの美点だよ。アメリカなら、このクラスのホテルには必ずカメラが備えつけてある。それに、俺がスイートに泊まっていないとは思わないだろう？　かえって安全かもしれない、とみんなも納得していた」

「かえって安全だから二階にしてくれ、と頼んだのか？」

「……ちょっと違う」彼は、少し言い淀《よど》んだ。「もっとユニークな方便を使った。『ダイナスティー・ホテルのスイートには、邪霊が憑《つ》いているから泊まりたくない』と言ったんだ」

「邪霊だって？」火村は肩をすくめた。「ふざけた理由だな。ワイルドでマッチョなミルトン・ハースがそんなことを言うのを、周りは信じるのか？」

「ああ、信じるね。何故なら、俺には本当に邪悪な霊が視えるからだ」

喉や肉体を鍛えるのもいいが、知性も磨いた方がいい。

「何だよ、その白けた目は。あんたはスピリチュアルなものの存在を信じないのか、プロフェッサー？　馬鹿にすると承知しねぇぞ」

ミルトンは腰を浮かせて、右手を突き出してきた。火村はそれを強く払う。

「スピリチュアリズムについての議論は別の機会にしよう。あんたには霊が視える。それでいいさ。実在するか否かは措いて、本当に視えるんだろうからな」

「実在するに決まってるだろ。あんたは自分の精神を視たことがあるか？　解剖したって、それは視えない。でも、精神の実在を疑う人間はいない」

「議論はしない、と言っているだろう。吼《ほ》えるな」

ミルトンは、ぎりぎりと音をたてて歯軋《はぎし》りをした。火村の態度が不遜で容認できないらしい。

「……俺には、視えるんだ。先月もシカゴのホテルのスイートで恐ろしいものを視た。ぼろぼろのドレスをまとった東洋系の女の霊だ。夜の海みたいに真っ黒な髪を肩まで垂らした、無気味な女だったよ。美人なんだろうが、顔が飴《あめ》の棒をひねったように捻《ね》じれていた。思い出しただけで、背筋が粟立《あわだ》つ。いるんだよ。世界中をツアーして回っていると、あっちやこっちのホテルで、色んなものを視てしまうんだ」

「昔やってたクスリの影響かもしれないぞ。それがフラッシュ・バックだ」

「違う！」

ミルトンが床を蹴り、のしかかってきた。馬乗りになって、喉に両手を掛ける。火村はさっきよりも強烈な危険を感じ、ちぎれた受話器を窓に投げつけて助けを求めなかったことを少し悔いた。自然に目がそちらの方にいったのだろう。ミルトンは火村の視線を追って受話器に気づくと、それをベッドの下に蹴り込んだ。

両の親指が頸動脈を圧迫する。九十キロはあろうかという巨体を撥ね上げるのは困難だ。彼は、苦労しながら右手をミルトンの左腕の内側に潜り込ませると、相手の鼻を目がけて思い切り下から突き上げた。顔の中央を押さえて、アーチストは跳びのく。鼻孔から鮮血が流れていた。

「お前、真面目にやる気があるのか?」

ミルトンの白いシャツに、ぽたぽたと血が滴る。火村はライティング・デスクにあったティッシュペーパーの箱を摑むと、うずくまった男のそばの壁に投げつけた。

「なんて……なんてトラブルだ……なんて悪夢だ……」

ミルトンは泣き出さんばかりの弱気な声を出す。それでも、火村が部屋から出ていくことだけは断固阻止するつもりらしく、体をずらしてドアを背にした。

「やり直しだ」

火村は乱れた呼吸を整える。

「コンサートが終わってからのことを、順に話せ」

6

突如として取り乱したミルトンだが、またおとなしくなった。しかし、いつまた爆発す箱を取りに立った際、足首がかなり痛んだ。相手が死に物狂いで暴れだしたら、ただではすみそうにない。

「コンサートが終わったのは九時過ぎだった」

ミルトンはなおも流れ落ちる鼻血をティッシュで拭い、語りだす。

「楽屋に戻ってひと休みして、会場を出たのが四十分くらいだっただろう。バンドの連中は音楽雑誌のライターと食事に行くことになっていたが、俺はパスした。疲れたので部屋でルームサービスをとって食べる、と言って断わったんだ。もちろんそれは口実で、本当の理由はジュリがくるからなんだけれどな。ホテルまでは車でものの十分もかからなかったんじゃないかな。十時にはこの部屋に戻っていた。ホテルに着くまでは、オカムラというプロモーターと一緒だった。よく気がついて、有能な男だ」

「ミスター・オカムラにホテルまで送ってもらったんだな？」

「そうだ。疲れているふりをしていたから、向こうは気を利かせて『ゆっくり休んでください』と言って、すぐに帰ったよ」

「ジュリは何時に訪ねてくることになっていたんだ？」

「どこかで様子を窺っていて、俺が帰ってきたのを確かめてから忍んでくることになっていた。もちろん、部屋番号はチェックインしてすぐメールで伝えてある。もしも警備員やスタッフに咎《とが》められそうだったらバルコニーから入ってくる、とも決めていた。この部屋のバルコニーは庭とつながっているからな」

「夜陰に紛れて侵入するために、彼女はあんな忍者のように黒ずくめの出で立ちだったのか。周到な打ち合せだな」

「ミッション・インポシブルだろ。——俺は彼女がくるのを信じて疑わなかった。さっぱり腹がへらなかったので、ルームサービスも頼まないで、じっと待ったよ。ところが、お姫様はやってこない。不測の事態が生じたらパソコンに連絡をくれることになっていたのに、それもない。俺は猛烈に苛々《いらいら》としてきて、奥のソファに寝そべってウイスキーを飲み始めた。それがよくなかった。自慢じゃないが、俺は酒にだらしがない人間でね。止まらなくなってしまうんだ。がぶがぶ飲んじまって、いつの間にか酔いつぶれていた」

「何時頃まで意識があったか覚えているか？」

「ふむ。——さぁな」ミルトンは天井を見上げて「思い出せない。多分、十一時過ぎじゃないかな。眠ってしまって、目が覚めたのは十一時半だった」

火村がバーの席を立った頃だ。

「そうしたら……そうしたら……」

ミルトンは目を不穏に爛々《らんらん》と輝かせながら、両手で虚空の何かをまさぐるような仕草をする。火村は緊張した。

「落ち着け。——そうしたら？」

「ジュリが、いた」

ミルトンは片手で顔を覆いながら、もう片手で女の死体を指差す。その指先は、小刻みに顫えていた。

「彼女が倒れていたんだな？」

「そう。ここに、今あるようにここに、このままの有様で転がっていた。まるで、捨てられたマネキン人形のように」

「空中から湧いて出てきたはずもない。あんたが眠っている間に、忍び込んできたんだろう。気がつかなかったのか？」

「気がつくもんか。夢も見ずに眠りこけていたんだ。三十分近く眠って、目が覚めたらジュリが死体になって部屋にいた。俺に話せるのは、それがすべてなんだ」

死体の腕時計を調べようとして火村が体を動かすなり、ミルトンは弾かれたように身構える。恐ろしく神経質な反応だった。「もっと楽にしていろよ」と言いながら、腕時計を覗く。時計は正確な時を刻んでいた。

「死体を見て、動転しただろうな」

「ああ。心臓が破裂しそうになった。駈け寄ってみたら、とっくに呼吸をやめているのが明らかだったし、おまけに頸《くび》には手で絞められた痕がついていたんだから。その驚きと戦《せん》慄《りつ》は、邪霊を視てしまった時とは比較にならない。こんな恐ろしい目に遭ったのは生まれて初めてだ」

「それは理解できるが、すぐにホテルに通報してしかるべきだろう。あんたは、そうしなかった」

ミルトンは、両腕を大きく広げる。

「ホテルに通報だって？　ああ、そりゃ当事者でない奴はそう言うだろう。しかし、その時の俺になったつもりでリアルに想像してみろよ、プロフェッサー。酒を喰らって眠って、目を覚ましたら部屋に親密にしていた女の扼殺《やくさつ》死体が転がっていた。『大変なことが起きた、すぐにきてくれ』と電話をかける気には到底なれないぜ」

「どうして？」

尋ねると、アーチストは歯茎をむき出して毒づく。

「この部屋には、殺されたジュリの他に俺しかいなかったんだぞ。酔いつぶれた俺だけだ。警察は、俺が彼女を絞め殺した、と判断するに決まっているじゃないか」

「唾《つば》を飛ばすな。——そうとは限らないだろう。あんたが意識をなくしている間に、ジュリともう一人別の誰かが入ってきたのかもしれない。そして、そいつが彼女を扼殺して逃げた。ドアはオートロックなんだから、鍵が掛かっていたとしても部屋のキーを持っているあんたがたちまち疑われるわけでもない」

「畜生、まるで判っていないな。鍵が掛かっていただけじゃない。部屋の内側からドアチェーンも下りていたんだ。おまけに窓も内側からロックされていたとなると、犯人は俺しかいない」

火村はわが耳を疑った。この男は錯乱している。色々な意味で。

「いいか、しつこいようだが落ち着くんだ。言っていることの筋が通っていないよ、ミルトン。あんたが目覚めた時、床の上にはジュリの死体があって、部屋のドアチェーンも下りていただって？　その上、窓も内側から施錠されていたとなると、犯人はどこから逃げたって言うんだ？　あんた以外に犯人が存在しないことは明白だ。受け容れがたいだろうが、あんたは人事不省のままジュリを殺してしまったんだよ」

「ところがやっていないんだ。あれしきの酔いで人事不省にまでなりはしないことを、俺自身がよく知っている。俺は、酔うとすぐに眠ってしまう質《たち》なんだ。それに、もしも泥酔していたとしても、どうして俺がジュリを縊《くび》り殺さなくっちゃならないんだ？　今くるか今くるかと、甘い気持ちで待っていたんだぞ」

そう反論されるのは判っていた。

「しかし、犯人が他にいるのなら、そいつはどうやって——」

「俺に訊かれても答えようがない。それが判れば悩んだりしない！」

「なるほど、道理だ。——ならば、もう一つの疑問について答えてもらおうか。あんたはホテルに通報する代わりに、向かいの部屋のフランキーに助けを求めようとしていたよな。フランキーというのは？」

ミルトンは苦しげに胸のあたりを掻きむしる。

「フランキー・カイル。このツアーのロードマネージャーだ。デビュー間もない頃から世話になっている。こんな場面で相談できる相手は、あいつしかいない」

「呼びかけても返事がないようだったが」

「ああ。いると思ったんだけれどな。彼は偏頭痛持ちで、今日も午後のリハーサル中に『頭が痛むから部屋で休養していてもいいか？』と言い出した。リハは順調に終わったし、とりたてて問題が起こりそうもなかったので、夕方にホテルに帰ってもらった。元気になって、夜の街に繰り出しやがったのかもしれない」

「そうかい。なら恨むぜ、フランキー。彼さえいれば、俺はこんなところに監禁されずにすんだのに」

それはいい。今、問題なのはそんなことではない。

「しかし、おかしな話だな、ミルトン。あんたの行動は支離滅裂だ。あんたは、密閉された部屋の中で死体と二人きりだったことがばれると警察から犯人扱いされる、と恐れたわけだろ？」

「そうだ」

「何を恐れる必要があったんだ？　ドアチェーンが下りていたり、窓が内側から施錠されている状況が自分にとって致命的に不利だと考えたのなら、そんなものをすべてはずしてしまえばよかっただろう。いや、現にあんたはフランキーに助けを求めるため部屋を出た際、ドアチェーンをはずしている」

助教授が言わんとしていることが、ミルトンにはなかなか理解できなかったようだ。しばし惚《ほう》けたように口を半開きにしていたが、やがて「オ、ウォ」と胴間声をあげた。

「俺は……混乱していたんだ」

「ああ、そうだろうよ。無茶苦茶に混乱していたんだな。おっと、頭を壁に打ちつけたりしないでくれ。まだ聞きたいことがあるからな」

「なんてこった。俺は、驢馬《ろば》の赤ん坊より愚かだった」

きつく唇を嚙み締めるミルトンを、火村はじっと見つめる。演技をしているとは思えなかった。しかし、覚醒《かくせい》した時、どこからともなく死体が現われていた、などという話は認められないが。

「しかし……しかし、だ」

彼はすがるような目を犯罪学者に向ける。

「すると、どういうことになるんだ？　……いや、どうにもならない。何も変わっちゃいないよな。缶詰みたいに密閉された部屋で、死体と二人きりだったことは間違いない。どんなに不利な状況だとしても、事実なんだ。誰がどう考えても、犯人は俺でしかあり得ない。それでいて、俺が犯人でないことは俺自身が知っている。おい、こういう時は、どうすればいいんだよ、プロフェッサー」

「あんたが望む答えを耳打ちできないのが残念だよ」

「冷たいことを言わないでくれ。俺たちは袖がすり合ったんだろ？　どこかで二つの運命がコネクトしていたんだ。今日のこの時のために、あんたは犯罪学者になったのかもしれない」

ほざけ。

ささくれ立った気持ちを鎮め、脳細胞を活性化させるために、火村は煙草が吸いたかったのだが、殺人現場でそれは憚《はばか》られる。ポケットの中で虚しくライターを玩《もてあそ》ぶしかなかった。

「フランキーに連絡を取る方法はないのか？　あれば、俺が持っているバトンを渡してやりたいんだが」

「駄目だ。あんたを解放するつもりはない。俺のトラブルの解決法を見つけるまで、あんたに自由はない」

「驢馬以下の頭でよく考えろ。そんなことをしても無意味だ」

ミルトンの口許に、ねっとりと残忍な笑みが浮かんだ。

「痛むんだろ、右の足首。もう一度気合いを入れてツイストさせてやろうか？　爪先と踵《かかと》の位置を入れ替えてやってもいい」

「とんだ災難だ」

火村は日本語で呟いた。ミルトンは小首を傾げる。

「ビッグ・トラブルだと言ったんだ。——よし、いいだろう。見事に解決してやる。ここは俺のステージだからな」

火村は携帯用灰皿を取り出し、パチンと音をたてて蓋《ふた》を開いた。

7

灰皿を片手にし、くわえ煙草で室内を見て回る犯罪学者の背後に、ミルトンは影のようにぴたりと張りついていた。逃走するそぶりを見せたら、間髪入れずに飛びかかるつもりなのだろう。火村が右足を引きずっているのを見て、にやにやと北叟笑《ほくそえ》んでいる。

まずはドア。鍵はさておき、問題はドアチェーンである。鎖がいかにも強靭《きょうじん》そうであるばかりか、受け金の部分にホテル名の浮き彫りが施されている凝りようだ。火村はふだん愛用している黒い絹の手袋をして、チェーンに異状がないか確かめた。

「廊下側からこのチェーンを動かすことができればいいわけだ」彼は足許を指差して「新聞を差し入れるために、ドアの下に一センチぐらいの隙間があるだろう。チェーンの先端部に釣り糸のようなものを結んでドアを閉め、廊下から操作すれば――」

「それは無理だろう」ミルトンは、ちっちと舌を鳴らす。「チェーンに糸を結んで引っぱっただけじゃ、何にもならない。どう操作するって言うんだ？」

火村は苦笑した。

「どうしようもない。だから、外から糸を使ってドアチェーンを掛けるのは不可能だ、と言おうとしたのさ」

「本当かよ。見当はずれなことを考えていたんじゃないのか？」

だな?」

「失敬なことを言うな。――それより、チェーンが掛かっていたのは絶対に間違いないんだな?」

「ああ。フランキーを呼びに行こうとした時、焦ってなかなかうまくはずれなかったのを覚えている。それに、チェーンが掛かっていなかったのなら、掛かっていたと勘違いして、わざわざ自分を窮地に追い込むわけがないだろ」

「いくらあんたが変わり者でもな」

部屋を横切って移動し、次に窓を見分する。分厚いカーテンを少しだけめくって錠を調べたが、施錠の際に押すボタンが固くて、細工の余地はまったくなさそうだった。

「これも無理だな」と火村が呟くなり、ミルトンは失望の深い吐息をつく。

「おい、頼りにならないな、プロフェッサー。そう簡単に諦めないでくれ。こっちは生きるか死ぬかの瀬戸際なんだ」

「現実はシビアだ。あんたも理解しただろう? 内側から密閉されたこの201号室から犯人が抜け出ることは、物理的に不可能だったのさ」

「いや、可能だったはずだ。俺はやっていないんだからな」

火村はキャメルを灰皿で揉み消し、奥のソファに腰を下ろした。ミルトンが不覚にも酔いつぶれたソファだ。テーブルの上にはウイスキーのボトルとグラス、それにノートパソコンが置いてあったのだが、火村がそれに目を留めるよりも早くにミルトンが取り上げ、キャビネットにしまった。武器にされるのを恐れたのだろう。現場保存も何もあったものではない。

火村はソファにゆったりと体を沈めて、室内を見渡す。右手の壁にドア。その真向かいの窓際に、奥のセットよりも小振りのソファが二脚とテーブルがある。位置が動いているが、本来、ソファはL字形にテーブルと向き合っていたのだろう。ベッドは真正面の壁際。その脇には、電気スタンドと電話を備えたナイトテーブル。部屋の中央にはゆったりとしたスペースがあり、がらんとしていた。床には特に瑕《きず》も汚れもない。

火村がいる奥まった側には、ソファセットの他にミニバーやテレビを収納した大型のキャビネットがあり、さらに奥のドアが浴室とトイレに通じている。キャビネットの横にクロゼット。そのあたりに、ミルトンの大きなサムソナイトが置いてあった。

「ジュリが犯人と揉み合ったのは、あちら側のテーブル付近のようだな」

「だろうな」ミルトンは後ろから火村の肩を叩く。「それぐらいは、FBIにいたことがない俺にだって指摘できるぜ」

「あんたがここでうたた寝をしていたので、起こさないように向こうに座っていたかのようだ」

「声をかけられたら起きたさ。なぁ、どうしてジュリは俺を起こそうとしなかったんだろう？」

「それは、だ……」

火村は黙り込み、言葉が続かない。はぐらかされた心地になったのか、ミルトンが肩を揺すった。

「おい、それは何なんだ？　閃いたことがあるなら言ってくれ」

助教授は答えず、唇を人差し指でなぞっている。ミルトンは嫌味たらしく、その仕草を真似た。

「ミルトン」やがて火村は口を開く。「あんた、この部屋に戻ってきた時に、何か普通とは違った気配を感じなかったか？」

「どういうことだ？……何も感じやしなかったが」

「出ていった時とまったく同じで、特別な気配はなかったわけか。なるほど。霊感なんて、役に立たないものだ」

「ヘイ、そんなコメントを求めてるんじゃないぜ。あんたこそ、役に立つところを見せろよ」

火村は窓際のソファを指差す。

「あの二つのソファがどういう位置にあったか教えてくれ。いや、実際に動かすんじゃない。口頭で説明するんだ」

「テーブルを囲むようにして、Lの字になっていた。一つはこちら向き。もう一つは、窓を背にして」

「やはりな」

ミルトンは前に回ってきて、火村の傍らで片膝を突いた。

「『やはりな』ってのは、どういうことだ？　何か思いついたんだろう。隠さずに話してくれよ。これは俺の問題だ」

「だったら自分で解決しろってんだ」

一喝《いっかつ》してから、火村はまるで別の質問を投げた。

「フランキー・カイルというのは、どんな男だ？」

「あいつがどうかしたのか？　——フランキーってのは、偏頭痛持ちで敏腕のマネージャーだ。年齢は三十八歳。髪と目は褐色のWASP。宗派までは知らない。身長約六フィート。中肉。ニューオリンズ出身のくせに、ガキの頃からロック狂いだった偏屈な男で、少し根は暗いが頭は切れる。趣味はハッキングだろう、とみんなに陰口を叩かれるような奴だが、敵は作らない。特技はフランス語。すき焼きのファンらしいぜ」

「判った。もういい。——彼は、この部屋のキーを持っているんじゃないのか？」

ためらいがちに、ミルトンは頷いた。

「ああ。万が一に備えて、どこへ行っても俺の部屋のキーを持ちたがる。緊急事態なんてないんだが、俺がよくキーをなくすせいだろう」

「あんたとジュリのことは？」

「六本木でジュリと出会った時、あいつもいたよ。だから、ジュリの存在は知っているが、俺と密会するような仲だとは思っていないだろう。もちろん、彼女と俺の今夜の計画も知らなかった」

「リハーサルがすんだら独りでホテルに戻ったんだったな。その後の彼の行動については、もしかしたら誰も知らないんじゃないのか?」

「ああ、そのとおり。どうしてフランキーに興味が惹かれるのか教えてくれよ、プロフェッサー」

「ただの想像だ。早くからこのホテルにやってきて、あんたが帰ってくるのを待っていたジュリは、フランキーと出喰わしたのかもしれない、と」

ミルトンは身を乗り出す。

「そりゃ、可能性はなくはない。……もしかしたら、あんた、それでフランキーとジュリの間にトラブルが生じたと想像しているのか?」

火村はおもむろに頷いた。

「まいったな。そりゃ飛躍が過ぎるだろう。可能性があったというだけで、何の根拠もない」

「フランキーは、ジュリに対して関心を抱いていなかったか?」

「『いい女じゃないか』と、卑猥《ひわい》な目で眺めていたような気もするが、美人を見た時はいつものことだったからな。……まぁ、関心はあっただろう」

「ジュリにからんだのかもしれない。『ミルトンが目当てか。先に俺と付き合えよ。つれなくするなら、警備員に言って追い払うぞ』とか言って」

「空想だな。もし、そんなことがあったとしても、彼女が拒んだはずだ」

「拒絶した後で、何かが起きたのかもしれないぞ」

ミルトンは嘆息して立ち上がり、火村の前をぐるぐると歩き回りだした。やがて、足を止めて振り返る。

「あんたの話は、てんで辻褄が合っちゃいない。いいかい。仮に彼らが意気投合するか、あるいはフランキーがジュリに強要するかして、どこかで二人きりになったとしよう。二人きりになったのなら、ホテル内のバーか、あるいは彼の部屋だろう。つまり、トラブルが起きたとしたら、フランキーの部屋。どうしてジュリがあいつの部屋にのこのこついて行く?」

「言葉巧みに誘い込まれたのかもしれない。『君とミルトンのことは聞いている。彼は僕の部屋にいるよ』とでも——」

「キャンデーで幼稚園児をさらうみたいにいくか。ジュリは頭のいい女だと言っただろう」

「早くあんたに会いたくて、判断力が鈍っていたとも考えられる」

「見損なったよ」ミルトンは軽蔑したように唇を歪めた。「実に締まらない話だ。フランキーがジュリに襲いかかったものの、激しい抵抗にあって逆上し、気がついたら絞め殺していた、という筋書きか。で、その後はどう展開するんだ? パニックに陥ったロードマネージャーは、ジュリの死体を担いで廊下を横断し、それを俺の部屋に放り込んで始末した、とでも? たしかにあいつは201号室のキーを持っていたし、廊下に監視カメラもないから、そこまでは可能だったろう。しかし、それからが説明不可能だ。疑問の一。俺が帰ってきた時に死体は部屋になかった。どうして一時的に死体を透明にすることができたんだろうな。疑問の二。これはさっきから俺たちの前に立ちはだかっている難問だ。どうやって彼は内側から密閉された部屋から脱出できたのか？」

「トラブルが発生したのは、フランキーの部屋ではなかったのかもな。彼は201号室のキーをちらつかせて、『君がきたら部屋に通しておくよう、ミルトンから頼まれていてね』と偽ったと考えるのが、より自然か」

「ふん。そうだったとしても、俺が並べた二つの疑問は残ったままだ。それにどう答えてくれるんだ？」

「たやすいことさ」火村は言う。「あんたがステージで観せる華麗で摩訶《まか》不思議なパフォーマンスに比べれば、稚戯《ちぎ》だよ」

ミルトンは、どっかとソファに腰を落とした。

「聞かせてもらおう」

8

火村は、ミルトンの青い瞳を見返す。

「いいか。驚くほどシンプルな解答なんだ。あんたが部屋に戻ってきた時、すでにカンノ・ジュリの死体はこの部屋の中にあったんだ。ただ、死角にあったために目に触れなかっただけのこと」

「死角って……どこにあったんだ？」

「おそらく、窓際のソファの後ろだな。L字形になっていたソファの陰だ」

ミルトンは振り向いて、そちらを見た。隙だらけだ。今なら飛びかかって押さえつけられそうだったが、もはや火村にその気はなかった。

「えらいことを言い出したね、プロフェッサー」彼は向き直り「そりゃ、あの裏に死体が横たわっているなんて思いも寄らないから、俺が気づかないままだった可能性は認めよう。しかし、うたた寝をして目を覚ました時に、ジュリはドア近くの床に転がっていたんだぜ。まさか死体が這《は》い出すはずもないだろう」

「当たり前だ。死体は、物理的な力を加えられた結果、ソファの陰から今ある場所に移動させられたんだよ。つまり、引っぱられてね」

「引っぱるって……どうやって？」

「細くて強い糸のようなものを使ったと考えるべきだな。それを死体に結びつけ、ドアの下をくぐらせて部屋を出る。糸の先端は廊下を横切って、フランキーの部屋に続いていたわけさ。やがて、コンサートを終えたあんたが帰ってくるわけだが、その先の展開を彼は正確に予想していた。待ち人が現われないことに苛立ったあんたは、ウイスキーのボトルに手を伸ばす。そして、だらしなく酔いつぶれてうたた寝だ。その頃合いを見計らって

「——」

ミルトンが割り込む。

「ちょっと待てよ。どうやったら俺がうたた寝を始めたことが判るんだ？」

「いったん庭に出てバルコニーを上がり、窓から覗いたんだろう。ここのカーテンが閉まっていなかった。俺はバーから見ていたから証言できる。今ぴたりと閉まっているのは、死体を見た後であんたが慌てて閉めたんだろう？」

「ああ、それは俺が閉めたんだが……つまり、その……だから、フランキーは窓から部屋の様子を窺って……」

「そう。あんたが眠りの王国に入ったのを確認した彼は、急いで自分の部屋に取って返して、糸を手繰る。そうすると、隠れていた死体がじりじりとソファの陰から出てくるという寸法だ」

「そんなにうまい具合にいくものかな」ミルトンは落ち着きなく両膝を揺すっている。

「死体がソファやテーブルを押しのけて出てきたんだとしたら、あんなふうに位置がずれた程度ですまないと思わないか？」

「それなりの工夫を施したんだろう。死体に結んだ糸をベッドの脚に掛けてからドアの下をくぐらせたのかもな。支点を作っておけば、死体を横に移動させてから、ドア付近まで引き寄せることもできた」

「死体には糸なんか結ばれていないぞ」

「糸を二重にして腕時計やベルトに通してあっただけなんだろう。そうすれば、これでよし、というところまで引っぱった後、片側を手繰れば回収することができる。とっさに思いついたにしては上出来のトリックだ。２０１号室のドアの前で不審な動きをしているところを警備員に見られたら、かなり怪しまれることになったろうが、フランキー・カイルはそんな危険を冒さなかった。自分の部屋の中にいながらにして、廊下を隔てた２０１号室の中の死体を操ったんだからな」

「あまりにも大胆すぎる。そんな人形劇みたいな真似が、リハーサルもなしで成功するとは思えない」

ミルトンはレザーパンツの膝頭をきつく摑んでいた。

「成功したのさ。あんたと俺は、その結果を目撃している」

「変だぜ。何かおかしい。あんたが言うような丈夫な糸が都合よくフランキーの手近にあったのは偶然か？　そもそも、床に糸が這っていたなら、素面で部屋に戻ってきた俺の目に触れたはずだし、糸が廊下を横切っていたら警備員が気づいてもよさそうなもんだ。髪の毛ほどの細さの透明な糸なら目を凝らしても見えなかったかもしれないが、そんな糸では強度が足りない」

「そんな極細でかつ丈夫だなんて、スーパーストリングだよな。ところで、そういう糸に心当たりはないか、ミスター・アーチスト？」

「もしかして……あんたが言っているのは……」

ミルトンは察したらしい。大きく目を見開いて、火村の顔を凝視する。

「企業秘密というものがあるだろうから、すべてを明らかにしなくていい。だが、あんたがステージでやるピーターパンもどきの空中浮遊術にはタネがあるはずだよな。重力を無化することは不可能だから、特殊な糸につながれて宙に舞うんだろ？　あんたやフランキーの手近なところに、スーパーストリングはあった」

「しかし、ここはバックステージじゃない。いくらロードマネージャーだといっても、フランキーの部屋にあの糸があったなんて不自然だ」

「あったから利用したんだよ。あったからこそこのトリックを思いつき、彼は悪魔じみた人形使いになったのさ。これが、突如として死体が201号室に出現した真相だ。判るか、ミルトン？　卑劣なフランキーは、へべれけになったあんたに罪をなすりつけようとしたんだ」

ミルトンは頭を抱え込んだ。激しいショックを受けているらしい。

「奴は……奴は、今、どこにいやがるんだ……」

「あんたが目を覚まして大騒ぎを起こす時、近くにいたくなかったのかもな。どこかですき焼きを賞味した後、飲んで時間をつぶしているのかもしれない」

「赦《ゆる》せねぇ。ジュリを殺した上、俺に濡れ衣を着せようとしただなんて……八つ裂きにしてやりたい」

火村は無表情のまま、立てた親指で浴室を指す。

「洗面所に電話があるだろ。俺が通報する。いいな？」

　ミルトンは応えず、ただ憤怒で体を顫わせていた。火村は内線でフロントを呼び、201号室で人が死んでいるので警察に連絡するよう伝える。ふと鏡を覗くと、髪がくしゃくしゃだった。怒りが込み上げてきて、彼はその頭をさらに掻き乱した。

　警備員たちを伴ったナイトマネージャーが飛んでくるまで、一分とかからなかった。彼らは、部屋の惨状に息を呑む。蝶ネクタイのマネージャーは、呂律《ろれつ》の怪しくなった舌で、何があったのですか、と素性も知れない火村に尋ねた。

　犯罪学者が説明しようとした時――

「プロフェッサー」

　弱々しいミルトンの声がした。

「さっきの推理は、やっぱりおかしくないか？　あんたの言うとおりだとしたら、ジュリは十時より前に殺されて、ソファの陰に隠されていたわけだよな。で、俺が寝込んでから床を引きずられた。もしそうだったとしたら、床に痕跡が遺るはずじゃないのか？　かわいそうなジュリは、死んだ後で洩らしてしまっているんだし。しかし、そんな汚れは見当たらないけどな」

　火村は振り向いた。

「そうだよ。彼女が床を引きずられた痕跡はどこにもない。つまり、そんなことはなかったわけだ」

「なかった？　なかったって、どういうことだよ」

ミルトンは不安そうに自分の両肩を抱く。

「おい、ちゃんと説明してくれよ、プロフェッサー・ヒムラ。いつの間にか話が変わっているじゃないか」

「俺が並べたのは机上の空論だ。現実にそんな人形劇が演じられたわけではない。死体はソファの陰に隠されていなかったし、何もない空間から湧き出してきたわけでもない。シンプルな話だ。カンノ・ジュリを殺害したのは、あんたなんだよ」

人差し指を突きつけられた男は、「ノー！」と叫んだ。

「いや、他に犯人は存在し得ない。あんたはジュリと会っている。そして、殺した。本当に忘れてしまったのだとしたら、フラッシュ・バックによる幻覚と幻聴で錯乱していたんだろう。やめたはずのクスリが、あんたにジュリを殺させた」

「憶測だろうが、そんなこと。見ていたようなことを言うな」

「あんたが彼女を殺したことは間違いがない。それなのに、あんたはひどく混乱し、嘆き悲しんでいて、それはとても演技には見えなかった。すると、どういうことになる？　あんたは、彼女を殺したことを忘れてしまっているのさ。他に答えはない」

「俺を狂人扱いするな。何がフラッシュ・バックだ。俺は、そんなに簡単に理性をなくす人間じゃない。そりゃ、時にくらっときて、わけが判らなくなることもなくはないが――」

しゃべっているうちに、自分に対する疑惑が込み上げてきたらしい。ミルトンの顔色は蒼《あお》みを増していった。

「俺を裏切るのか、ヒムラ？　俺の無実を信じてくれたんじゃなかったのか？」

「あんたの無実を信じるなんて、いつ俺が言った？　そんなことは、ただの一度も言っていないさ。犯人がミルトン・ハースだってことは、死体を一瞥《いちべつ》しただけで判っていたよ。彼女の頸についた扼痕には、見逃しようがない特徴があった。あんたの右手に嵌まった、そのごつい指輪の痕だ」

「騙しやがったな……。この部屋から出るためにトリックをでっちあげやがって。このペテン師が」

ミルトンは拳を握ったが、不意に糸が切れたマリオネットのようになり、その場に膝から崩れ落ちた。そして、哀れなジュリに這い寄って、細い右手をなでながら、「何故、何故？」と繰り返した。

「どうしてこんなことになったんだ。何故？　二人で楽しみにしていた東京の夜が台なしじゃないか。東京の夜が……」

助教授は黙っていられなかった。

「それはこっちの台詞だ」

ロックスターに駈け寄る警備員と入れ替わりに廊下に出た火村は、深い吐息をつきながら壁にもたれる。ひねった足首だけでなく、ミルトンに摑まれた手首や壁で打撲した肩やら、あちらこちらに痛みがあった。安堵のせいか、それらが一度に甦って、思わず顔をしかめる。

「大丈夫ですか、お客様？」

おろおろしながら問いかけるマネージャーに、彼はかろうじて微笑み、皮肉にならないように応えた。

「ええ、どうということはありません。しかし——似合わないホテルに泊まるもんじゃないね」

柔らかなベッドは、はるか遠かった。

あとがき

本書に収めた四本はいずれも『KADOKAWAミステリ』誌に発表されたもので、著者と編集部の間で〈宿シリーズ〉と称される。といっても第一作目の『暗い宿』を書いた時点ではそんな構想などなく、編集部から「シリーズの次の作品を」と依頼されて、「そうか、あれはシリーズだったのか」と気づいた（?）のだ。

シリーズといっても、毎回、何らかの宿泊施設を出せばいいだけなので、縛りはゆるい。旅行は好きだし、会社勤めしていた頃は出張が多かったので、色んな土地の色んな宿に泊まった。リッチなリゾートホテルにも、浴槽にゴキブリが這っているビジネスホテルにも、カプセルホテルにも泊まった。豪勢な舟盛りのご馳走に舌鼓を打った旅館、「食べるものはないよ」と言われて空腹のまま寝たボロい民宿、お洒落なペンション、寝台特急の個室、二段ベッドが並んだユースホステル、キャンプ場のロッジやテントなどなど、挙げていけばキリがない。若い頃は宿代を払うのがもったいなくて（交通費はある程度までしか削れないから）、可能なかぎり夜行列車の座席で夜を過ごすようにしたものだが、それができない時は駅の待合室で寝た。駅の階段で座って眠ったこともあるが、さすがにあれは宿ではないだろう。そんな中から、どれを舞台に選ぼうか、と迷うのは楽しかった。

旅行体験の多寡に拘《かかわ》らず、宿にまつわる思い出というのは誰にもあるものだ。お読みになった方が「そういえば、あの時に泊まった旅館はかなり怪しい雰囲気だったな」とか「このホテルはミステリの舞台になりそうだ」などと思ってくださるようなことがあれば、作者としては、ちょっとうれしい。

作品に付け加えるべき注釈などないが、個別の〈あとがき〉を記してみる。

『暗い宿』の舞台について、作者はもっともらしく書いているが、多分に脚色が施されている。行ったことのない土地を描く場合はためらいを感じることがあるが、足を運んだことがある土地を故意に歪めて書くのは面白い。そんなもんです。——といっても、告白すると大塔村周辺は訪ねたことがあるというより、車で通過しただけなのだが。

『ホテル・ラフレシア』は、まず題名から浮かんだ。何が謎なのかがはっきりしない作品なので、違和感を覚えた方がいるかもしれない。私は、作中に出てくるホテル主催のミステリー・イベントのたぐいに参加したことがないから、人から聞いた話を元にして、勝手に企画を立てて描いた。また、石垣島に行ったことはあるが、その時に泊まったのはごく普通の観光ホテルだった。この作品を執筆した時、沖縄でのサミット開催を決定した故小渕元首相が健在だったことも付記しておく。それにしても、『ホテル・カリフォルニア』というのは美しくも薄気味が悪い歌である。

『異形の客』はシリーズ三作目なので、このあたりで怪しい宿ではなく怪しいお客を出してみよう、と考えて書いた。舞台となっているのは、地理的に見れば明らかに武田尾温泉なのだが、武田尾は作中の猛田温泉よりもさらにこぢんまりとしている（らしい）。ＪＲ福知山線の車窓から、川向こうの〈武田尾温泉〉という大きな看板を眺めたことは何度かあるが、訪ねたことはない。

『２０１号室の災厄』のダイナスティー・ホテルに特定のモデルはない。それは他の作中の宿と同様である。それにしても、ダイナスティー・ホテルとは、いかにも高そうな名前ではないか。ミルトン・ハースにもモデルになったミュージシャンは存在しないが、彼の空中浮遊はマジシャンのデビッド・カッパーフィールドのショーをイメージしている。本当のタネは知らないが、吊ってるんだろうなぁ、やっぱり。

　四作が溜まったところで本書をまとめたが、私はこれからも宿を舞台やモチーフにした物語を書くだろう。それを〈宿シリーズ〉第二弾とするか否かはまだ未定だ。これからのことは判らない。この次、あなたや私が泊まるのが、どんな宿で、どんな曰《いわ》く付きの部屋になるのかも。

　末尾ながら、お世話になった角川書店の宍戸健司氏、郡司聡氏、遠藤徹哉氏と、今回も拙著を美しい本に仕上げていただいた装丁の大路浩実氏に感謝いたします。

——チェックアウトです。
——またのお越しをお待ちいたしております。

01・5・30

有栖川有栖

文庫版あとがき

単行本のあとがきで「これからのことは判らない」と書いたが、〈宿シリーズ〉第二弾の予定は今のところ立っていない。同じ趣向を繰り返すよりも、別のアプローチがいいのでは、と〈○○シリーズ〉や〈××シリーズ〉というのを考えている。怪しい○○や××が登場するわけだ。何のことかさっぱり判らないでしょうが、お楽しみに（強引）。

ホテルでのミステリー・イベントについて。「ホテル・ラフレシア」を執筆した時点では参加したことがなく、こんな感じなのだろう、と想像して書いたのだが、その後に同イベントの本家本元E-pin企画の城島和加乃《じょうしまわかの》氏とお仕事をする機会（02年に開催された新本格誕生15周年記念イベント　新本格ミステリフェスティバル）を得て、生のイベントを何度か楽しませていただいた。本物は拙作中のイベントよりずっと工夫が凝らされており、リピーターが多いのもむべなるかな、であった。ご興味のある方には、ペアやグループで参加する方が情報収集の面で有利、とだけアドバイスしておこう（もちろん、一人で参加してもノープロブレム）。

文庫化にあたり、親本と同じく装丁の大路《おおじ》浩実《ひろみ》氏、書籍編集部の宍戸《ししど》健司《けんじ》氏、遠藤《えんどう》徹哉《てつや》氏、そして宮脇《みやわき》眞子《しんこ》氏のお世話になりました。深謝いたします。

03・9・26

有栖川有栖

旅の夜、その他の夜——夜と旅を描く作家・有栖川有栖——

川出正樹（書評家）

「ホテルはちょうど人生のように、小さなミステリーに満ち満ちている」
アラン・ラッセル『ホテル・カリフォルニア』日暮雅通訳

「山峡の夜は漆黒の闇で宿を包みこみ」　連城三紀彦『日曜日と九つの短篇』

一

有栖川有栖は、夜を描く作家だ。

無論、彼に限らずほとんどのミステリ作家は、他ジャンルの作家に比べて、夜のシーンに多く紙幅を割く。それは、たいていの犯罪が、人の寝静まった夜中に行われることからくる必然という面もあるのだけれども、そんな即物的な理由だけではないはずだ。ミステリを書こうという者の心の中には、程度の差こそあれ、江戸川乱歩のあの有名な言葉、「うつし世は夢、よるの夢こそまこと」に共感する部分があるに違いない。さらに言えば、読み手にも。

そう、夜は、気分を高揚させる。夜は、感性を呼び覚ます。夜は、理性を麻痺《まひ》させる。そして夜は、人の心を解放する。夜の魅力に憑《つ》かれた作者が、夜に親しむ登場人物を通じて、同好の士である読者に見せる「うつし世の夢」。

そんな〈夜の物語〉を紡ぎ出すとき、有栖川の筆は一際冴《さ》える。思えば彼は、そもそもの初めから〈夜〉を描く作家だった。デビュー長篇『月光ゲーム』の第一章で、「木洩れ月」の下、アリスと理代が、初めて二人きりで会話し、心を通わせ始めるシーン。続く『孤島パズル』の中盤で、マリアにせがまれて、月光が波に揺蕩《たゆた》う夜の海にボートを漕《こ》ぎ出したアリスが、中原中也の詩を暗唱するシーン。そして『双頭の悪魔』。〈闇への供物〉と題された第五章において、夜中にふと目を覚ましたマリアが、『enigme』――『謎』と名付けられた香水の瓶を拾い上げ、「夜、謎が香りをまとって忍び入った」、と独白するシーン。

有栖川が創造した二大探偵の一人、英都大学文学部哲学科の学生にして推理小説研究会の部長・江神二郎と同部員のアリス、マリアらが活躍する――いわゆる〈学生アリス・シリーズ〉と呼ばれるこれら三つの作品には、美しさと、切なさと、愉《たの》しさと、妖《あや》しさとがないまぜとなった、こんな〈夜の一幕〉が、至る所に散見される。「九〇年代のクイーン」と呼ばれ、自他共に認める緻密《ちみつ》な論理展開による謎解きミステリを書き続ける有栖川の作品の中でも、一際、硬質な本格ものであるこの三作が、同時に青春小説としても高く評価されているのは、こうした〈夜の物語〉作りの巧《うま》さに負うところが大きい。

では、今一人の名探偵、英都大学社会学部助教授・火村英生と友人の推理作家有栖川有栖が活躍する、いわゆる〈作家アリス・シリーズ〉は、どうだろうか。無論こちらの世界でも、有栖川は印象的な〈夜の一幕〉を描き続けているが、そこで描かれる〈夜〉は、より深く、暗く、濃密だ。その一幕劇の味わいも、〈学生アリス・シリーズ〉と比べて、よりビターである。ウィリアム・アイリッシュ流に言うならば、「夜は最早〝若い〟とは言えず、〝甘い〟だけでもない」のだ。

例えば、『ダリの繭』。第八章〈生者たちの繭《まゆ》〉でアリスは、夜中に、小説を書くきっかけとなった十七歳の夏の夜の出来事を回想する。それは、青春時代のほろ苦い想い出と言うには、あまりに凄烈《せいれつ》な事件だったが、かつての情念が再噴出することはない。思惟《しい》を促す閑《しず》かな夜にも似て、アリスの精神は低く安定している。「窓から差し込んだ明るい月明かりを浴びて、ここ数日使っていない商売道具のワープロがぼんやりと光っている」という一文から、当の回想シーンへと続くこの章は、シリーズ中でも特に心に残る〈夜の一幕〉だ。

また例えば、『朱色の研究』。世界の終末のような日没に続く逢魔《おうま》が時に、殺人犯の心に殺意が降りるというプロローグが、鮮烈に脳裏に焼き付けられるこの作品は、全編〝朱《あか》〟と〝闇《くろ》〟に支配されたミステリである。

さらに、『絶叫城殺人事件』では、背景は完全に漆黒の闇となる。あとがきで、「私は夜の情景を描くのが大好き」と述べているように、この短篇集では、「作中の殺人は必ず夜に起こる」。舞台となる六つの建築物は、現実世界にその礎を置きながらも、天辺《てっぺん》が幻想世界へと突き出てしまったような〈幻影の城〉だ。いわゆる「館もの」に出てくる、殺人のために建てられた奇矯な館ではなく、もっと現実的な生々しい欲求から造られた建造物。本来、安寧を約束するはずのそれらの館が、かえって人生の頸木《くびき》となってしまった人たちの織りなす〈夜の館の物語〉は、いずれも夜を描く作家・有栖川有栖の本領が十二分に発揮された傑作ばかりだ。

二

さて、有栖川有栖は、また、旅を描く作家でもある。

初めて活字になった学生アリスものの短篇「やけた線路の上の死体」に始まり、作家アリスが、福井の古都・小浜《おばま》で客死した同業者の死の謎を追う『海のある奈良に死す』、アムステルダムに流れ着いたシナリオライターの卵が、運河にバラバラ死体が浮かぶ殺人事件に遭遇する『幻想運河』、学生時代の旧友が経営するマレー半島の高級避暑地のホテルに滞在しにきた火村とアリスが、密室殺人の謎に挑む『マレー鉄道の謎』、北陸へと向かう列車の中で、同乗した老人から謎めいた蒸発事件の顚末《てんまつ》を作家アリスが聴く「蝶々がはばたく」、夜汽車の車窓からぼんやりと走り去る風景を眺めるうちに、語り手が、子供の頃の不思議な記憶にまつわる出来事を思い出す「夜汽車は走る」等々。

海外への旅行からちょっとした小旅行まで、挙げ始めたらきりがないくらい、有栖川ミステリにとって〈旅〉は、重要なファクターだ。しかもそれらの〈旅〉は、単なる空間の移動でも、作品に花を添えるしろものでもない。観光地と温泉と美女と美食とを取り去ったら、後には何も残らない、そんなお手軽な自称〈トラベル・ミステリ〉や〈旅情ミステリ〉などとは、次元が違うのだ。

有栖川の作品の登場人物たちは、様々な事情から〈旅〉をし、それ故に事件と関わる。旅先で彼らが感じる旅情は、普段意識してなかった彼ら自身の心の扉を開く。この〈内部への旅〉が、作品世界と呼応しあい、謎と真相とを立体的に浮かび上がらせる点こそが、〈旅〉を描くミステリ作家・有栖川有栖の作品の面白いところであり、奥深いところでもあるのだ。

三

前置きが長くなったが、本書『暗い宿』は、そんな有栖川ミステリの二つの特性を兼ね備えている。火村とアリスが体験した、〈旅先での夜の不思議な出来事〉を中心に据えた、長めの短篇四本を収録する作品集だ。「KADOKAWA ミステリ」の一九九九年十一月号から二〇〇一年五月号に発表され、二〇〇一年七月、角川書店から元版が刊行された。

ちなみにこの年は、有栖川有栖の当たり年であり、この『暗い宿』を皮切りに、作家というちょっと特殊な職業にまつわる悲喜こもごもをネタにした連作短篇集『作家小説』、アンソロジストとしての優れた選択眼を発揮した『有栖川有栖の本格ミステリ・ライブラリー』、そして『絶叫城殺人事件』と、四ヶ月連続で新刊が刊行された。さらに、翌年の二月には、「ダ・ヴィンチ」に連載された「有栖川有栖　ミステリー・ツアー」をまとめた『作家の犯行現場』を上梓《じようし》、わずか七ヶ月間にヴァライエティに富む五冊もの新刊を刊行したのだ。中でも、『絶叫城殺人事件』と『作家の犯行現場』の二冊は、雑誌に掲載された年代や連載期間が重なっているだけでなく、テーマやモチーフの点で、本書に収録された短篇と通底するので、ぜひとも一緒に読んで欲しい。

閑話休題。個人的には、優れたミステリ——特に短篇の内容を紹介しすぎるのは、百害あって一利なしだと思うので、後は読んで下さいと言いたいのだけれども、まったく内容に触れないのもなんなので、さわりだけ紹介すると……。

まずは、表題作「暗い宿」。奈良県に遺《のこ》る鉄道廃線跡を辿《たど》るために出かけたアリスは、不慮の事態から廃業した民宿に泊まる羽目に。そこで彼が夜中に聞いたのは……。

『赤い鳥は館に帰る　有栖川有栖エッセイ集』に収められた、「都市小説とミステリ」というエッセイの中で、「本格ミステリは田園を、田舎を畏怖《いふ》する。（中略）都市ではクレジットカードさえあれば万能だった人間が、田園の夜には木の葉が風にざわめく音に顫《ふる》えたり、小川のせせらぎが耳について寝つけなくなるのである。（中略）私はこの〈田舎でドッキリ〉というタイプの小説が大好き」と述べているように、旅人が一宿一飯の恩義に与《あず》かった宿で、奇妙な体験をする話。ちなみに、舞台となった廃線跡は、宮脇俊三編著『鉄道廃線跡を歩く』（日本交通公社刊）にカラー写真入りで紹介されているが、作中でも語られているとおり、実に山深い場所のようだ。

続く「ホテル・ラフレシア」の舞台は、石垣島の高級リゾートホテル。ホテルの宿泊客が、ミステリー劇を観て、自ら探偵となり真相を推理するイベント――いわゆるミステリー・ナイトのモニターとして招待されたアリスと火村は、そのホテルの魅力に憑かれたリピーターと知り合いとなるが……。

作者があとがきで述べているように、「美しくも薄気味が悪い」名曲、「ホテル・カリフォルニア」の歌詞に触発された物語。「ホテル・カリフォルニア」といえば、アラン・ラッセルという作家に、まさにそういう邦題のオフ・ビートなミステリがあるけれども、その中で副支配人兼ホテル探偵が言う、「泊まり客は、現実の世界からひと息つきにホテルにやって来るんだ。素晴らしいホテルなら、幻想的な環境を作り出して、ひとりひとりが幻影を守れる熟練した魔術師のようなスタッフを雇っている」という台詞《せりふ》は、そのまんまこの〈ホテル・ラフレシア〉にも当てはまる。それにしてもアリスが実感する居心地の良さは……。四篇中、最も快適そうなこのホテルこそが、最も妖しい宿である。

三作目の「異形の客」は、うってかわって純和風の旅館が舞台。大阪近郊の鄙《ひな》びた温泉に骨休めに来たアリスは、帽子とサングラスとマスクに黒手袋、おまけに顔全体を包帯で覆った、透明人間のような異形の客と出会い……。

　他の三篇と比べて二倍近くの長さがあるこの作品は、四篇中もっとも本格ミステリ色の強い作品だ。トリックとテーマの両面から、〈異形〉である必然性が導き出される点がミソ。モデルとなった武田尾《たけだお》温泉に関しては、「暗い宿」の冒頭、アリスが廃線跡歩きを計画する段で、さりげなく触れられている。

　掉尾《とうび》を飾る「201号室の災厄」は、これまでの三篇とはがらりと趣向が異なり、火村が主役の緊迫した一幕劇だ。犯罪社会学会の発表のために東京に来た火村が、ひょんなことから泊まることになった高級ホテルで巻き込まれた殺人事件。自らの身を守るために、火村が出来るだけ早く謎を解かねばならなくなる、という設定が面白い。

　ジェフリー・ロビンソンが著わした『ザ・ホテル　扉の向こうに隠された世界』は、ロンドンの名門ホテルの舞台裏を描いた、無類に面白いノンフィクションだが、この中に次のような記述がある。曰《いわ》く、「ホテルビジネスにかかわる人びとのなかには、自分たちはセックスを売ると主張するものもいるし、自分たちが売るのはセックスの舞台だと考えているものもいる。だが、実際には安眠を売っているのである」（春日倫子訳）と。気の毒な火村助教授が、この本を読んだら、一体なんと言うのだろうか、と想像すると、彼には悪いがなんだか口元に苦笑いが浮かんでしまう。

四

さて、以上述べてきたように、この〈宿シリーズ〉は、〈夜〉と〈旅〉を描く作家・有栖川有栖の特性をじっくりと味わうには、最上のシリーズだ。とかくクイーン張りのロジックに徹した謎解きミステリ作家としての顔にスポットライトが当たりがちだが、どうしてどうして、妖《あや》しく、美しく、人間臭い〈夜と旅の物語〉を紡ぐ物語作家としての顔も、同じくらい魅力的なのだ。そんな二つの異なる顔《かお》を併せ持つ双頭の悪魔に、ファンは魅せられるのである。

《初出》

暗い宿　「KADOKAWAミステリ」一九九九年一一月号

ホテル・ラフレシア　「KADOKAWAミステリ」二〇〇〇年四月号

異形の客　「KADOKAWAミステリ」二〇〇〇年一一月号、一二月号

201号室の災厄　「KADOKAWAミステリ」二〇〇一年五月号

本書は、二〇〇一年七月に小社より刊行した単行本を文庫化したものです。

暗《くら》い宿《やど》

有栖川有栖《ありすがわありす》

角川文庫 13109

平成十五年十月二十五日　初版発行

発行者——田口惠司
発行所——株式会社角川書店
東京都千代田区富士見二—十三—三
電話　編集(〇三)三二三八—八五五五
　　　営業(〇三)三二三八—八五二一
〒一〇二—八一七七
振替〇〇一三〇—九—一九五二〇八
印刷所——暁印刷　製本所——コオトブックライン
装幀者——杉浦康平

あ 26-6　　ISBN4-04-191307-1　C0193

角川文庫発刊に際して

角　川　源　義

第二次世界大戦の敗北は、軍事力の敗北であった以上に、私たちの若い文化力の敗退であった。私たちの文化が戦争に対して如何に無力であり、単なるあだ花に過ぎなかったかを、私たちは身を以て体験し痛感した。西洋近代文化の摂取にとって、明治以後八十年の歳月は決して短かすぎたとは言えない。にもかかわらず、近代文化の伝統を確立し、自由な批判と柔軟な良識に富む文化層として自らを形成することに私たちは失敗して来た。そしてこれは、各層への文化の普及滲透を任務とする出版人の責任でもあった。

一九四五年以来、私たちは再び振出しに戻り、第一歩から踏み出すことを余儀なくされた。これは大きな不幸ではあるが、反面、これまでの混沌・未熟・歪曲の中にあった我が国の文化に秩序と確たる基礎を齎らすためには絶好の機会でもある。角川書店は、このような祖国の文化的危機にあたり、微力をも顧みず再建の礎石たるべき抱負と決意とをもって出発したが、ここに創立以来の念願を果すべく角川文庫を発刊する。これまで刊行されたあらゆる全集叢書文庫類の長所と短所とを検討し、古今東西の不朽の典籍を、良心的編集のもとに、廉価に、そして書架にふさわしい美本として、多くのひとびとに提供しようとする。しかし私たちは徒らに百科全書的な知識のジレッタントを作ることを目的とせず、あくまで祖国の文化に秩序と再建への道を示し、この文庫を角川書店の栄ある事業として、今後永久に継続発展せしめ、学芸と教養との殿堂として大成せんことを期したい。多くの読書子の愛情ある忠言と支持とによって、この希望と抱負とを完遂せしめられんことを願う。

一九四九年五月三日